URS BERNER · ZU ZWEIT EINMALIG

Für
Verena Merki
mit herzlichem
Dank für die
umsichtige, ärztliche
Betreuung, Urs Berner
Münchenbuchsee, 14. 2. 2023

©2022 by Neptun Verlag
Rathausgasse 30
CH-3011 Bern
Satz und Druck: Kühne & Partner Druck GmbH, Helmstedt
Gestaltung: Giessform, Bern

ISBN: 978-3-85820- 328-1

Alle Rechte vorbehalten

www.neptunverlag.ch

URS BERNER

ZU ZWEIT EINMALIG

ROMAN

*So wuchsen wir zusammen, einer Doppelkirsche gleich.
Zum Schein getrennt, doch in der Trennung eins.*

William Shakespeare

I

Sechs Minuten früher als ihre Zwillingsschwester hatte Julia das Licht der Welt erblickt. Was sind schon ein paar Minuten, bezogen auf ein ganzes Leben, das sie als Doppelgängerinnen vor sich hatten? In nichts unterschieden sie sich voneinander.

Sie hatten zur gleichen Zeit Hunger und brüllten im Duo, um ihr Bedürfnis nach Nahrung mitzuteilen. Wenn sie nebeneinander im Bettchen lagen, guckte die eine genau gleich wie die andere in die Welt hinaus, die so friedlich war, und wie auf ein für niemanden sichtbares Zeichen, schlossen beide die Äuglein und schliefen ein, selig.

Als sie zur Schule gingen, wollten sie von Mama, die Magda hiess, immer wieder hören, wie das gewesen war bei ihrer Geburt.

«Mami, bitte, bitte, erzähl das nochmals!»

Es war ein Ereignis gewesen. Im kleinen Dorf, in dem ihre Eltern lebten, war es die erste eineiige Zwillingsgeburt seit fünf Jahren. Zwillingsgeburten bei Kühen waren im Dorf häufiger als bei Menschen. Wenn sie, erzählte ihre Mutter, mit dem Kinderwagen unterwegs gewesen sei, habe sie ständig anhalten müssen. Nachbarn und andere Leute aus dem Dorf hätten ihre Köpfe über den Wagen gebeugt.

«Wie entzückend, zwei, die gleich aussehen! Und diese schönen rosa Käppchen! Selbst gestrickt, ja? Aha. Magda, das ist sicher eine Freude, für zwei zu stricken. Wie heissen sie?»

«Julia und Franziska.»

Allen gefielen die Namen. Als Julia und Franziska auf die Welt kamen, läuteten in Europa die Kirchenglocken. Der Zweite Weltkrieg war zu Ende. Mutter erzählte ihnen, was sie damals in der Wochenschau gesehen hatte. Menschen krochen aus Kellern zerbombter Häuser, standen auf, streckten sich, atmeten frei und blinzelten ins Licht, überwältigt von der Stille – keine Bomben, keine Schüsse mehr.

Als Jakob, ihr Vater, die Zwillinge nach der Geburt zum ersten Mal in den Armen hielt, die eine rechts, die andere links, ohne sie voneinander unterscheiden zu können, sagte er: «Sie duften nach Frieden.»

An dieser Stelle von Mutters Erzählung hakten die Zwillinge ein. «Was hat Papa da gesagt, sag das nochmals!»

«Ihr habt nach Frieden geduftet.»

«Wie duftet Frieden?»

Magda überlegte. Ja, wie duftet Frieden?, musste sie sich selbst fragen. «Wie ein Blumenmeer», sagte sie dann. «Es ist ein berauschender Duft, der einem nie verleidet. Aber man muss sorgfältig mit ihm umgehen, man darf ihn nicht achtlos versprühen. Da ein Sprutz und dort ein Sprutz und sich nichts dabei denken – und schon verflüchtigt er sich. Wie die zarte Vase aus Porzellan, dort auf dem Stubentisch, zerbricht, wenn jemand in seiner Wut sie packt und auf den Boden schmettert.»

«Aber Mami, niemand schmettert doch unsere Vase auf den Boden.»

«Stimmt. Habt recht.»

Die Zwillinge steckten die Köpfe zusammen, taten geheimnisvoll, tuschelten rätselhaft, um plötzlich wie aus einem Mund ihre Mutter zu überraschen: «Wir wissen, wie Papa duftet.»

«Wie denn? Daraus könnt ihr kein Geheimnis machen. Er duftet nach seinem Rasierwasser, nach *Cool Water*.»
«Falsch, ganz falsch. Papa duftet nach Holz.»
Ihr Vater war Schreiner. Im Dorf gab es eine Sägerei, zu der eine Schreinerei gehörte, in der ihr Vater arbeitete. Es war der einzige Grossbetrieb im Dorf mit fünf Angestellten. Die Wälder waren nahe.
«Und du, Mami, du duftest süss», sagten die Zwillinge, lachten, flitzten davon und verschwanden in ihrem Zimmer.
Sie waren Glückskinder, geboren während des europaweiten Friedensgeläuts. Ihre süsse Mutter kochte an diesem Tag mit viel Zucker Heidelbeeren ein, die der Vater im Wald gesammelt hatte.

Sie waren lebhafte Mädchen. Schon bald wollten sie nicht mehr in ihrem Bettchen liegen bleiben.
Die Böden in der Wohnung, das war jetzt ihre Welt, die sie krabbelnd erforschten. Sie waren schnell. Stiessen sie auf ein Hindernis, wichen sie ihm nebeneinander aus, was umständlicher war, als wenn sie es nacheinander umkrabbelt hätten, doch auf diese Idee wollten sie gar nicht kommen. Seite an Seite brachten sie es zur Meisterschaft im Krabbeln.
Als ihre Mutter einmal vor der Wohnung bei offener Tür sich vom Besuch verabschiedete, krabbelten sie an Beinen vorbei auf den Treppenboden. Eine neue Welt! Was für eine erregende Welt mit Stufen und einem Abgrund!
Als sie ein Jahr alt waren, geschah etwas Unfassbares, das Julia, die sechs Minuten Ältere, in ein langanhaltendes, erschütterndes Weinen ausbrechen liess, während Franziska vor Freude Jauchzer ausstiess.
Julia war mit einem Stuhl beschäftigt, den sie unter Aufbietung aller Kräfte vom Stubentisch weggeschoben hatte.

Sie hielt sich mit beiden Händchen am Stuhlbein fest und zog sich hoch. Da, Julia stand, stand und schaute zum Fenster, das offene Fenster lockte, sie liess den Stuhl los – Julia geht! Die ersten Schritte in ihrem Leben! Schaut her, schaut her! –, doch nein, ihr Gehen endete kläglich, sie plumpste auf den Hintern. Julia gab nicht auf. Zweiter Versuch, das gleiche Prozedere nochmals: Am Stuhlbein sich festhalten, sich hochziehen, loslassen und plumps: Wieder landete sie auf dem Hintern.

Als sie sich zum dritten Mal aufrichtete, sie konnte kaum über die Sitzfläche des Stuhls hinwegsehen, tauchte auf der anderen Seite des Stuhls Franziskas Kopf auf. Sie hatte sich auch an einem Stuhlbein hochgezogen. Franziska liess los und ging, Julia liess los und fiel wieder hin. Da sass sie auf dem Stubenboden und weinte, weinte zum Steinerweichen, Julia, ein Häufchen Elend auf dem Stubenboden.

Franziska dagegen ging, schwankte, aber fiel nicht hin, sie jauchzte, bis sie mitten im verlockenden, erregenden Weitergehen innehielt, um ihrer Schwester bei deren neuerlichem Aufstehen zu helfen. Sie mussten sich ein wenig abmühen, aber schafften es. Als beide standen und sich an der Hand hielten, machten sie das erste Schrittchen auf vier Beinen, schwankend Richtung offenes Fenster. Franziska jauchzte und Julia hatte den Schluckauf.

2

Gehen können bedeutete: Ihre Welt wurde grösser. Gehen, gehen, ihr Drang war mächtig, man hätte meinen können, sie übten schon, um eines Tages bis ans Ende der Welt zu laufen.

Auf den sonntäglichen Spaziergängen, deren Route häufig über den Friedhof und entlang des Dorfbaches führte, rissen sie sich von den Händen der Eltern los. Manchmal fielen sie noch hin, vor allem auf den Kieswegen zwischen den Gräbern. Auf Asphalt fühlten sie sich schon sicherer, und auch das Gehen im Gras bereitete ihnen nur kleine Schwierigkeiten. Wie im Krabbeln, bei dem sie es zu einer Meisterschaft gebracht hatten, wurden sie auch im Gehen schneller.

Es kam der Tag, an dem die Eltern hinter ihnen her rannten, sie packten, sie auf die Arme nahmen, sie herzten und küssten. Gefahren drohten. Sie hätten in den Dorfbach fallen können.

Eine grosse Freude hatten die Erwachsenen an den Zwillingen, als sie zu sprechen begannen. Niemand verstand sie, auch Mutter und Vater nicht. Die Zwillinge hatten ihre eigene Geheimsprache.

Die Mutter sass am Stubentisch und flickte ein Loch in der Arbeitshose ihres Mannes. Franziska klopfte auf die Tischplatte. «Mami, Schit!» Und Julia stimmte ein: «Mami, Schit, Schit, Schit!»

Ihre Mutter runzelte die Stirn. «Werdet nicht frech, ihr beiden.»

Die Zwillinge schmiegten sich an ihre Mutter, so dass diese Nadel und Faden weglegen musste. Wieder klopfte Franziska aufs Holz.
«Aha, Tisch, meint ihr. Ihr seid mir zwei Schlaumeierchen. Wer wird schon klug aus euch?»
Es war Herbst. Auf dem Stubentisch stand eine Schale mit Äpfeln, Berner Rosen, so wunderbar rot wie das Käppchen von Rotkäppchen.
«Mami, Lepf!»
«Was soll denn das schon wieder bedeuten?»
Julia kletterte auf den Stuhl und nahm einen Apfel aus der Schale, den sie der Mutter hinstreckte. Diese sagte wieder «Aha» und brach den Lepf entzwei.
Magda war selbständige Schneiderin. Sie arbeitete zu Hause, wo sie in einem Zimmer ihr Atelier eingerichtet hatte. Sie hatte zwei Mitarbeiterinnen. Julia und Franziska hatten Packpapier auf dem Boden ausgebreitet und zeichneten Schnittmuster.
Dann klingelte es. Frau Meier, eine Kundin, die Frau des Besitzers der Sägerei und Schreinerei, brachte Stoff und wünschte, dass Magda ihr daraus ein Kleid schneiderte.
«Für einen besonderen Anlass», sagte sie nicht ohne Stolz, «unsere Tochter heiratet.»
Magda tat, als wäre die Nachricht neu für sie. Überrascht sahen da die Zwillinge hoch und warfen ihrer Mutter einen Blick zu, der so viel sagte wie: Warum tust du so? Du weisst es doch schon!
Vor zwei Tagen war eine Freundin von Frau Meier auf Besuch gekommen und hatte Magda erzählt, am Wochenende gebe es eine Hochzeit im Dorf, Meiers Tochter heirate.
Ihre Mutter lobte Frau Meiers Stoff, dessen Qualität und Farbe. «Dieses tiefe Blau!»

Frau Meier wandte sich an die Zwillinge. «Ihr seid zwei tapfere, fleissige Schneiderlein. Gefällt euch der Stoff auch?»

Unbeirrt zeichneten Julia und Franziska schweigend weiter.

Frau Meier beugte sich zu ihnen herab. «Was habt ihr heute schon alles geschneidert?»

Keine Antwort.

Frau Meier richtete sich auf. «Können sie nicht sprechen? Sie sind schon gross und reden nicht. Ist alles in Ordnung mit ihnen?»

Ihre Worte waren kaum verklungen, als die Zwillinge zu reden anfingen. Und wie! Es sprudelte aus ihnen.

Frau Meier war perplex. Vor Überraschung konnte sie sich kaum fassen, und dann lachte sie und lachte, zwischendurch schnappte sie nach Luft, stiess hervor: «Ich glaub' es nicht. Es geschehen noch Zeichen und Wunder. Die reden ja sprudelnd wie eine Quelle. Alles deutlich und so klar, sie verschlucken keine Silbe. Wie schön sie die Sprache modulieren, aber ich versteh' kein Wort.»

Die sagenhafte Zwillingssprache lockte neue Kundinnen an. Ihre Mutter hatte nun doppelt so viel Arbeit als wie zuvor, hatte alle Hände voll zu tun und schickte ihre Töchter oft zum Spielen nach draussen, um nicht abgelenkt zu werden.

Als sie an einem schönen Nachmittag auf der Wiese hinter dem Haus spielten und die Fenster offen waren, hörten sie eine fremde Stimme, die sich mit ihrer Mutter unterhielt. Später kam eine fremde Frau zu ihnen in den Garten und sagte mit dieser Stimme, die in Mutters Arbeitszimmer geredet hatte: «Ich habe gehört, dass ihr reden könnt wie aus dem Busch. Sagt ihr mir etwas in eurer Buschsprache? Was habt ihr heute Morgen gemacht?»

Sie sagten nichts und die fremde Frau sagte auch nichts mehr, doch statt wegzugehen, blieb sie im Gras stehen und schaute so lange, bis sie zu einer unheimlichen Gestalt erstarrte, vor der die Schwestern sich fürchteten. Sie rannten weg und versteckten sich im Geräteschuppen.

Spielen im Garten war schön und wurde langweilig. Sie blickten über den Gartenrand hinaus. Unerforschtes Gebiet, Neuland jenseits des Zauns lockte. Spielen am Bach war verboten, und ganz verboten war, sich nur schon in die Nähe des Weihers oberhalb des Dorfes zu begeben. Das war ihnen bewusst, daran hielten sie sich, doch ihre Mutter hatte nichts davon gesagt, dass sie nicht zu den Kühen gehen durften.

Die Weide lag nicht weit von ihrer Wohnung entfernt. Julia und Franziska hörten Kuhglocken bimmeln. Als sie Ameisen beobachteten, die eine tote Fliege zu ihrem Nest schleppten, muhte eine Kuh. Das war das Zeichen.

Die Kühe rufen uns, redeten sie verspielt in ihrer Sprache, in der kein Aussenstehender sie hätte verstehen können.

Die Weide war eingezäunt, viel Gras zu fressen hatten die Kühe nicht mehr, doch vor dem Zaun, unerreichbar für Kuhmäuler, wuchs am Wegrand üppig der Löwenzahn. Die Mädchen rissen Büschel davon ab und warfen sie der Kuh hin, die am nächsten graste. Sie staunten über deren lange und raue Zunge und rissen weitere Büschel ab. Gras abreissen, der Kuh hinwerfen war lustig und wurde langweilig.

Julia hatte eine neue Idee. Sie würden ihre Füsse von dieser langen Zunge lecken lassen. Wer es am längsten aushalten konnte, ohne zu lachen, würde gewonnen haben. Franziska war begeistert von Julias Idee. Aber du zuerst!

Sie setzten sich ins Gras, zogen Schuhe und Socken aus, und Julia streckte ein Bein unter dem Zaun durch, lockte die Kuh mit ihrer Geheimsprache, und die Kuh kam und leckte ihr Füsschen. Lang hielt sie es nicht aus, die Zunge kitzelte ihre Fusssohle.

Dann Franziska, die ihr Bein noch schneller zurückzog als ihre Schwester, trotzdem sagte sie: Ich habe gewonnen.

Nein, ich!

Die Kuh muhte und Julia sagte: Sie versteht mich, sie sagt auch, dass *ich* gewonnen habe.

Franziska bewarf ihre Schwester mit Gras. Friss das! Die Kuh versteht dich, du bist auch eine Kuh, eine blöde. Schmollend wandte sie sich ab. Wie lange? Zehn Sekunden, bis die Schwestern Frieden schlossen. Nebeneinander sassen sie im Gras, zogen Socken und Schuhe an.

Seit einer Woche waren sie imstande, die Schuhe selbst zu binden.

Als sie nach Hause kamen und ihre Mutter sie fragte, wo sie gewesen seien, im Garten jedenfalls nicht mehr, muhten sie, und die Mutter sagte: «Man kann's riechen, geht die Hände waschen.»

3

Seit Magda mit Aufträgen überhäuft wurde, fand sie kaum Zeit, sich ihren Töchtern zu widmen. Diese maulten bei Regenwetter. Wenn sie nicht draussen spielen konnten, lenkten sie die Mutter von der Arbeit ab oder trieben Unfug. Ihre Mutter machte sich Sorgen um das plötzliche Verschwinden von Scheren, und manchmal fehlte Faden, den sie so nötig brauchte.

Grosseltern, die sie hätten entlasten können, gab es keine mehr, schon vor Jahren waren sie verstorben. Doch zum Glück gab es Isolde Muff, die im Parterre des Dreifamilienhauses wohnte und auch eine Kundin war. Einmal hörte Julia die Mutter zu Frau Muff sagen: «Sie sind ein Geschenk des Himmels, Sie bekommen Rabatt.»

Frau Muff hatte sich anerboten, bei Regenwetter nach den Mädchen zu schauen. «Sie können ja nicht in den Kindergarten gehen, weil es im Dorf keinen gibt.»

Jetzt kamen der Mutter doch Bedenken, ob Frau Muff, die alt, verwitwet und voller Geschichten war und die manchmal zerstreut und durcheinander wirkte, der Betreuung ihrer lebhaften Töchter gewachsen war. «Passen Sie auf», sagte sie, «sie laufen davon und haben vorher nicht gefragt, ob sie dürfen.»

«Keine Angst, mir laufen sie nicht davon, ich fessle sie mit Geschichten.»

Frau Muff gluckste, und Julia rannte in ihr Zimmer, in dem Franziska damit beschäftigt war, eine Puppe einzukleiden, und erzählte ihr brühwarm die Neuigkeit, dass Frau Muff sie fesseln wolle.

Seit sie ihre Schuhe selbst binden konnten, war Fesseln ein Thema. An Sonntagen, jeweils am Morgen nach dem Frühstück, durften sie ihren Vater fesseln. Er streckte ihnen seine schwieligen Hände hin, sie wickelten ein blaues Band, das aus Mutters Atelier stammte, um die Handgelenke und zogen an – vierhändig. Ihr Vater schrie: «Au!» Sie kugelten sich vor Lachen, dann konzentrierten sie sich wieder und schnürten zu. Ihr Vater tat, als gelinge es ihm nicht, sich von der Fessel zu befreien, und seine Töchter hatten ihr diebisches Vergnügen.

Am Dienstag regnete es in Strömen. Schwere Tropfen prasselten aufs Dach, füllten die Dachrinne und gurgelten in den Abflussrohren.

Julia und Franziska stiegen die Treppe hinab, im ersten Stock an der Wohnung vorbei, in der ein junges Paar lebte, das an Werktagen tagsüber nie zu Hause war. Dann standen sie vor Frau Muffs Wohnungstür. Julia klingelte.

Sie waren gespannt, wie das gehen sollte, wenn die alte Frau sie fesselte. Ihnen war aufgefallen, dass sie zitterte. Ganz trauten sie der Sache nicht. Das Territorium war neu, sie würden in ihrer Geheimsprache reden.

Frau Muff öffnete, begrüsste die Kinder, bat sie einzutreten. Konnten die Zwillinge nicht einmal grüssen? Oder sollte das, was sie da sagten, etwa doch ein Gruss sein, den sie nicht verstand? Im Flur versperrte sie ihnen den Weg. «So geht das nicht. Könnt ihr nicht richtig reden? Kauderwelsch, immer nur Kauderwelsch, das kein Mensch verstehen kann.»

Ihre knochigen Hände zitterten.

«In zwei Jahren müsst ihr in die Schule. Dort muss man reden können, schreiben könnt ihr nach und nach lernen.

Kinder, Kinder, redet, dass ich euch verstehe. Das da ist eine Garderobe, sagt: G-a-r-d-e-r-o-b-e.»

Garderobe war das Stichwort, worauf die Zwillinge ungehemmt weiterredeten. Alles langten sie an und benannten es in ihrer Geheimsprache. Jacken, Mäntel, den Seidenschal, Schuhe mit flachen und solche mit hohen Absätzen, den Spiegel, die kleine Vase auf dem Fensterbrett mit den Kunstblumen.

«Schluss, Schluss, hört auf!», rief Frau Muff. Auch ihr Kopf zitterte. «Hinaus mit euch! Ihr dürft erst wieder kommen, wenn ich euch verstehe.»

Sie bugsierte sie ins Treppenhaus.

Vor der Tür berieten die beiden die neue Situation. Sollten sie hinaufgehen? Oder sollten sie sich zu erkennen geben und ihr beweisen, dass sie doch reden konnten wie ältere Kinder, die schon in die Schule gingen? Ihre Mutter wusste das, sie hatte sie nicht verraten, bei keiner ihrer Kundinnen, und auch ihr Vater hatte keinem seiner Arbeitskollegen erzählt, dass seine Töchter nicht mehr redeten wie jemand aus dem Busch.

Was tun?

In Frau Muffs Wohnung hatte es nach Kuchen geduftet …

Diesmal klingelte Franziska, die sechs Minuten Jüngere war die Keckere, doch nichts geschah. Da rief sie durch die verschlossene Tür: «Frau Muff, dürfen wir wieder hineinkommen?»

Julia flüsterte ihr zu: «Du musst noch bitte sagen, hat Mutter gesagt, wir müssen immer bitte sagen.»

Die Tür ging auf, eine strahlende Frau Muff empfing sie.

«Na, ihr Grossen, hereinspaziert, ich habe es doch geahnt.»

Sie führte sie in die Küche. Frau Muff hatte einen prächtigen Gugelhopf gebacken. Wie eine Krone thronte er auf

dem Tisch, der schon gedeckt war. Messerchen und Gäbelchen glitzerten silbrig, Tässchen und Tellerchen hatten einen goldigen Rand. Bevor sie vom Kuchen essen durften, stellte Frau Muff ihnen eine Frage. Mit dem Knöchel ihres Zeigefingers klopfte sie auf den Tisch: «Wie heisst das?»
«Tisch», sagte Julia und Franziska fügte hinzu: «Tisch ist Tisch!»
«Sehr richtig, Julia», sagte Frau Muff: «Tisch ist Tisch.»
«Aber ich bin Franziska!»
Auch Frau Muff hatte ihre liebe Mühe, die beiden, die gleich frisiert und gekleidet waren, voneinander unterscheiden zu können.
«Doch dem helfen wir jetzt ab», sagte sie und verschwand im Badezimmer. Zurück kam sie mit ihrem Lippenstift. Julia malte sie einen roten Tupfen auf die rechte Wange, Franziska einen gleich grossen auf die linke. «So, meine Prinzessinnen», sagte sie, während sie zufrieden ihr Werk begutachtete, «nun gibt es kein Durcheinander, kein Chaos mehr.»
Nach dem Kuchenschmaus gingen sie ins Wohnzimmer. Dort stand ein Tisch mit verschnörkelten Beinen und Füssen wie Bärentatzen. Das Polster des Sessels am Fenster vorn fühlte sich so samtig an wie der Stoff, aus dem ihre Mutter ein Festtagskleid für Frau Meier geschneidert hatte. Und die vielen Bücher, so viele hatten sie noch nie gesehen. Bücher lagen auf dem Tischchen neben dem Sessel, Bücher in den Regalen an der Wand. In einer Ecke des Zimmers befand sich eine Truhe. Als Frau Muff den Deckel hob, war sie auf einmal keine gewöhnliche mehr, wie ihre Mutter eine besass, in der sie Stoffe aufbewahrte. Eine Schatztruhe mit Spielsachen war sie! Sogar ein Puppenhaus entdeckten sie, einen Bauernhof, eine Bäckerei. Die Mädchen hatten zu tun,

in aller Eile mussten sie Brötchen backen für die Familie im kleinen Haus, die hungrig darauf wartete.

Frau Muff sass im Sessel und schaute ihnen zu, ein seliges Lächeln im Gesicht.

Julia und Franziska kleideten die Kinder im kleinen Haus neu ein und steckten ihnen eine Plastikblume ins Haar. Dem Mann des Hauses setzten sie einen schwarzen Hut auf, bei Gott, wie sie zu tun hatten, schon mussten sie woanders sein und die Kühe, die auch hungrig waren, auf die Weide führen, doch zuvor sperrten sie den Hund in die Hütte. Er hätte den Kühen nachrennen und sein Bellen sie erschrecken können. Auf dem Hof grunzten die Schweine, und hinter ihnen vernahmen sie jetzt ein leises Schnarchen. Frau Muff war im Sessel eingeschlafen. Die Kühe würden auch allein friedlich Gras fressen, sie brauchten sie nicht länger zu hüten.

Sie schlichen ins Badezimmer, in dem sie die roten Tupfen mit Toilettenpapier wegwischten. Dann nahmen sie aus Frau Muffs Necessaire den Lippenstift. Franziska malte Julia als Franziska einen neuen Tupfen auf die Wange, und Julia Franziska als Julia.

Sie vermochten Frau Muff erneut irrezuführen, hatten ihren Spass daran. Dieses Durcheinander, dieses Chaos.

Um achtzehn Uhr schickte Frau Muff die Mädchen nach oben. Als sich die Mutter nach der Bedeutung der roten Tupfen erkundigte – nein, ihre Mutter konnten sie nicht an der Nase herumführen.

Die Mutter strich beiden mit der Hand, deren Fingerkuppen vom vielen Nähen rau waren, über die Wange und sagte: «Meine einfallsreichen Mädchen, was mag euch als Nächstes in den Sinn kommen?»

4

Ja, was kam als Nächstes?
Die Sonne schien. Das Dorf erstrahlte in einem raren Glanz. Von ihrem Zimmerfenster konnten die Mädchen auf die Strasse sehen, die das Dorf entzweischnitt. Der Asphalt glitzerte. «Das sind Diamanten», sagte Julia. Franziska sah etwas anderes. «Sterne sind das, die vom Himmel gefallen sind, weil sie müde sind und in der Nacht schlafen wollen wie wir.»
Die Mutter erlaubte ihnen, nach draussen spielen zu gehen. Als sie aber im Parterre anlangten, rannten sie nicht aus dem Haus in den Sonnenschein zu den Diamanten und den auf die Erde herabgefallenen Sternen. Einmütig beschlossen sie, wieder bei Frau Muff zu klingeln, und wurden freudig hereingebeten. «Ich habe schon auf euch gewartet, aber jetzt seid ihr eine Minute zu spät. Er ist eben gegangen.»
«Wer?»
«Der Mann, der hinter dem Vorhang in der Stube gestanden hat.»
Von der Türschwelle aus beobachteten die Mädchen argwöhnisch den schweren, beigen Vorhang, der bis zum Boden reichte. Als sie länger hinsahen, dünkte sie, er bewege sich immer noch, als hätte sich dahinter tatsächlich jemand bis vor kurzem versteckt gehalten.
«Der Mann geht hinaus, wir kommen herein», sagte Julia, «warum haben wir ihn nicht gesehen?»
Frau Muff machte es spannend, sie warf den Mädchen einen Blick zu, der vieles bedeutete, bevor sie sagte: «Dieser Mann kann durch Wände gehen und auf dem Wasser laufen,

barfuss überquert er unseren Dorfteich, ohne dass seine Füsse auch nur ein bisschen einsinken.»

«Aha», sagte da Julia, «solche Männer kennen wir, sie sind Gespenster.»

Das war nichts Ungewöhnliches für sie, doch Frau Muff hatte eine weitere Überraschung parat. Gedankenverloren starrte sie vor sich hin und sagte: «Kann sein, die Schlange ist noch da? Wir wollen einmal nachsehen.» Es zischte in ihren Wörtern. Sie führte die Mädchen, die ihr nur zögernd folgten, ins Schlafzimmer, in dem es zwei Betten gab, beide gemacht, auch das ihres verstorbenen Mannes, als hätte er erst gestern Nacht darin geschlafen. Auf seinem Kopfkissen schlief ein Teddy.

Erstaunlich behände für ihr Alter ging Frau Muff auf die Knie und blickte unter die Betten, während sie sagte: «Manchmal hält die Schlange hier ein Mittagschläfchen. Kommt, schaut auch!»

Die Mädchen schüttelten den Kopf, Julia unterdrückte ihre Angst, Franziska stellte sich vor sie, sagte: «Wir haben keine Angst vor Schlangen. Die Schlangen sind nicht immer hungrig. Schlangen sind scheu, sie haben nicht gern Erschütterungen, hat Papa gesagt. Wenn der Boden zittert, schlängeln sie sich davon. Wenn ihr einmal in den Dschungel geht, hat Papa gesagt, müsst ihr bei jedem Schritt auf den Boden stampfen.»

Die Schwestern machten es Frau Muff vor. Sie stampften durchs Schlafzimmer, so fest stampften sie, dass die gerahmten Fotografien an der Wand zitterten und auf den Boden zu fallen drohten. Frau Muff, den Blick noch immer unter die Betten gerichtet, sagte: «Recht habt ihr, sie ist verschwunden.» Sie erhob sich.

Zurück in der Stube nahm sie das Bilderbuch „Tiere aus aller Welt" aus dem Regal, nahm im Sessel Platz und blätterte darin. Die Mädchen drückten sich ans sie, je eines auf jeder Seite, und schauten erwartungsvoll.

«Die da! Das ist sie! Eine Abgottschlange.» Zusammengerollt lag sie mit erhobenem Kopf vor dem Wurzelgeflecht eines Baumes. Sie züngelte in Richtung der linken oberen Ecke des Bildes, in der ein Tier sich duckte, das so gross wie ein Kaninchen war.

Die Mädchen klatschten in die Hände, um es aufzuschrecken, und riefen: «Lauf, lauf, lauf, renn davon!»

Frau Muff blätterte weiter im Buch und zählte die Tiere auf, die darin vorkamen, manchmal von Julia und Franziska im Wechsel unterbrochen: «Zeig uns den Gorilla!»

Der Gorilla hockte auf dem Boden. Frau Muff sagte dazu: «Wenn er aufsteht und sich streckt, kann er die Zimmerdecke berühren.»

Die beiden schauten ehrfürchtig nach oben.

«Zeig uns den Buntspecht.»

«Zeig uns den Kolibri.»

«Die Fledermaus ... Warum hat sie so grosse Ohren?»

«Damit sie in der Nacht, wenn sie schlecht sieht, gut hören kann.»

Frau Muff blätterte weiter. Beim Tintenfisch musste sie wieder innehalten. Die Mädchen zählten die Fangarme. Zählen konnten sie schon.

Julia kam auf elf, Franziska ebenfalls, Frau Muff zählte sehr langsam und stockte zwischendurch, zur Freude der Mädchen. «Wir können schneller zählen als du!»

Als sie das Buch „Tiere aus aller Welt" zuklappte und es bald Zeit für die Mädchen war, nach oben zu gehen, fragte Julia: «Gehört unser Dorf nicht zur Welt?»

«Doch natürlich. Warum fragst du?»

«Weil es im Buch 'Tiere aus aller Welt' keine Kühe gibt.»

«Diesem Mangel können wir abhelfen. Zeichnet eine Kuh! Papier und Farbstifte sind in der Truhe.»
Die Zwillinge machten sich ans Werk, sie knieten auf dem Boden, während sie zeichneten.
Ihre Kühe waren verschieden. Julias Kuh war schwarz gefleckt und klein wie ein Reh, doch die Zunge, wie lang die war und so weiss mit roten Tupfen. Franziskas Kuh war grün («Die Kuh frisst Gras», erklärte sie) und gross wie ein Gorilla.
Frau Muff legte die Zeichnungen in das Buch. «So», sagte sie, «zufrieden?»
Die Mädchen nickten, schliesslich war eine Kuh auch ein Tier aus aller Welt.
Aufgeregt berichteten sie ihrer Mutter vom abenteuerlichen Besuch bei Frau Muff.
Julia: «Ihr Mann ist tot, und jetzt liegt unter seinem Bett eine Schlange.»
Franziska: «Auf seinem Kopfkissen schläft der Teddy, er weiss nicht, dass sie unten, ui.»
Julia: «Aber wir haben die Schlange verscheucht.»
Franziska: «Mit Stampfen!»
Julia: «Es ist eine Liebgottschlange gewesen.»
«Und das soll ich glauben? Wer ist heute an der Reihe, den Tisch zu decken?»
«Mami, du hörst nicht zu, Frau Muff bekommt jeden Tag Besuch von der gefährlichen Liebgottschlange, sie vermag einen Riesen hinunterzuschlingen. Wir haben sie im Buch gesehen», beharrte Franziska.
«Du Julia?»
«Nein, Franziska. Mami, sie ist sooo gefährlich!»
«Nein, nicht ich.»
«Dann deckt ihr zusammen den Tisch.»

5

Sie standen nebeneinander vor der Wandtafel und schrieben ihre Namen in Grossbuchstaben. Julia war beim L angelangt, Franziska war einen Buchstaben schneller und schrieb N.

Vor ihnen hatten schon andere Erstklässler ihre Namen geschrieben, doch niemand schrieb so schöne Buchstaben wie sie. Die Lehrerin, Frau Zollinger, reckte ihren Hals, so was sah sie nicht jedes Jahr bei Schulanfang. Sie lobte die Zwillinge und brauchte dabei ein Wort, das die Zwillinge zum ersten Mal hörten: «Makellos.»

Das Schreiben ihrer Namen hatte ihnen Isolde Muff beigebracht.

An vielen Nachmittagen, die sie bei ihr verbrachten, waren sie vertraut miteinander geworden. Frau Muff durften sie neuerdings Muffi sagen, Isolde kürzten sie zu Iso ab.

«Das geht nicht», wandte Muffi ein, «Iso ist ein Mann. Bin ich ein Mann? Nennt mich Isi.»

Auch bei schönem Wetter gingen sie weiterhin zu Isi. Nur an schönen Herbsttagen machten sie vor dem Besuch einen Abstecher nach draussen. Im Herbst konnten sie sich in der Natur links und rechts bedienen. Sie brachten ihr Äpfel, Birnen, Zwetschgen, und Isi sagte jedes Mal: «Aber das nächste Mal bringt ihr mir um Gottes willen weniger. Weiss der Himmel, wo ihr das her habt und wer das alles essen soll.»

Einmal standen sie in Isis Stube und betrachteten zwei goldig gerahmte Bilder, die an der Wand hingen und ihre Neugier geweckt hatten.

Auf dem ersten Bild kämpfte sich ein Schiff im tobenden Sturm durch meterhohen Wellengang. Das grosse Schiff sah aus wie ein Haus, bei dem alle Fensterläden geschlossen waren.

Auf dem zweiten hatte sich der Sturm gelegt, keine Schaumkronen tanzten mehr auf den Wellenkämmen, die Flut sank, das Schiff war auf einem Berg gelandet. Die Fensterläden waren offen. Aus allen Fenstern guckten Tiere und lachten. Sie waren gerettet.

Isi erzählte den Mädchen, der Kapitän heisse Noah, Gott habe ihm befohlen, seine Familie mit aufs Rettungsschiff zu nehmen und von sämtlichen Tieren je ein Paar, eine Kuh und ein Stier, einen Gorillamann und eine Gorillafrau, und dann habe es geregnet, vierzig Tag lang habe es nicht mehr aufgehört, es habe eine Sintflut gegeben, die Erde sei darin versunken. Das sei vor langer Zeit gewesen.

Noah habe das Rettungsschiff ohne Angst und im Vertrauen zu Gott durch den Sturm gelenkt.

«Ich schwör dir», flüsterte da Franziska ihrer Schwester zu, «da drin ist auch ein Paar Liebgottschlangen gewesen. Glaubst du, sie haben auch gelacht?» Es schauderte sie.

Julia gefiel die Geschichte von Noah und seinem Rettungsschiff nicht. «Die armen Tiere», sagte sie, «jetzt lachen sie, aber bald nicht mehr. Sie haben nichts zu fressen. Warum hat Gott Noah nicht gesagt: Nimm noch Gras- und Pflanzensamen und kleine Bäume mit aufs Schiff. Diese wollen auch leben. Gott ist dumm, Noah ist auch dumm. Sie hätten auch noch an die armen Gräser und Pflanzen denken können.»

Frau Muff gab einen verblüfften Laut von sich. «Ha, du kluge Kleine! Wahrhaftig, die Flut hatte jegliches Gras weggefegt, Zerstörung, so weit das Auge reichte, doch in der Erde steckten viele, unglaublich viele Sämlinge, noch mehr als es Sterne gibt. Nach der Flut schien die Sonne, am Himmel erschien ein Regenbogen, Noah wurde Bauer und beackerte die Erde, Sämlinge schossen aus dem Boden, neues Gras wuchs, quasi explosionsartig.»

Zur Illustration streckte sie überraschend ihre langen, dürren Arme in die Höhe.

Die Zwillingsschwestern ahmten sie nach, ihre molligen Kinderarme schossen nach oben. «Pumm!», riefen sie, «das Gras wächst.»

In makelloser Schrift standen ihre Namen auf der Wandtafel.

Während Frau Zollinger mit den zwanzig, an ihren Plätzen sitzenden Erstklässlerinnen und Erstklässlern Buchstaben übte, durften Julia und Franziska ihre Namen mit Zeichnungen, mit Ornamenten, Girlanden verzieren. Aus Julias Buchstaben sprossen grüne Blätter, farbige Blüten entfalteten sich, und gelbgetupfte Marienkäfer flogen herum.

Unter Franziskas Namen wand sich eine Schlange, den Kopf hatte sie aufgerichtet, sie zeigte ihre gespaltene Zunge, die am A, dem letzten Buchstaben ihres Namens, leckte.

Die Lehrerin unterbrach die Buchstabenübung und wandte sich den beiden vor der Wandtafel zu. Julias Zeichenkunst bedachte sie mit einem anerkennenden Nicken.

Zu Franziskas gewandt, sagte sie: «Das ist ja schauderhaft. Eine Schlange, die drauf und dran ist, deinen Namen zu verschlingen. Fürchtest du dich vor Schlangen?»

In den Bankreihen richteten zwanzig Augenpaare ihre Aufmerksamkeit auf Franziska, den Mittelpunkt der Schulstunde. Sie redete mit fester Stimme, die keinen Zweifel offenliess: «Das ist eine Liebgottschlange, ich habe sie selber gesehen.»
Unruhe erfasste die Klasse. Neugierige Rufe erschallten.
«Wo? Wo hast du sie gesehen?»
Jemand anderer: «Ich habe schon Schlangen im Zoo gesehen, aber von einer Liebgottschlange habe ich noch nie gehört. Gibt's die überhaupt?»
«Mein Papi hat eine Schlange gesehen, wie sie eine Maus hinuntergewürgt hat.»
«Du bist noch nie in Afrika gewesen! Mein Papi ist in Afrika auf einer Schlangenfarm gewesen.»
Stimmen, Stimmen und eine Lehrerin, die nicht Einhalt gebot, die schmunzelnd die Kinder gewähren liess.
Das alles machte Franziska keinen Eindruck. Mit fester Stimme redete sie weiter: «Ich habe sie in der Wohnung von Frau Muff unter dem Bett gesehen.»
Es wurde auf einmal still im Klassenzimmer, unheimlich still.
Eine Schlange unter dem Bett!
Und dann lachten einige.
Und Paul in der vorersten Reihe, der schon so vieles wusste, rief: «Frau Muff hat ein Terrarium und das steht bei ihr unter dem Bett.»
Trotzig entgegnete Franziska: «Die Schlange macht unter dem Bett ein Mittagsschläfchen.»
Jetzt lachten ein paar mehr.
Julias Stimme übertönte das Lachen. «Du hast die Schlange gar nicht gesehen.»
«Doch, habe ich!»

«Nein, hast du nicht! Wir haben uns nicht getraut, bei Frau Muff unters Bett zu schauen.»

«Ja, du nicht! Ich schon!»

«Du lügst!»

«Ich lüge nicht, du lügst. Ich konnte schon vor dir laufen. Du plumps, du bist beim ersten Schritt aufs Füdli geplumpst.»

Julia stand verdattert da, Tränen rollten ihr über die Backen.

Der letzte Lachende verstummte. Es war, als dringe ein kalter Luftzug ins Schulzimmer. Die Lehrerin nahm die Zwillinge an der Hand und führte sie zu den Bankreihen zurück, Frau Zollinger hatte eine so liebe Stimme: «Manchmal kann man Schlangen, die ungewöhnliche Namen haben, an Orten sehen, wo es gar keine geben sollte. Man kann nicht immer alles verstehen.»

Julia und Franziska hatten vorher nebeneinander gesessen.

Frau Zollinger wies Julia den Platz neben Paul in der ersten Reihe an, der schon so vieles wusste.

Als die Schule aus war, rannten die Schwestern nach Hause. Sie waren auch schon hüpfend im Takt gerannt, Hand in Hand.

Heute nicht.

Franziska rannte voraus, und einmal drehte sie den Kopf und schmetterte Wörter zurück: «Alles nur behauptet, du, damit du neben dem dummen Päuli sitzen kannst.»

Im Bett schliefen sie nicht ein. Sie waren Gegnerinnen, sie boxten, sie schlugen, sie kickten einander.

«Geh weg! Immer willst du mehr Platz haben.»

Der Zank eskalierte. Bis die Mutter erschien, Franziska aus dem Bett hob. «Es reicht», sagte sie und legte das Kind in die Mitte des Ehebettes zwischen sich und ihren Mann Jakob.

6

Die Zwillinge bettelten. «Papa, Papa, dürfen wir dir das Zvieri in die Schreinerei bringen?» Sie durften.

Es war am nächsten schulfreien Mittwochnachmittag. Wieder in einem Herbst, in dem die Apfelernte noch grösser ausfiel als im Jahr zuvor.

Als die Schwestern mit dem Zvierikorb in der Schreinerei eintrafen, ruhte die Arbeit, die Maschinen waren abgestellt. Der Vater sass neben zwei Arbeitskollegen auf einem Stapel Bretter. Als er das Sandwich, eingewickelt in Butterbrotpapier, auspackte, stellte sich Franziska vor ihn, als hätte sie einen Auftritt vor der ganzen Klasse. «Papa, ist dir auch schon ein Brett auf den Fuss gefallen?»

«Uns fallen ständig Bretter auf die Füsse, vor allem dann, wenn wir keine Lohnerhöhung bekommen», sagte ein Arbeitskollege und lachte und der zweite stimmte in dessen Lachen ein.

«Papa, wenn dir ein Brett auf den Fuss fällt, sag: Kladderadatsch, dann tut es weniger weh und alles wird schneller wieder gut.»

«Habt ihr das Wort zusammen ausgeheckt?»

«Nein, ich allein», sagte Franziska.

«Holterdipolter,» sagte Julia, «schon fällt das Brett vom Stapel herab.»

«Das ist auch gut!» Erst strich der Vater mit seiner grossen, schwieligen Hand Julia übers Haar, dann Franziska. Er achtete sehr darauf, dass seine Sympathiebekundungen nicht in ein Ungleichgewicht fielen.

Immer gehen die Pausen so schnell vorüber.

Bevor ihr Vater einen Knopf drückte und die Hobelmaschine aufheulen liess, bettelten die Zwillinge erneut, sie schmierten ihrem Vater Honig um den Mund.

«Papa, du sagst doch nicht nein, du bist der Grösste, wenn du nicht nein sagst. Dürfen wir im Holzlager spielen?»
Er zögerte mit der Antwort.
«Bitte, bitte, Papa.»
Doch, sie durften.

Das Holzlager neben der Sägerei war in einer Halle untergebracht, deren schräges Ziegeldach auf vier Pfeilern, ähnlich wie Telefonmasten, ruhte. Ein Haus ohne Wände, der Boden erdig, und im hinteren Teil wuchsen Brennnesseln. Zwischen den Bretterbeigen gab es Gänge, ein Labyrinth von Gängen, in das sich die Zwillinge hineinwagten, rennend, und dann blieben sie auf einmal stehen. Auf der anderen Seite des Ganges waren Schritte zu vernehmen. Sie lugten durch eine Spalte, den Zwischenraum der luftig aufgeschichteten Beige, und sahen einen Ausschnitt eines Bauches, und abgeschnittene Arme, die in einem blauen Arbeitskleid steckten.

Sie gingen in die Hocke, sie machten sich klein wie zwei Katzen. Julia flüsterte: «Wir miauen», und dann miauten sie, als wären sie eine einzige Katze.

Der Mann auf der anderen Seite fluchte: «Verschwinde, du elender Kater, du dreckiger Sauhund!»

Der Mann schlug mit einem Stecken auf die Bretter, um das Tier zu verscheuchen, und sie pressten die Hand auf den Mund, um nicht loszuprusten.

Als der Mann weiterging, hörten sie ihn zu sich selbst sagen: «Das ist Mosers Kater, er scheisst schon wieder.»

Die Mädchen wussten Bescheid. Ihr Vater hatte es ihnen erzählt. Der Mann, von dem sie nur einen Ausschnitt gesehen hatten, hiess Armin, ein weiterer Arbeitskollege von Vater. Gestern hatte Armin ein Brett im Holzlager geholt. Als er zurückkam, stank er. Armin war in Katzenscheisse getreten, ohne es zu bemerken. Der Kater von Bauer Moser liebte es, im Holzlager zu scheissen.

«Wenn der Nächste kommt», sagte Julia, «sind wir ein Hund, wir knurren.»

«Nein, nicht knurren, wir bellen höllisch», wiedersprach Franziska, «dann bekommt er einen Schreck. Beim Knurren erschrickt er nicht.»

Franziskas Widerspruch ärgerte Julia, sie begann ihre Schwester zu hänseln: «Schau, schau nur, eine Schlange! Schläft unter der Bretterbeige. Du getraust dich nicht, darunter zu schauen, aber, aber... Zisch doch mal wie eine Schlange!»

Franziska wollte nicht zischen. Sie rannte davon, Julia hinterher. Durch Gänge, um Ecken.

Franziska nahm die Kurven eng. Bei der nächsten passierte es, sie prallte gegen die mehrere Meter hohe Bretterbeige. Diese schwankte. Es krachte, ein schweres Brett fiel herab und hätte die hinter ihr rennende Julia beinah am Kopf getroffen.

Im Schreck fielen sich die Schwestern in die Arme, verschmolzen ineinander.

«Du bist mein Eichhörnli.»

«Und du, du bist meins.»

Nach dem Schreck sassen sie in einem Gang auf der Erde, lehnten sich an eine Holzbeige und beschlossen, heute vor dem Einschlafen zu beten, dass ihrem Vater nie ein Brett auf den Kopf fällt, dass er immer einen Schutzengel hat.

Julia hatte auch einen gehabt.

Und auch Noah.

Frau Muff, die sie jetzt bei jedem Besuch liebevoll Isi nannten, hatte ihnen erzählt, dass Noahs Rettungsschiff mit seiner Familie und den Tieren im Weltmeeressturm untergegangen wäre, wenn Gott nicht viele, viele Schutzengel geschickt hätte. Die Zwillinge überlegten:
Das Rettungsschiff ist aus Holz gewesen.
Bretter sind etwas Gutes.
Sie lauschten dem fortwährenden, rhythmischen Ritsch, Ratsch der grossen, elektrischen Säge, die einen Baumstamm in Bretter zersägte.
Bretter sind etwas Gutes, Bretter geben Lohn.
Ohne Bretter gibt's keinen Lohn für Papa, und Mama muss noch mehr schneidern und nähen, damit wir zu essen haben.
Pfähle sind etwas Gutes.
Der Bauer Moser hat ringsum die Weide Pfähle eingeschlagen. Ohne Zaun laufen ihm die Kühe davon.
Robinson Crusoe braucht einen ganz hohen Zaun für seine Ziegen. Damit die wilden Tiere sie nicht fressen.
Aber was ist, wenn wilde Männer eine Leiter an den Zaun stellen und darüber klettern?
Und die Waldhütten. Ohne Bretter gibt's keine Waldhütten. Und wenn's keine Waldhütten gibt, gibt's auch die Grossmutter von Rotkäppchen nicht.
Die Grossmutter ist dumm. Sie hat dem Wolf die Tür aufgemacht. Warum hat sie nicht durch die Ritzen in der Brettertür gelugt?
Die Grossmutter sieht nicht mehr gut.
Isi sieht auch nicht mehr gut, aber sie würde den Wolf niemals hereinlassen, sie würde ihn riechen.

Die Schwestern überlegten, wofür man Holz sonst noch verwenden könnte.

Eine Baumhütte bauen.

Über dem Dorfweiher würden sie einen Steg errichten. Dann könnten sie wie der geheimnisvolle Mann in Isis Wohnung übers Wasser laufen, ohne einzusinken.

Sie hatten kühne Pläne, ihre Unternehmungen wurden abenteuerlich, je mehr Schatten gegen Abend über die Bretterbeigen huschten.

Eine Holzleiter bis zum Mond.

Die Schwestern wetteiferten im Aufzählen von noch abenteuerlicheren Vorhaben und spitzten plötzlich die Ohren.

Schritte?

Kam doch noch jemand?

Auf drei bellen wir!

Doch die Schritte entfernten sich.

Sie wetteiferten weiter. Bis es unter der Holzbeige vor ihnen raschelte. Ein schlangenhaftes Rascheln.

«Das ist die Liebgottschlange», zischte Franziska, «ich kann sie sehen. Dort! Siehst du sie auch?»

«Doch, doch, ich sehe sie auch. Nur weg von da!»

Sie sprangen auf und rannten aus dem Holzlager, als würden sie verfolgt.

Die Maschinen in der Sägerei und Schreinerei waren verstummt. Sie kamen gerade rechtzeitig, um ihren Vater von der Arbeit abzuholen.

Stolz marschierten sie neben ihm her nach Hause. Sie waren staubig wie ihr Vater, ihr geliebter Vater, und dufteten nach Holz.

7

Sie begnügten sich nicht mehr mit den vertrauten Territorien: Garten, Friedhof, Kuhweide, Holzlager, Dorfplatz, Konsum, Volg, Bäckerei, Käserei.
Der Wald lockte. Grund dafür war der neue Lehrer. Frau Zollinger hatte bis zum Schluss Mühe gehabt, die Schwestern voneinander zu unterscheiden. Herrn Wenger bereitete es von Anfang an keine Schwierigkeiten, sie auseinanderzuhalten, obwohl es immer noch vorkam, dass sie die gleichen Kleider trugen.
Es war Frühling, sie waren elf und hell gekleidet. Der Wald lockte an dem Tag, als ihnen Herr Wenger Naturkunde- und Gesellschaftsunterricht erteilte.
Während Herr Wenger Dias auf die Leinwand projizierte, erzählte er ihnen von den Bäumen.
Der Zitterpappel. Sie zittere, doch wehe kein Lüftchen, sogar bei Windstille bebe sie.
Julia hörte atemlos zu und dachte: Sie zittert, weil sie sich wohlfühlt.
Julia hatte auch schon gezittert, weil sie sich so sehr auf etwas gefreut hatte. Wann endlich ging die Stubentür auf, und sie durfte den Weihnachtsbaum sehen?
Herr Wenger erzählte von den Buchen. Den hellen Buchenwäldern, die an beinah endlose Wiesen grenzten, sie würden einen in heitere Stimmung versetzen. Ihm falle immer etwas Lustiges ein, wenn er durch einen Buchenwald gehe.
Und dann erzählte er von den dunklen Tannenwäldern, die düster von den Hängen herabschauten. Durch einen

Tannenwald gehe er auch gerne. Er rieche so gut, nach Harz, und er müsse dann an Weihnachten denken.

Am liebsten sei ihm der Wald mit einem Gemisch von beidem, von Hellem und Dunklem wie im Leben, von Buchen und Tannen. Die Buche würde die Tanne aufhellen, und Tannen würden Buchen daran erinnern, dass bei übermütiger Stimmung aus Lachen bittere Tränen werden können.

Der Lehrer legte eine Kunstpause ein. Sein Blick schweifte von Julia zu Franziska, die nebeneinander in der zweithintersten Reihe sassen. «Hallo, ihr beiden, mein Zwiesel», sprach er sie an.

Herr Wenger sprach in Rätseln. Die Kinder liebten Rätsel. Gebannt schauten sie nach vorne, als er einen Baumstamm an die Wandtafel zeichnete.

Ein Wurzelwerk und einen kräftigen, dicken Stamm, der sich jedoch in einer bestimmten Höhe in zwei Stämme gabelte, die ein V bildeten und so weiter nach oben dem Licht entgegen wuchsen, wo jeder seine eigene Krone hatte. Die zwei schönen Kronen, die der Lehrer zeichnete, waren nahezu identisch.

«Einen solchen Baum nennt man Zwiesel», erklärte er. «Er braucht viel Kraft, er muss zwei Kronen tragen. Zwei Kronen wehen im Wind, und nicht immer neigen sich beide auf die gleiche Seite. Bei einem Sturm kann es geschehen, dass in der Gabelung ein Riss entsteht. Das würde dem Baum weh tun. Doch der Riss kann heilen. Der Baum bildet an dieser Stelle einen dicken Wulst aus Holz. Ein Wulst wie ein Heftpflaster.»

Julia und Franziska liebten den Naturkundeunterricht bei ihrem Lehrer.

Nach der Stunde in der Pause waren sie die Zwieselchen, und andere nannten sie Wieselchen. Geschwind wie Wieselchen, das waren sie schon immer gewesen. Und stark! «Uns kann kein Sturm auseinanderreissen.»

Am nächsten schulfreien Nachmittag noch vor dem Erledigen der Hausaufgaben machten sie sich auf die Suche nach Zwieseln im Wald.

Sie hatten ihren Eltern versprochen, hoch und heilig, nur auf der Strasse entlang des Waldes zu gehen, und nicht hinein, nicht ins *Buch* hinein.

«Papa, warum heisst dieser Wald *Buch*? Kann man darin lesen wie in einem Buch? Ist es ein Wald mit Geschichten?»

Papa hatte über ihre Frage lachen müssen. «Man nennt den Wald *Buch*, weil darin besonders viele Buchen wachsen. So einfach ist das.»

Die Strasse führte im Osten aus dem Dorf, vorbei an Wiesen und Äckern, auf denen schon grünte, was im Herbst gesät worden war, und deren Grasränder Blumen schmückten. Bienen und Schmetterlinge flogen.

Sie hatten die Sonne im Rücken, die den Waldrand ausleuchtete.

Sie waren ungeduldig. Gab es am Waldrand überhaupt Zwiesel? Es dünkte sie, schon ewig lang unterwegs zu sein, und noch immer hatten sie keinen entdeckt.

Ein Seitenweg bog in den Wald ein. Sie zögerten nur kurz, tapfer gingen sie daran vorbei und weiter auf der Strasse entlang des Waldes. Bei der nächsten Abzweigung machten ihre Füsse plötzlich, was sie wollten. Julia und Franziska hätten schwören können, hoch und heilig, dass sie nichts dagegen tun konnten. Die Füsse lenkten ihre Schritte in den Wald hinein.

Ein Wispern, Zwitschern, Trillern empfing sie. Allesamt Lockrufe in hellen und dunklen Tönen, Geheimnisse verheissende Lockrufe. Die Bäume trieben Blätter. Bei einer grossen Buche am Wegrand blieben sie stehen und staunten, was für eine glatte Rinde sie hatte. Sie streichelten sie. «Ist so glatt wie Mamas Haut», sagte Julia. Sie schmiegten die Gesichter ans Holz. «Aber nicht so warm wie Mamas Wangen.» Sie legten das Ohr an den Stamm, beide hörten es. Da drinnen saftete es. Dann schauten sie nach oben. Die prächtige Krone, die zarten hellgrünen Blättchen, die der Baum trieb, der gewaltig im Saft war.

Zählen ... Wenn sie die Blättchen zählen wollten, so viele neue, sie würden heute Abend noch hier stehen und zählen.

Franziska ahmte die Stimme ihres Vaters nach. «Die Buche ist kerngesund. Hat einen kerzengeraden Stamm. Ein Prachtexemplar. Wird noch lange weiterwachsen.»

Dass es eine Buche war, das wussten sie.

An Sommersonntagen waren sie mit den Eltern im Wald spazieren gegangen, hatten ein Feuer gemacht, Würste gebraten, die Erwachsenen Bratwürste, die Mädchen Servelas. Die Eltern setzten sich auf die Wolldecke, die die Mutter ausgebreitet hatte. «Kommt, setzt euch zu uns», forderte die Mutter sie auf, «ist doch schön, die ganze Familie vereint auf einer Wolldecke.»

Die Schwestern rannten davon, Squaws benötigten keine Wolldecke. Ein Baumstrunk, vermodert und mit Pilzen verwachsen, genügte ihnen als Sitzplatz.

Später hatte der Vater ihnen beigebracht, wie die verschiedenen Bäume hiessen und worin sie sich voneinander unterschieden. Buche, Tanne, Lärche, Föhre, Eiche. Und im Dorf bei der Kirche die Lindenbäume. Im Naturkundeunterricht hatte ihnen Herr Wenger ein Dia von einer besonderen Linde gezeigt.

Der Linde von Linn. Ein Baum, hoch wie ein Kirchturm, aber breiter als drei Kirchtürme. Die untersten Äste der Krone reichen beinahe auf den Boden. Ein Baum in der Gabelung zweier Wege, allein auf freiem Feld.

Die Linde, hatte ihnen Herr Wenger erzählt, sei siebenhundert Jahre alt und so dick wie kein anderer Baum in der Schweiz. Um ihn zu umfassen, würden zehn Kinder nicht genügen, die ganze Klasse müsse sich an der Hand fassen, erst solch eine Kinderschlange sei in der Lage, diesen Stamm zu umfassen.

Damals nach dem Unterricht hatten die Schwestern bei Isi die Klingel zweimal gedrückt und waren sogleich eingetreten, weil sie wussten, dass Isi die Wohnungstür nie abschloss, wenn sie zu Hause war. Isi sass im Sessel in der Stube. Die Schwestern erzählten ihr, was sie über Bäume und die Linde von Linn erfahren hatten, und meinten dann, die Linde sei ein trauriger Baum, weil sie einsam sei. Sie habe keine Baumkameradinnen in der Nähe. Keinen Schwesterbaum. Ihre Krone könne keine andere Krone streicheln. Und unterirdisch würden ihre Wurzeln keinen anderen Wurzeln begegnen. So traurig sei das.

Isi hatte den Schwestern recht gegeben. «Ein einsamer Baum, ja, aber vielleicht gar nicht traurig. Ihm ist schon immer klar gewesen, dass er allein ist, dass es niemanden gibt, der ihm in der Not beistehen würde. Gerade weil er

allein ist, musste er stark werden. Er hat mehr Wurzeln als andere gebildet und tiefere, dabei ist er uralt geworden und so stark, dass ihn bis heute kein Sturm hat fällen können.»
«Wir möchten, dass du auch uralt wirst», hatten da die Schwestern wie aus einem Mund gesagt.

Nun im Wald standen sie vor der prächtigen Buche, und Franziska fragte Julia: «Glaubst du, sie spürt, wenn ich sie streichle?»
«Ich weiss nicht. Kann sein, kann nicht sein.»
«Und wenn ich ein Zeichen in die Rinde ritze: Ein J und ein F, wir waren hier!»
«Lass das!»
In der Nähe der Buche sprossen Keimlinge. Als die Schwestern vom Weg nach links abwichen, waren sie bei jedem Schritt achtsam, keine der Buchen-Winzlinge zu zertreten. Sie gingen, bis sie zu einer Lichtung gelangten, über der sie das Blau des Himmels sehen konnten und wo es so schön war, dass sie sich ins Gras setzten.

Das Vergissmeinnicht blühte in einem Blau, noch zarter als das Blau des Himmels. Bienen summten, Vögel zwitscherten.

Als die Schwestern die Lichtung erkundeten, entdeckten sie das Springkraut und rührten es an. Wenn eine Schote aufplatzte und ihre Samen wegschleuderte, zogen sie die Hand erschrocken zurück und mussten vor Überraschung lachen. Sie nahmen sich vor, das nächste Mal nicht mehr zu erschrecken, und erschraken doch wieder.

Ein Eichhörnchen lenkte sie von ihrem Spiel ab und erinnerte sie daran, warum sie in den Wald gegangen waren. Es huschte über den Boden, kletterte auf einen Baum und verschwand im Geäst der Krone.

Wo fanden sie zwei Kronen?

Sie mussten weiter, immer weiter, tiefer in den Wald hinein. Irgendwo hier drinnen musste es doch einen Zwiesel geben. Wo, wo nur? Sie gaben sich ganz ihrer Suche hin. Etwas, das so schwer zu finden war, musste etwas Besonderes sein, ein Zwiesel, dem sie einen anderen Namen gaben. Sie suchten einen Prinzessinnenbaum, der zwei Krönchen hatte.

Als es dämmerte, kehrten sie immer noch nicht um. Sie wichen vom Weg ab, im Unterholz brachen dürre Äste unter ihren Schritten. Die Dämmerung verstärkte das Geräusch.

Als Julia hochsah, starrte sie ein Gesicht in der Baumkrone an. «Dort, schau!», rief sie in ihrem Schreck. «Es starrt uns an und reisst sein Maul auf.»

Franziska sah's auch, es war wahr: Das Gesicht riss sein Maul auf, ein Maul so gross, dass es einen Menschen zu verschlucken vermochte.

Nur weg von da! Das Geräusch der unter ihren Schritten brechenden Äste dröhnte, hallte nach. Hinter ihnen raschelte es, das Gesicht verfolgte sie, sein Maul würde nach ihnen schnappen, wenn sie zurückblickten. Vor ihnen entdeckten sie endlich einen Weg.

Auf dem sicheren Weg getrauten sie sich wieder hochzuschauen, nein, das durfte doch nicht wahr sein: Auch in den Bäumen am Wegrand lauter Gesichter, und alle starrten auf sie herab.

Die Schwestern flüsterten nur noch. Julias Flüstern war hastig: «Wir gehen auf diesem Weg nicht mehr weiter, jeder Schritt bringt uns nur näher ans Schloss heran, wo die Zauberin wohnt. Bei hundert Schritten Nähe verzaubert sie uns in zwei Vögel, die sich nicht gleichen. Sie sperrt uns in einen Käfig, und wir müssen singen und zwitschern. Wenn wir verstummen, rupft und kocht und frisst sie uns.»

In der entgegengesetzten Richtung entdeckten sie in der Ferne einen hellen Schimmer wie ein Licht, das ihnen den Weg wies. «Das ist unser Rettungsweg. Komm endlich!»

«Die Zauberin hat mich versteinert», jammerte Franziska, «ich kann nicht mehr gehen.»

«Dann trage ich dich halt.»

Julia nahm ihre Schwester huckepack und stapfte auf den hellen Schimmer zu, schnaufte. Sie hatte das Gefühl, die Last sei schwer wie Stein.

Sie wurde zunehmend leichter, je näher sie dem Schimmer kam. Franziska giggelte, sie rieb die Nase in Julias Haar. «Eichhörnli, das ist schön, ich kann reiten.»

Als sie zu Hause anlangten, war es Nacht. Sie hatten ein schlechtes Gewissen.

Isi passte ihnen an der Tür ab. «Wo seid ihr so lange gewesen?»

Julia gab Antwort. «Im Wald. Wir haben den Zwillingsbaum gesucht und nicht gefunden. Wir gehen ihn wieder suchen», fügte sie trotzig hinzu.

«Eure Eltern haben sich Sorgen gemacht. Euer Vater hat Kollegen telefoniert und schon eine Suchmannschaft zusammengestellt. Geht sofort nach oben, es gibt ein Donnerwetter.»

Als sie zur Tür hineinschlüpften, stand Vater schon bereit. Er packte sie mit seinen grossen Händen am Arm, Julia am rechten, Franziska am linken, und schüttelte sie, schüttelte sie ärger als den Zwetschgenbaum im Garten, wenn seine Früchte reif waren. Mutter stand daneben, sagte nichts, sagte einfach nichts, sagte nicht: Hör auf, das reicht.

Er aber sagte etwas: «Ab mit euch ins Bett!»
Seit dem zweiten Schuljahr hatten sie ein Doppelstockbett. Aus dem unteren, in dem Julia lag, tönte es: «Ich hasse beide. Sie hat uns verleugnet, sie hat sich nicht für uns gewehrt.»

Aus dem oberen tönte es: «Er da und die da, die sind nicht unsere richtigen Eltern, sie sind nur ...»

Franziska hatte das Wort vergessen.

Julia von unten half: «... Pflegeeltern. Wir bleiben nicht mehr bei ihnen. Unsere richtigen Eltern leben am anderen Ende der Welt in Australien, bei den Kängurus, Straussvögeln, Silberbäumen. Unser richtiger Vater hat feine Hände wie der Herr Doktor, der uns im letzten Winter die Brust abgehorcht hat, als wir den Keuchhusten gehabt haben.»

«Stimmt», echote es diesmal von oben. «Unsere Eltern wohnen in einem Schloss am Meer. Unsere richtige Mutter muss nicht mehr Tag und Nacht nähen. Sie kann am Fenster sitzenbleiben, aufs Meer schauen, sie hört Schallplatten wie die Frau Doktor.»

«Bis du sicher? Hört sie nicht lieber den Meereswellen zu? Das ist auch Musik. Zur Meereswellenmusik bringt ihr die Köchin eine Platte mit Leckereien.» Julia gab einen schmatzenden Laut von sich.

Im oberen Bett blieb es stumm, bis Franziska auf einmal hervorstiess: «Ich hasse sie noch mehr, weil wir ohne Essen ins Bett mussten.»

Nicht viel später ging die Tür auf. Ein Lichtstrahl drang durch den breiten Spalt, eine Hand schob geschwind einen Teller herein, auf dem zwei identische Sandwiches lagen, und lautlos ging die Tür wieder zu.

Julia zündete das Licht an, sprang aus dem Bett, flink kletterte Franziska zu ihr herab.

Wie Regen, der schwächer wurde, liess ihr Hass nach, doch der Gedanke, nach Australien auszuwandern, hatte sich schon in ihren Köpfen festgesetzt.

8

«In der Schweiz gibt es nichts gratis, alles kostet, jedes Formular», sagte der Arbeitskollege ihres Vaters. Er war der Gleiche, der früher gesagt hatte, ein Brett, eher ein leichtes, würde ihnen auf die Füsse fallen, wenn sie keine Lohnerhöhung bekämen, und ein schweres, wenn ihnen der Lohn gekürzt würde.

Die Schwestern, die ihrem Vater wieder einmal das Zvieribrot brachten, brauchten Geld, viel Geld für zwei Rucksäcke. In der Schreinerei gab es ständig so viel zu tun, für sie würde es bestimmt auch etwas zu tun geben.

Der Zufall wollte es, dass sie im Büro der Schreinerei, in dem sie ihr Anliegen vorbrachten, Frau Meier begegneten, der Frau des Besitzers, einer Kundin ihrer Mutter, die damals, als die Zwillinge wie aus dem Busch geredet hatten, in helles Entzücken über deren Geheimsprache ausgebrochen war.

«Könnt ihr immer noch wie aus dem Busch reden?», fragte sie.

Die Schwestern machten ein verdutztes Gesicht. Diese Frage hatten sie nicht erwartet. Sie warfen sich einen Blick zu, es war, als würden sie insgeheim auf drei zählen, und dann platzten sie los. Ein Wasserfall aus Wörtern sprudelte aus ihnen, und niemand verstand ein Wort.

Frau Meyer lachte, die Büroangestellte, die die Mädchen schon hatte wegschicken wollen, lachte.

Selbstverständlich gab es Arbeit für sie. Samstags konnten sie den Vorplatz der Schreinerei wischen.

Sie wischten verschieden. Julia wischte langsamer und gründlicher als ihre Schwester. Jede hatte ihr Wischgebiet, das sie gerecht aufgeteilt hatten. Franziskas Besen fegte über den Platz. Als sie fertig waren, begutachteten sie ihr Werk, wobei sich herausstellte, dass Franziska nachwischen musste. Julia packte ihren Besen wieder und half ihr dabei. Sie kamen sich gross vor. Mit Wischen Geld verdienen.

In ihrem Zimmer legten sie den Lohn in eine Blechbüchse, die nicht kleiner als die Opferbüchse in der Kirche war.

Sie brauchten noch mehr Geld, schliesslich nicht nur für Rucksäcke, Billette nach Australien waren nicht billig.

Unter Anleitung der Mutter buken sie einen Gugelhupf. Als er erkaltet war, schnitten sie ihn in gleich grosse Stücke, die sie in Zellophan verpackten.

Die Mutter kannte ihre Zwillinge doch gut. «Ich glaube zu wissen, was ihr damit macht», sagte sie, «ihr verteilt sie unter Schulkameradinnen.»

«Nein, wir verkaufen sie.»

Wie gut kannte sie sie?

Auf ihre Frage, wozu das Geld sei, drückten sich die Schwestern dunkel aus. Die Mutter fragte nicht nach. Auch Kinder brauchen Geheimnisse.

Am Abend klingelten Julia und Franziska bei dem jungen Paar im ersten Stock. Die Frau öffnete. Sie hatte eine Küchenschürze umgebunden, eine Haarlocke war ihr über das linke Auge gefallen. Sie wischte sie mit der Hand aus dem geröteten Gesicht, während sie die Kinder anhörte. Wie gut sich das treffe, sagte sie dann und strahlte. Sie erwarte Besuch und habe noch kein Dessert und fast keine Zeit mehr.

Sie wollte gleich alle Stücke kaufen, ohne zu probieren. Aber das ging nicht, ein Stück war schon reserviert.

Für Isi. Isi lamentierte: «Warum habt ihr nicht zwei? Das nächste Mal kaufe ich euch zwei Stück Gugelhupf ab, eins für mich und eins für den Mann, der durch verschlossene Türen gehen und übers Wasser laufen kann.»

Frau Meier war sehr zufrieden mit den Vorplatzwischerinnen. Sie hatte noch mehr Arbeit für sie. Der Anblick des Unkrauts hinter dem Holzlager störte sie. «Könnt ihr auch jäten?»

Die Schwestern bejahten in einem Ton, als hätten sie schon ganze Rabatten in Parkanlagen von Unkraut befreit.

Eigentlich jäteten sie nur widerwillig, sie sahen nicht ein, warum. Warum das schöne Unkraut ausreissen? Warum es nicht wachsen lassen? Es war so schön, den Sommervögeln zuzusehen, wie sie herbeiflogen, wie sie über den Brennnesseln hin und her schwirrten, bevor sie sich darauf niederliessen.

Wenn sie nicht mehr weiter jäten mochten, was zusehends häufiger vorkam, versteckten sie sich hinter einer Bretterbeige, und wenn ein Arbeiter aus der Schreinerei auftauchte, ahmten sie das Miauen von Mosers Katze nach.

Ihre Blechbüchse füllte sich, jedoch langsam, viel zu langsam, dünkte sie.

Anfang der Sommerferien besuchten sie mit ihrer Mutter die nächstgelegene, drei Kilometer von ihrem Dorf entfernte Stadt, in der es Handelshäuser, ein Gefängnis und ein Regionalspital gab. Die Schwestern benötigten neue Sommerschuhe.

In der Innenstadt waren viele Leute unterwegs, alles Fremde, ihre Mutter kannte und grüsste niemanden. Auf dem Platz vor dem Rathaus erregte ein Mann die Aufmerksamkeit der Schwestern. Er stand auf einer Kiste aus Holz und war von Kopf bis Fuss silbrig. Nur seine Haare waren schwarz, und schwarz war der Hut, der vor der Kiste auf dem Boden lag. Der Silbermann, dessen rechter Arm nach oben zeigte, wirkte, als wäre er zu einer Statue erstarrt. Ein Kind zeigte mit dem Finger auf ihn, und eine andere Kleine legte eine Münze in den schwarzen Hut. In dem Augenblick schoss der rechte Arm des Silbermannes nach vorn und verharrte in neuer Pose. Das war lustig. Die Kleine rannte zu ihrer Mutter und bettelte so lange, bis sie nochmals eine Münze erhielt, die sie wieder in den schwarzen Hut legte und den Silbermann zu einer weiteren Pose animierte.

Der Silbermann und besonders sein schwarzer Hut hatten eine starke Wirkung auf die Schwestern. Sie rührten sich nicht vom Fleck, sie steckten die Köpfe zusammen und tuschelten. Der Silbermann war ein Magier. Eine Bewegung machen und schon fällt eine Münze in den Hut. Das war doch nicht so schwer, das war kinderleicht, das konnten sie auch.

Ihre Mutter war schon ganz ungeduldig. «Wir müssen endlich weiter», sagte sie, «ihr wollt doch nicht, dass euch die neuen Schuhe davonlaufen.»

Neue Schuhe? Beinahe hätten sie vergessen, was die eigentliche Absicht ihres Besuches in der Stadt war.

Der erste Mensch, dem sie sich später im Dorf in ihren neuen Schuhen zeigten, war ihr Vater.

Und der zweite Isi. Das Vorführen der Schuhe war ein Vorwand, sozusagen das Vorspiel für ihre Frage, ob sie sich Isis Lippenstift ausleihen dürften.

Isi liess sich nicht lange bitten, sie verstand das. Die Mädchen wollten in ihren neuen Schuhen die ersten Schritte als Fräulein wagen.

«Und einen Korken? Dürfen wir noch einen Korken haben?»
Isi hatte eine ganze Schublade voll davon. Korken von Weinflaschen. Was die Schwestern nicht erstaunte. Isi hatte ihnen erzählt, Noah sei ihr auch deshalb sympathisch, weil er nach der Sintflut, als alles wieder gewachsen sei, gut zu seinem Rebberg geschaut habe, Noah sei der erste Weinbauer gewesen.

«Von den Korken könnt ihr so viele nehmen, wie ihr wollt», sagte sie jetzt, «ich sammle sie nicht mehr.»

Am nächsten Tag baten sie ihre Mutter, ihnen ihr braunes Haar in zwei gleiche Zöpfe zu flechten. Danach zogen sie Sommerröcke an, die aus dem gleichen Stoff und von gleicher Farbe und gleich geschnitten waren. Nein, die neuen Schuhe zogen sie nicht an. Sie waren verschieden. Sie holten aus dem Schrank zwei gleiche Paar hervor, die nicht zu ihren Röcken und zur Jahreszeit passten. Es war ihnen egal. Hauptsache, die eine war das Spiegelbild der anderen.

Auf Mutters Gesicht erschien ein feines, versonnenes Lächeln. Mit ihrem zum Verwechseln ähnlichen Aussehen würden sie auf dem Spielplatz hinter dem Schulhaus, der auch für das Turnen im Freien benutzt wurde, Verwirrung unter den Schulkollegen ihrer Klasse stiften.

Schon im Frühling war ihr aufgefallen, dass ihre Töchter die Knaben anders ansahen und ihnen verstohlene Blicke zuwarfen. Einmal hatte sie eine fröhlich plaudernde Franziska erlebt, die plötzlich verstummte, als sie im Konsum ihrem Schulkollegen Peter begegnete. Peters Vater war Angestellter in der Gemeindeverwaltung und Kommandant der Feuerwehr. Danach verging keine Woche, bis die Schwestern eine Tee-Party für vier Personen im Garten des Dreifamilienhauses veranstalteten. Sie hatten zwei Knaben

aus ihrer Klasse eingeladen. Peter und Paul, der schon so vieles wusste.
Nach der Tee-Party hatten die Schwestern rote Köpfe. Franziska vor Freude, stiller Freude, Julia vor Wut. Als sie das Geschirr abwusch, Franziska trocknete es ab, erzählte sie ihrer Mutter, Paul meine immer alles besser zu wissen. Julia schnaubte. «Er redet, dass niemand ihn versteht. 'Der Polizist Lehmann hat ins Gras gebissen', hat er gesagt. Kein Polizist ist doch so blöd, dass er wie ein Stier ins Gras beisst.»

„Ins Gras beissen" sei eine Redewendung, erklärte ihre Mutter und bedeute, Polizist Lehmann sei gestorben, aber Julia war immer noch aufgebracht und hörte nicht zu. «Und dann hat er noch ein Rätselraten veranstaltet, er hat einen Zettel aus dem Hosensack hervorgeholt, auf dem stand:
KLUG KLUG KLUG
KLUG KLUG KLUG
KLUG KLUG KLUG
Dann hat er gefragt: 'Welches Wort wird da gesucht? Aus neun Wörtern gibt es ein einziges Wort.' Ständig hat er mich angeschaut und auf die Antwort gewartet. Mich hat die Wut gepackt, ich habe ihm keinen Tee mehr eingeschenkt. Die anderen haben das Wort auch nicht herausgefunden. Dann hat er verkündet: 'Ist doch so einfach, das Wort heisst selbstverständlich:
NEUNMALKLUG.'
Da habe ich auf seinen Zettel geschrieben:
Gg
Und ihn aufgefordert, das Wort, das darin steckt, zu suchen. Er, der Oberschlaue, hat's sofort herausgefunden:
'Gang.'
Stimmt, habe ich gedacht: Gang hei!»

«Und das hast du ihm auch gesagt: Geh heim?» Julia hatte vom Abwasch aufgeschaut, den Kopf geschüttelt, und die Mutter hatte sie ermahnt: «Geschirr ist zerbrechlich, geh sorgfältiger damit um», und zum Trost hinzugefügt: «Zu Weihnachten schenken wir dir ein Rätselbuch.»

Als sie jetzt im Sommer die Wohnung in ihren alten, unpassenden Schuhen verliessen, trugen sie eine Plastiktüte mit sich, in der sich Isis Lippenstift, Streichhölzer, Korkzapfen und Vaters schwarzer Hut befanden. Sie schlugen nicht den Weg ein, der zum Spielplatz hinter dem Schulhaus führte, wie ihre Mutter angenommen hatte. Mit dem Bus fuhren sie in die Stadt. Der Himmel war von Wölkchen überzogen, und ein eher kühler Wind wehte. Viele Leute waren in der Stadt unterwegs. Es zog sie nicht ins Schwimmbad oder auf die Berge wie an einem heissen, blauen Sommertag.

Der Platz vor dem Rathaus, städtischer Treffpunkt wie im Dorf der Platz vor der Käserei, war ihnen schon vertraut, und doch zögerten sie. Sie setzten sich aufs Kopfsteinpflaster, die Plastiktüte zwischen ihnen, und schauten nur, mutlos schauten sie drein, als schienen sie es nicht zu wagen, ihr Vorhaben in die Tat umzusetzen.

Eine Dame, im weissen Haar einen blauen Schimmer, trat zu ihnen. «Ist euch schlecht?» Sie wartete die Antwort nicht ab. «Ihr dürft hier nicht sitzen.»

Die Zurechtweisung bewirkte, dass sie nicht länger zögerten, schnell aufstanden und handelten: Griff in die Tüte, Hut heraus, den Julia vor der Dame mit einer provozierenden Gebärde auf den Boden legte.

Die blauhaarige Dame wandte sich ab, im Weggehen klagte sie: «Kinder, Kinder, bettelnde Zigeunerkinder im Doppelpack.»

Auf die Stirne malten sie sich gegenseitig einen roten Mund, der lachte, einen roten Tupfen auf die Nase, und danach zündeten sie ein Streichholz an und hielten den Korkzapfen in die Flamme. Als er sich abgekühlt hatte, schwärzten sie sich, wieder gegenseitig, das Kinn. Alles geschah in einem tiefen Stummsein.
Leute blieben stehen, schauten, gingen weiter.
Die bärtigen Mädchen rührten sich, wiegten sich im Takt wie zu leichter Musik, und plötzlich redeten sie, es klang wie ein wunderbares Singen. Niemand verstand sie.
Immer mehr Leute blieben stehen und gingen nicht mehr weiter. Portemonnaies öffneten sich, Münzen flogen in den Hut. Als Dank schlugen sie das Rad, während sie ununterbrochen redeten. Die eine tat ein paar Schritte von der anderen weg, um auf und davon zu gehen. Die andere rief sie zurück, die eine schien nicht zu hören, erst auf lautes Rufen der anderen, einem Sturzbach von Wörtern, drehte sich die eine um, rannte zurück, und die bärtigen Mädchen fielen sich in die Arme, und ihre vier Münder lachten.
Erwachsene klatschten, Kinder jauchzten.
Die Bärtigen gingen in den Spagat, Vaters schwarzer Hut daneben, und wurden es nicht müde, zu reden, zu reden. Sie verstanden sich blendend.
Jemand sagte: «Das ist kurios.»
Kleine Kinder verloren die Scheu vor den Bärtigen, lösten sich von den Müttern, brachen aus dem Halbkreis der Umstehenden aus, kamen ganz nah, strichen mit ihren Fingerchen übers Kinn der Bärtigen. Wie eine Trophäe zeigten sie dann die schwarzen Fingerspitzen. Und hüpften vor Freude. Vor einem angemalten Bart brauchten sie keine Angst zu haben.

Die Bärtigen lösten sich aus dem Spagat, standen auf und waren im Begriff, mit den Kleinen einen Reigentanz zu veranstalten, als sie in der Schar der Zuschauer Peter erblickten. Franziska erstarrte und spürte, wie die Kleine neben ihr sich an ihr Bein klammerte, als wäre ein Gewitter im Anzug, vor dessen Blitze sie sich fürchtete. Franziska schüttelte sie ab wie etwas Lästiges und rannte auf und davon.

«Franziska!», rief Julia, für jedermann verständlich und so laut, dass auch die Hintersten sie verstanden. Dreimal rief sie den Namen ihrer Schwester, doch Franziska kehrte nicht zurück, im Rennen rieb sie über ihr Kinn, um den Russ wegzuwischen. Dann verschwand sie in einer Gasse.

Als sich Julia nach Peter umsah, war auch er verschwunden. Sie senkte den Blick, und jetzt beherrschte der schwarze Hut ihr ganzes Gesichtsfeld. Als eine Münze, von einem Sonnenstrahl getroffen, silbrig blinkte und klirrend darin landete, rührte sie sich nicht, nicht wie zuvor, wo sie und Franziska bei jeder Spende als Dank eine identische Pirouette, eine tiefe Verbeugung vollführt oder die Gebende mit einem Schwall Wörter überschüttet hatten, die so reizend klangen, Engelswörterchen, Teufelswörter in ihrer Geheimsprache.

Noch nie war ihr ein Hut so fremd gewesen.

Als sie aufsah, verschwammen ihr vor den Augen Erwachsene und Kinder. Der Platz schien eine graue Weite zu sein, auf der ihr Hut, der Hut ihrer Träume, von einem jähen Sturzbach weggeschwemmt wurde.

9

Während sie im Badekleid, Julia in einem blauen, Franziska in einem roten, im Gras am Ufer des Dorfweihers sassen, in dem Baden ohne Aufsicht Erwachsener verboten war, und auf ihren Vater warteten, zupften sie Gras ab. Sie sassen nicht eng beieinander, und keine wollte reden. Bis Julia es nicht mehr aushielt zu schweigen. «Du rennst immer davon.»
«Und du fällst einmal in einen Brunnen und musst ewig lang warten, bis dich einer herausholt.»

Die Schwestern hatten eine Schulkameradin, Silvia, die Tochter des Dorfpolizisten, mit der sie sich angefreundet hatten, weil es bei ihr zu Hause eine grosse Attraktion gab. Ihre Eltern hatten sich einen Fernseher angeschafft. Manchmal, an Regentagen, erlaubten sie ihrer Tochter, mit anderen Kindern fernzusehen. Zu dritt sassen sie dann auf dem Sofa und schauten und vergassen zwischendurch zu atmen. Am Anfang war jede Sendung aufregend, obwohl Silvias Mutter bestimmte, was sie sehen durften, und zwischendurch hereinplatzte, um zu kontrollieren. Mit der Zeit jedoch langweilte sie das stets kindergerechte Programm. Sie gingen manchmal nicht mehr hin, wenn Silvia sie einlud.

Doch einmal waren Silvias Eltern fort. Vom Sofa aus verfolgten sie mit stockendem Atem eine Rettung, die im Fernsehen live gezeigt wurde. In Italien war ein Bub reicher Eltern, der gleich alt wie sie war, beim Spielen fussvoran in einen Sodbrunnen gefallen, der nach unten enger wurde, der Bub steckte fest. Sie hörten seinen hellen, durchdringenden Hilfeschrei. Feuerwehrleute rannten herum, Zuschauer eilten herbei und wurden von Polizisten am Nähertreten gehindert.

Es wäre doch einfach, ein Seil hinabzulassen. Der Bub könnte sich daran festklammern und würde hochgezogen.

So einfach war es eben nicht.

Der Bub war in den Brunnen gefallen wie ein Schwimmer, der vom Sprungturm ins tiefe Wasser springt, die Arme an den Körper geschmiegt. Der Bub hatte schon keine Kraft mehr, sich bemerkbar zu machen. Einem Feuerwehrmann, der sich kopfüber in den Schacht hinabgleiten liess, gelang es nicht, bis zu ihm vorzudringen. Erfolglos musste er wieder hochgezogen werden.

Und dann geschah etwas Merkwürdiges. Die Menge der Gaffenden bildete eine Gasse, in der ein dreckiger, schmalbrüstiger Bub erschien, in löchriger zerlumpter Hose und mit Haaren, die ihm wirr vom Kopf abstanden.

Der Bub sagte, er würde ihn herausholen.

Sie banden ihm ein Seil um die Fussgelenke, gaben ihm ein zweites in die Hand und liessen hinunter schweben.

Nach der Rettung des im Sodbrunnen eingeklemmten Buben, der Schürfungen erlitten und seine Stimme noch nicht wiedergefunden hatte, wurde sein Retter von Reportern bedrängt.

Der Kommentator sagte, er sei wie ein Engel in die Tiefe geschwebt. Er musste berichten, wie es ihm gelungen war, das Seil unter den Schultern des Eingeklemmten in den Achselhöhlen durchzuziehen und in der Enge des Schachts einen festen, sicheren Knoten zu knüpfen, und dann wurde er noch gefragt, ob der Eingeklemmte in seiner Todesangst ihm etwas gesagt habe, bevor er seine Stimme verloren habe.

Ja, er habe es fast nicht verstanden, so leise habe der Eingeklemmte gesprochen. «Du bist mein Bruder», habe er gesagt.

«Das kann mir nicht passieren», sagte Julia triumphierend, «ich passe auf, wenn ich auf einen Brunnenrand steige. Und sollte ich hineinfallen, dann würde mich Isis Mann, der auch durch Türen gehen und übers Wasser laufen kann, retten. Und dich? Was glaubst du, Peter würde dich retten! Er kann das gar nicht, weil er zu dick ist.»
«Stimmt nicht! Er ist nicht dick!» Wütend zupfte Franziska Gras ab. «Pah», sagte sie verächtlich, «ich glaube, deinen Retter gibt es überhaupt nicht. Isis Mann ist Isis Traum. Australien ist ein Traum. Nur in Trickfilmen tanzen Kängurus mit Kindern. Ich komme nicht mit, ich bleibe hier und sammle nicht mehr. Mir egal, dass die Blechbüchse nicht voll wird.»

Die Zeit dehnte sich zäh an diesem schwülen Sommernachmittag. Ihr Vater war noch immer nicht gekommen. Fliegen surrten, Bremsen fielen sie an, immer wieder, und dann, auf einmal, verschwanden die Insekten. Am Horizont erschien eine düstere Wolkenwand. Wind kam auf, ein heulender, brausender Wind, der das abgezupfte Gras aufwirbelte und ins Wasser fegte. Dunkelheit nahm zu, erhellt von Blitzen, die über den Himmel zuckten, und schon nach Sekunden donnerte es. Das Wasser hatte jetzt eine andere Farbe, schwarz kam es den Mädchen vor, schwarz wie der Tod, von dem sie in einem Buch eine Abbildung gesehen hatten.

Als sie ihren Vater endlich kommen sahen, aber nicht verstanden, was er mit seinem weit aufgerissenen Mund schrie, rannten sie schon los.

Beim Hof von Bauer Moser, der am nächsten vom Weiher entfernt lag, fanden sie vor Blitz und Regen Unterschlupf.

Ein heftiges Gewitter, das niederging, sie kannten das, der Himmel wie die Hölle. Danach klarte er auf, und schon bald herrschte wieder das schönste Sommerwetter. Nach dem Regen dampfte die Hauptstrasse, die einzige Strasse im Dorf, die asphaltiert war. Wunderbar rochen Erde und Luft.

Doch diesmal war es anders. Das Gewitter ging in einen Landregen über, der mehrere Tage anhielt.

Die Reise nach Australien, die sie sich farbig ausgemalt hatten, verblasste im harten Licht des Alltags wie ein Stoff aus Mutters Nähkommode, der durch häufiges Waschen ausgebleicht war.

Es gab auch kürzere Reisen, die aufregend waren. Eine davon, die sie angetreten hatten, führte quer durch die Schweiz, von Norden nach Süden. Schon waren sie auf dem Gotthard angelangt. Auf einer weiteren Etappe würden sie weiterziehen, die Leventina hinab, allerdings sehr langsam, sozusagen im Schneckentempo.

Ja, ein Regentag wie heute war ideal, um die Reise fortzusetzen.

In Isis Wohnung.

Isi hatte ein Puzzle von der Schweiz gekauft und die Teile auf dem Stubenboden ausgebreitet. Zu dritt gingen sie jeweils auf die Knie, um die Schweiz zusammenzusetzen. Dabei schob sich Isi noch ein Kissen unter ihre Knie, die sie manchmal schmerzten.

Beim letzten Mal hatten sich Julia und Franziska mit grossem Eifer ans Werk gemacht. Denn wenn sie das Puzzle fertig hätten, hatte Isi ihnen versprochen, würden sie auf eine

Reise voller Überraschungen gehen. Mit dem Zug würden sie über die Schweizer Grenze fahren. Bis nach Mailand, wo auch schon die „Schwarzen Brüder" gewesen seien und Kamine gereinigt hätten.

Sie hatten noch nie von den „Schwarzen Brüdern" gehört, und Isi hatte ihnen die wahre Geschichte von den Schweizer Buben erzählen müssen, die daheim nicht genug zu essen hatten, Hunger litten und nach Mailand zogen, um als Kaminfeger bei reichen Leuten für einen Hungerlohn zu arbeiten.

Heute würden sie am Puzzle weiterarbeiten. Energisch drückte Julia Isis Klingel zweimal, ihr vertrautes Zeichen, ehe sie eintraten. In der Küche war der Tisch liebevoll gedeckt, jeder Teller war mit einem blauen Blümchen geschmückt. Es roch nach frisch Gebackenem.

«Isi», riefen beide, «wir sind es.» Es war ein Zärtlichkeitsruf in freudiger Erwartung.

Auf den sie keine Antwort bekamen.

Eine undurchdringliche Stille lastete in der Wohnung. Die Zeiger der Wanduhr gegenüber dem Kochherd standen still, wie bei ihrem letzten Besuch, Isi hatte die Uhr immer noch nicht reparieren lassen.

Als sie in die Stube traten, sahen sie Isi auf dem Puzzle liegen, das Kissen unter ihren Knien war weggerutscht. Sie lag seitlich auf der Schweiz, den Hals verdreht, als hätte sie noch einen letzten Blick nach oben geworfen.

Julia stand nur stumm da, Franziska liefen Tränen über die Wangen, vor Zorn. «Du hast versprochen, mit uns nach Mailand zu reisen, und jetzt ist das nur dummes Zeug, was du gesagt hast, alles leeres, blödes Zeug.»

Da griff Julia ein. «So darfst du nicht mit einer Toten reden, du versündigst dich.»
Franziska schnaubte und sagte: «Ich sage gar nichts mehr.»
Ein Lächeln hatte Isis' faltiges Gesicht verzaubert.
Julia sagte nachdenklich: «Isi ist bestimmt froh, dass sie nicht abgeschlossen hat, sie möchte nicht, dass die Männer die Tür aufbrechen müssen, wenn sie kommen, um sie abzuholen.»

10

Im Reich der Toten waren alle Wege Kieswege. Der Kies knirschte unter ihren Sandalen. Sie gingen zwischen den Gräbern durch bis zum hinteren Teil des Friedhofs, in dem sich ein frisch aufgeschütteter Erdhügel befand. Isis Grab. Ein schlichtes Holzkreuz steckte in der Erde, und jemand hatte eine Rose darauf gelegt, die schon am Verwelken war.

Jede hatte Isi einen Brief geschrieben und ihn mit einem Baum bebildert, einem so kräftigen wie die Linde von Linn. Zwei fast identische Briefe, ohne dass die Zwillinge sich zuvor abgesprochen hatten. Nur über eine Sache, das hatten sie im Voraus miteinander beschlossen, würden sie nichts schreiben. Kein Wort über die «rote Sosse» in ihren Unterhosen. Noch am Tag von Isis Tod hatten beide fast zur gleichen Zeit die Periode bekommen.

In ihren Briefen erzählten sie, was sich im Dorf nach Isis Tod und Beerdigung ereignet hatte.

Julia schrieb: *Am letzten Samstag fand im Dorf eine Hochzeit statt. Die Glocken läuteten fröhlich. Die Braut trug ein weisses Kleid und hatte einen Schleier vor dem Gesicht. Als die Hochzeitsgesellschaft aus der Kirche kam, stand der Fotograf schon parat. Dann stiegen sie in den geschmückten Car, und als der Car anfuhr, warfen sie Täfeli aus allen Fenstern. Wir stürzten uns darauf und lasen viele auf.*

Franziska schrieb: *Am letzten Samstag fand im Dorf eine Hochzeit statt. Die Glocken läuteten lustig. Die Braut trug ein weisses Kleid und hatte einen Blumenstrauss in der Hand. Der Fotograf stand schon parat, als die Hochzeits-*

gesellschaft aus der Kirche kam. Dann stiegen sie in den geschmückten Car. Als der Car anfuhr, warfen sie Täfeli aus allen Fenstern. Ich stürzte mich darauf und las viele auf und meine Schwester auch.

Dann schrieben sie von der Nacht nach Isis Tod, in der sie aufgewacht waren und die Grillen nicht mehr zirpen hörten. Es hatte aufgehört zu regnen, die Nacht war schwül gewesen.

Franziska schrieb: *Plötzlich zirpten die Grillen nicht mehr. Sie hatten Angst. Warum? Weil jemand ums Haus schlich. Es war die Liebgottschlange.*

An dieser Stelle wichen die Briefe voneinander ab. Statt von der Liebgottschlange schrieb Julia vom Mann, der durch verschlossene Türen gehen kann. Sie schrieb: *Er kam zu spät. Warum wusste er nicht, dass du schon tot bist?*

Der letzte Abschnitt ihrer Briefe wies keinerlei Abweichungen auf.

Sie erzählten, dass sie bei dem Bauer Moser gewesen seien und auf der Weide mit seiner Geiss getanzt hätten, und nach dem Tanz hätten sie sie umarmt und die Nasen an ihrem Kopf gerieben. Einmal hätten sie es nicht gemacht, das Nasenreiben, da sei die Geiss nicht zufrieden gewesen und habe gemeckert. Sie hätten ihr zarte Blättchen von fremden Wiesen geholt, da habe sie nicht mehr gemeckert und nach dem Fressen Luftsprünge vollführt.

Dann schrieb Julia: *Am Montag hat Herr Moser die Geiss gemetzget. Wir sind traurig.*

Franziska schrieb: *Am Montag hat Herr Moser die Geiss gemetzget. Wir sind traurig.*

Die zwei am Ende der Briefe mit Bleistift gezeichneten, grauen Gesichter waren auch identisch: Sie weinten.

Einige Bonbons der Hochzeitsgesellschaft hatten sie für Isi aufgehoben. Sie vergruben sie und die zwei Briefe im weichen Erdhügel.

«Was denkst du, wo sie jetzt ist?», fragte Julia ihre Schwester.

«Beim Heiland.»

«Denkst du, sie ist schon dort angekommen?»

«Ich weiss nicht.»

«Der Weg dorthin ist viel, viel länger als der nach Mailand.»

«Kann schon sein, dass sie unterwegs Halt macht, sie muss sich stärken auf dem langen Weg.»

«Sie stärkt sich mit Gugelhupf. Den hat sie immer am liebsten gehabt. Ist doch so!»

Anders konnte es nicht sein, das wussten die Schwestern bestimmt. Es war ein Wissen, das sie tröstete.

Isi stärkt sich mit Gugelhupf.

Und es war ein Wissen, das sie auf einmal froh stimmte. Vergnügt gingen sie zwischen den Reihen durch, lasen, was auf den Grabsteinen stand, und wunderten sich über Namen, die sie noch nie gehört hatten. Eine Verstorbene hiess: «Ida Keller-Grasmuck.»

Ida, die kleine Grasmücke!

Sie hatten es lustig auf dem Friedhof, als plötzlich lautes Fluchen zu ihnen drang. Sie folgten der fluchenden Stimme und entdeckten, dass es der Friedhofsgärtner war, der fluchte. Er schnitt die dornige Hecke, die den Friedhof umschloss, er trug dicke Handschuhe, doch seine nackten Arme waren von Dornen zerkratzt. Sein Fluchen brachte die Schwestern zum Lachen, sie konnten gar nicht mehr damit aufhören.

«Schit, Schit», fluchte er, «huere Schit!»

Er drehte sich plötzlich um und kam auf die Schwestern zu. «Was gibt's da zu lachen!» Der Tonfall seines Ausrufs war hart und trocken.

Da war es ratsam, das Weite zu suchen, lachend. Der Friedhofsgärtner sprach ihre Geheimsprache.

Tisch, er hat ständig Tisch gesagt.

11

Einige Zeit später an einem Sonntagmorgen war Franziska nervös. Die Gesichtscreme rutschte ihr aus der Hand und fiel auf den gekachelten Boden.
«Was ist los mit dir?», fragte Julia.
«Nichts! Was soll schon los sein, gar nichts ist los!» Doch ihre hastigen Sätze, gespickt mit Wiederholungen und Ausrufezeichen, verrieten, dass viel mit ihr los war.

Sie standen vor dem Spiegel im Badezimmer und putzten sich heraus.

Im Dorf hatten vor einer Stunde die Kirchenglocken geläutet. In Kürze würde der Gottesdienst zu Ende sein und der Konfirmandenunterricht für Julia und Franziska beginnen.

Auf dem Weg zur Kirche wurde Franziska noch nervöser. Immer wieder strich sie eine Haarsträhne hinter ihr linkes Ohr.

Julia fragte nicht mehr, was mir ihr los sei, denn bei der Käserei, an der ihr Weg vorbeiführte, bekam sie eine bildliche Antwort. Peters Kopf tauchte an einer Ecke der Käserei auf, und Franziska sagte, jetzt ohne Hast: «Ich komme nicht in den Konfirmandenunterricht. Peter und ich gehen in die Waldkirche. Warte nach dem Unterricht hier auf mich.»
«Aber ...«
Franziska hörte Julias Bedenken nicht mehr, sie war schon davongehuscht.

Nach dem Konfirmandenunterricht setzte sich Julia auf die Stufen der Treppe, die zur Tür des Käseladens führte, und während sie auf ihre Schwester wartete, fiel ihr ein, was nach Isis Tod auch noch geschehen war.

Eines Abends parkten drei Männer einen Kleinlaster vor dem Dreifamilienhaus. Unter Gepolter räumten sie Isis Wohnung. Der Lärm drang zu ihnen hoch. Die Schwestern rannten die Treppe hinab, wagten es aber nicht, in Isis Wohnung hineinzugehen. Sie blieben neben der Tür stehen, eine links, die andere rechts. Als ein Mann heraustrat, in den Händen eine altmodische Ständerlampe, fragten sie miteinander etwas und verwirrten den Mann, weil ihm nicht klar war, nach welcher Seite er blicken sollte. Sie fragten ihn, ob sie das Puzzle haben dürften, sie würden es gern fertig machen.

«Was für ein Puzzle?»

«Das auf dem Stubenboden.»

Der Mann lachte. «Aha, das. Tut mir leid, das haben wir zusammengewischt und in den Ghüderkübel geworfen.»

Die Männer hatten die Schweiz in den Mülleimer geworfen.

Franziska war immer noch nicht aufgetaucht.

Julia wurde nervös. Die Eltern schimpften, wenn sie zu spät zum Sonntagsmittagessen kamen. Es würde dann kein Dessert geben, auch nicht, wenn sie eine gelungene Ausrede fände. Wie wär's mit so einer wie dieser:

Auf den elektrischen Drähten hockten die Schwalben und zwitscherten miteinander vor ihrem Abflug in den Süden, und auf der Kirchenmauer hockten wir, die Mädchen und Buben nach dem Konfirmandenunterricht. Wir zwitscherten auch, wir hatten uns viel zu erzählen.

Als Franziska herangelaufen kam, glühte sie. Peter war nirgends zu sehen.

«Was hast du dem Pfarrer gesagt, wo ich sei?»

«Zu Hause. Du hättest gestern mehr Fischstäbchen als ich gegessen. Dir sei übel geworden.»

«Aber gestern gab's doch Apfelwähe.»

«Weiss ich auch, aber von Apfelwähen hast du noch nie Bauchweh bekommen.»

Sie beeilten sich nicht, sie würden ohnehin zu spät zum Sonntagsmittagessen kommen und ohne Dessert vom Tisch gehen müssen. Auf dem Heimweg berichtete Julia vom Konfirmandenunterricht, damit ihre Schwester Bescheid wusste, falls die Eltern Fragen stellen sollten.

Der Pfarrer habe Geschichten aus dem Neuen Testament erzählt. Geschichten über Jesus, der an guten Tagen ein Wunderheiler gewesen sei. Er habe einen Blinden sehend gemacht. In dem Dorf, in dem Jesus gepredigt habe, sei auch ein Bub gewesen, den Krämpfe geschüttelt hätten, Schaum sei ihm vom Mund geflogen, er habe das Bewusstsein verloren und sei hingefallen. Er habe an Epilepsie gelitten. Jesus habe auch ihn geheilt und die Mutter des Buben beruhigen können, sie brauche keine Angst mehr zu haben, ihr Sohn werde nicht mehr hinfallen und sich am Kopf verletzen. Die Mutter habe vielmals dankeschön gesagt.

Sie kamen zu spät und trotzdem rechtzeitig zum Sonntagsmittagessen dank einem glücklichen Zusammentreffen: Ihr Vater hatte sich auch verspätet. Er war auf einer Besichtigung des neuen Wasserreservoirs gewesen.

Während des Essens – es gab Hackbraten mit Kartoffelstock, Karotten und Erbsen – berichtete Franziska vom Konfirmandenunterricht, als wäre sie dabei gewesen, nur am Schluss vergass sie, dass die Mutter des geheilten Buben «vielmals dankeschön» gesagt hatte. Julia versetzte ihr unter dem Tisch einen Stoss mit dem Fuss.

«Und von Kurt auf dem Berg hat der Pfarrer nichts erzählt?», fragte ihr Vater.

Die Schwestern schüttelten den Kopf.

«Kurt auf dem Berg ist unser Heiler im Dorf.» Kurt wohnte oberhalb des Dorfes allein in einem alten Haus, dessen Mauern Efeu umrankte. Niemand wusste, wie alt er war. Fünfzig? Sechzig? Oder mehr?

«Kurt hat schon ganze Heerscharen von ihrer Rauchersucht geheilt», fuhr ihr Vater fort, «Depressive, die nur noch auf den Boden starren, pilgern zu ihm, und wenn sie vom Berg zurückkommen, blicken sie doch hin und wieder nach oben. Der Pfarrer hätte Kurt, unseren modernen Heiler, immerhin erwähnen dürfen, aber man kennt ihn ja, er predigt schon ewig lang, er weicht ungern von seinem Weg ab.»

Die Schwestern räumten den Tisch ab, und ihre Mutter servierte das Dessert.

Dessert, eine Karamellcreme, gab es an diesem Sonntag selbstverständlich auch für die zu spät gekommenen Schwestern.

Wie immer nach dem Essen spülten sie das Geschirr und wischten den Küchenboden. Dann verschwanden sie in Franziskas Zimmer. Seit sie die Periode hatten, verfügte jede über ein eigenes Zimmer. Franziska war im alten Kinderzimmer geblieben und Julia hatte eines der beiden Zimmer von Mutters Nähatelier bekommen.

Als sie auf dem Bett sassen, genügte Franziska ein Blick, um Julias stumme Frage zu erraten. *Was habt ihr in der Waldkirche gemacht?*

«Wir haben Zwiesel gesucht.» Franziska legte eine bedeutungsvolle Pause ein. «Und dann haben wir einen gefunden.

Wir gingen an der Stelle weiter, wo du und ich umkehrten, weil wir Angst hatten, die Zauberin würde uns in Vögel verwandeln, Peter und ich gingen weiter, wir hielten uns an der Hand, und dann entdeckten wir einen Eiche-Zwiesel. Mächtig, stämmig war er.»

Franziska verstummte, und wieder erriet sie, was ihre Schwester unausgesprochen fragte.

«Unter dem Zwiesel, ja.» Franziska errötete.

Julia hatte verstanden. Sie stand auf und ging in ihr Zimmer.

Einen Tag danach gegen Abend musste die Mutter einer Kundin den abgeänderten Wintermantel bringen.

Als sie zurückkam, rief sie ihre Töchter in die Küche. Sie brauchte nicht zweimal zu rufen. Die Töchter ahnten etwas.

Sie sei im Dorf dem Pfarrer begegnet, sagte die Mutter, er habe sich erkundigt, wie es ihrer Tochter Franziska gehe, ob das Bauchweh nachgelassen habe.

Die Schwestern pressten die Lippen zusammen.

Da sagte ihre Mutter: «Macht das nicht mehr!»

«Ich war im Konfirmandenunterricht», begehrte Julia auf.

«Aber du hast Franziska geholfen zu schwänzen.»

Die Schwestern wussten, was sie erwarten würde: Ein väterliches Donnerwetter beim Nachtessen.

Doch ihre Mutter verriet sie nicht, verriet nicht die zwei zu hübschen, jungen Frauen Heranwachsenden, und das Donnerwetter blieb aus.

12

Nach der Berufsschule zog sich Julia jeweils in ihr Zimmer zurück, um die Hausaufgaben gleich zu erledigen. Sie brauchte länger als ihre Schwester. Franziska war impulsiver, plagte sich nicht, gab schneller auf und liess manchmal fünf gerade sein.

Sie waren dreizehn gewesen. An einem Freitag kam ihr Vater von der Arbeit und war ungewohnt heiter gestimmt.
«Heute habe ich mehr Lohn bekommen», erklärte er. Es war mitten im Jahr. «Mein Chef ist noch ein richtiger Chef. Er hat alle zusammengerufen und Lohnerhöhung verkündet. Schon von nächster Woche an, lange vor Weihnachten. Nach seiner Verkündung haben wir die Maschinen nicht mehr angelassen. Ich habe den besten Beruf, den es gibt.»

«Du hast auch schon anders geredet», erinnerte ihn die Mutter.

«Heute ist heute.»

Der Vater entkorkte eine Flasche Wein zum Nachtessen. Die Schwestern bekamen auch einen Schluck in ihre Gläser, die er mit Wasser auffüllte. Sie nippten daran. «Das schmeckt sauer.» Angewidert verzogen sie den Mund. Ihre Grimassen brachten ihren Vater zum Lachen, und ihre Mutter schüttete das Gemisch ins Ausgussbecken und füllte die Gläser mit reinem Wasser.

Die Familie prostete sich zu, und der Vater fragte seine Töchter, ob sie schon wissen würden, was sie einmal werden möchten.

«Ich möchte Reiseleiterin in Australien werden», sagte Julia.
«Und du, Franziska? Wirst Reiseleiterin in Neuseeland? Da freuen wir uns schon darauf. Wir kommen euch dann besuchen und ihr zeigt uns, was andere nicht zu sehen bekommen.» Vater schwärmte, was selten geschah. «Magda und ich stehen am Fuss des Ayers Rock, der im Abendlicht wie ein glühender Planet leuchtet, und du, Julia, knipst uns. In Neuseeland, ... äh, was gibt es dort Besonderes zu sehen, Franziska?»
Franziska schaute ihn böse an. «Ich werde nicht Reiseleiterin, ich werde Feuerwehrfrau.»
«Was?» Mutter, die gerade dabei war, Brot abzuschneiden, erstarrte. «Aber du fürchtest dich doch vor Feuer.»
«Nicht mehr.»
Julia platzte heraus: «Ich weiss, warum sie Feuerwehrfrau werden möchte, weil Peters Vater Feuerwehrkommandant ist.»

Franziska lernte Floristin bei der Gärtnerei *Vogel* im Nachbardorf, und im gleichen Dorf gab es die Dachdeckerei *Dicht*, bei der Peter Dachdecker lernte.

Julia machte eine kaufmännische Lehre im Warenhaus *Kunert* in der Stadt. In der Berufsschule war sie sehr gut in Deutsch, Französisch war ihr schwächstes Fach.

Als sie achtzehn war, schickte ihr Lehrmeister sie im Juli nach Lausanne in eine Filiale von *Kunert,* damit sie ihre Sprachkenntnisse in Französisch aufbesserte. Wohnen würde sie im Angestelltenhaus, zu Mittag essen in der Kantine der Filiale, und das vier Wochen lang. So lange waren die Schwestern noch nie voneinander getrennt gewesen.

Julia freute sich und ängstigte sich und wollte nicht, dass ihre Mutter sie zum Bahnhof begleitete, doch in Lausanne, dort war sie dann sehr froh, dass sie abgeholt wurde nach der Fahrt, die fast zwei Stunden gedauert hatte und ihr noch viel länger vorgekommen war.

Im Angestelltenhaus gab es eine Telefonkabine. Am ersten Abend schon rief Julia zu Hause an. Sie hatte viel Kleingeld parat für ein langes Gespräch. Die Mutter nahm den Hörer ab, dann kam der Vater an den Apparat und schliesslich Franziska, die alles wissen wollte, von A bis Z, wie die Fahrt gewesen sei, ob sie schon mehr als *oui* und *merci* und *s'il vous plaît* gesprochen habe und wie es im Haus aussehe, in dem sie wohne.

Julia schwärmte von ihrem Zimmer, das sich im sechsten Stock befand. Hell und die Rosentapete! Vom Fenster aus könne sie über die Stadt hinweg den Genfersee sehen. Sie wohne wie in einem Vogelnest.

Franziska erkundigte sich nach handfesteren Dingen. «Was machst du, wenn die Kantine geschlossen ist? Wo isst du dann?»

«Im Zimmer. Ist überhaupt kein Problem. Auf der Etage gibt es eine kleine Küche mit allem, was man zum Kochen und zum Servieren so braucht, und im Wandschrank in meinem Zimmer kann ich Spaghetti und andere Sachen verstauen. Wann kommst du mich besuchen? Damenbesuch ist erlaubt.»

Es war so heimelig, ihre Schwester durch den Hörer lachen zu hören.

Während des Telefons war ihr Zimmer immer grösser geworden, in Wirklichkeit war es lange nicht so gross, wie sie es Franziska geschildert hatte. Und die freie Sicht auf den Genfersee? Zwischen Gebäuden durch vermochte sie –

unter einer kleinen Halsverrenkung – einen Streifen See zu erblicken.

Sie hatte Hemmungen, Französisch zu sprechen. Es war, als müsste sie die französischen Wörter wie Brocken herauswürgen. Am ersten Arbeitstag wollte die Zeit kaum verstreichen. Als es endlich Mittag war, sah sich Julia, das Tablett mit dem Essen in den Händen, nach einem freien Tisch in der Kantine um. Der Tisch da in der Nähe? Sie zögerte. Die Leute an diesem Tisch kauten und redeten gleichzeitig. Sie redeten noch schneller als sie kauten. Sie verstand kein Wort.

Julia spitzte die Ohren. Von ferne drang ein vertrauter Sound zu ihr. Schweizerdeutsch. Der runde Tisch dort mit lauter Männern. Das hinderte sie nicht daran, sich zu ihnen zu setzen. Sie wurde freundlich mit «Grüezi» begrüsst und nicht weiter beachtet, sodass sie sich gelassen ihrem Teller zuwandte.

O wie ihr das Essen an diesem Tisch schmeckte.

Das französische Stimmengewirr ringsum schien die Deutschschweizer Männer zu hemmen. Ihre Gespräche waren spärlich, Flämmchen, die unruhig flackerten, nur selten schoss eine Flamme in die Höhe. Immerhin hörte sie heraus, dass zwei der Männer in Julias Alter Dekorationslehrlinge waren, die *Kunert* auch nach Lausanne in die Filiale geschickt hatte, damit sie dazulernten.

Julia war während des Essens in der Kantine beobachtet worden.

Als sie nach der Mittagspause wieder in ihrem Büro an ihrem Arbeitsplatz sass, musste sie einen kleinen, charmanten Rüffel einstecken. Frau Monnier, die eine graue Lockenpracht hatte und für Julia verantwortlich war, fragte sie in einem langsamen, eleganten Französisch, ob sie sich morgen auch an den Tisch zu den hübschen Deutschschweizer Männern setzen dürfe, sie würde sich grosse Mühe geben, Deutsch zu sprechen. Julia errötete und wusste schon jetzt, morgen würde sie sich nicht an den Deutschschweizer Tisch setzen.

Am Nachmittag bekam Julia die Aufgabe, einfache Geschäftsbriefe zu schreiben, und am Ende des Arbeitstages war Frau Monnier, die längere Zeit nicht im Büro gewesen war, sehr zufrieden mit Julias Arbeit. Sie konnte nicht wissen, dass ein welscher Kollege Julia beim Verfassen der Briefe geholfen hatte.

Am Abend unterdrückte Julia den starken Drang, schon wieder zu Hause anzurufen. Sie war doch kein Weichei, und morgen würde sie sich am Mittag unter einen Haufen welscher Kollegen mischen.

Sie ging früh zu Bett und schlief tief, doch am Morgen, da schreckte sie aus einem bösen Traum.

Sie und ihre Schwester waren auf einen Zwiesel geklettert und hatten sich in der Gabelung getrennt. Als sie weit oben war, hörte sie ihre Schwester aus deren Krone rufen: Hilf mir, hilf mir, ich habe Schiss, hinabzuklettern. Es klang herzzerreissend, und Julia konnte nicht helfen, Äste hatten sich wie Arme um sie geschlungen. Obwohl sie sich sehr anstrengte, gelang es ihr nicht, sich im Traum zu bewegen.

Julia machte sich Sorgen.

Es waren unnötige. Bei ihrem nächsten Anruf am Abend des folgenden Tages klang Franziska nicht, als bräuchte sie Hilfe. Sie war aufgebracht. «Meine Bluse ist verschwunden, die mit den Sommervögeln. Ich habe den ganzen Schrank durchwühlt, sie ist einfach nirgends. Sie gefällt Peter so gut. Ich möchte sie morgen anziehen, wenn wir miteinander ausgehen. Hast du sie mitgenommen?»

Julia gestand und kam sich klein vor in der Telefonkabine.

«Warum hast du sie einfach aus dem Schrank genommen, ohne mich zu fragen?»

Auf dieses Warum fiel Julia nichts ein, sie schwieg, bis sie doch noch etwas sagte, und was sie da sagte, versöhnte ihre aufgebrachte Schwester, die ihr sogar versprach, sie schon am Wochenende zu besuchen.

Julia sagte: «Bevor ich schlafen gehe, ziehe ich deine Bluse an und stelle mich vor den Spiegel. Dann habe ich das Gefühl, du seist bei mir, und ich bin nicht mehr einsam.»

Am Samstag holte Julia Franziska am Bahnhof ab. Es war um die Mittagszeit, ihre Begrüssung fiel kurz aus. «Ich sterbe bald vor Hunger», sagte Franziska.

«Ich doch auch!» Julia klang überglücklich. «Damit wir nicht sterben, gehen wir essen.»

Das nächste Lokal war das Bahnhofsbuffet Lausanne. Sie traten ein und zögerten. Die Gaststube wie eine Halle. Die hallenden Stimmen. Wandgemälde. Glitzernder Marmorboden. Die dunkel gebeizten Stühle. Kellner in schwarzen Hosen und weissen Hemden.

Ein Kellner, der am Tisch neben dem Eingang bediente, bemerkte ihr Zögern und schätzte sie richtig ein: Gäste aus der deutschen Schweiz, er lächelte, er hatte ein junges Gesicht und schneeweisse Haare, die er rechts gescheitelt trug. «Kommen Sie bitte», sagte er in gebrochenem Deutsch und führte sie an einen freien Zweiertisch unter dem Wandgemälde des Matterhorns.

Sie hatten keine Schwierigkeiten, die auf Französisch geschriebene Speisekarte zu verstehen. *Poulet* stand da. Sie bestellten Poulet und bekamen je einen Teller mit Pouletschenkeln, Bratkartoffeln und Blumenkohl serviert.

Die Schwestern liebten es, Knochen abzunagen. Warum sollten sie das hier nicht auch tun, wie zu Hause, wo jeweils noch die Knochen von Mutters und Vaters Teller zum Abnagen auf ihren Tellern landeten.

Ihr beinahe synchrones Nagen entzückte den weisshaarigen Kellner. Julia bemerkte den Blick, den er ihnen zuwarf, und kurz danach brachte er ihnen zwei Schälchen mit lauwarmem Wasser, in dem ein Zitronenschnitz schwamm.

Julia bedankte sich, und Franziska neckte sie, ob sie jetzt schon mehr als die drei Wörter *oui, merci, s'il vous plaît* beherrsche.

Nach dem Essen verlangte Julia die Rechnung, «*L'addition, s'il vous plaît*», rief sie dem Kellner artig zu.

Sie beharrte darauf, die ganze Rechnung zu bezahlen, sie war schliesslich Gastgeberin und Stadtführerin. Am Tag zuvor hatte sie recherchiert, welches der kürzeste Weg vom Bahnhof zu ihrem Zimmer war.

Sie standen in ihrem Zimmer, und Franziska sah sich um. Die in beiger Farbe gestrichenen Wände, die neben dem dunklen Holz des Wandschrankes noch heller wirkten. «Wo ist die Rosentapete? Hinter dem Wandschrank?»

«Die Rosentapete war ein Lockvogel.»

Franziska versetzte ihrer Schwester einen Klaps auf den Arm. «Um mich anzulocken, brauchst du keinen Lockvogel.»

«Du hast am Telefon so fern getönt, und ich fürchtete schon, du würdest mich nie besuchen kommen», rechtfertigte sich Julia.

Es war ein Samstag, an dem es die Menschen, Gross und Klein, ins Seebad zog.

Julia führte ihre Schwester durch die Stadt zur Station Flon der Drahtseilbahn, die dreihundert Meter talwärts fuhr nach Ouchy, den am Ufer des Genfersees gelegenen Stadtteil.

Auf dem Weg zur Station meinte Franziska, sie möchte nicht in dieser Stadt wohnen. «Alles ist steil.»

Doch schon bald änderte sie ihre Meinung. Als sie in Ouchy aus der Drahtseilbahn stiegen und ans Seeufer gelangten, staunte sie über die Strandpromenade, über die an den ansteigenden Hang gebauten, imposanten Gebäude. «Das sind ja Paläste.»

«Die meisten sind Hotels», erklärte Julia, die als gewandte Stadtführerin hinzufügte: «Du musst keine Prinzessin sein, um da wohnen zu können, du musst nur Geld haben.»

Franziska staunte über die Weite des Sees, den erregenden Ausblick bis zu den Bergen am sehr fernen Horizont. «Die Berge dort, wie heissen die?»

«Das könnten die ...», wand sich die Stadtführerin, «also die Pyrenäen, die sind definitiv weiter weg. Gibt's in Frankreich nicht auch Alpen?»

«Sag einfach, ich habe keine Ahnung.»

«Keine Ahnung, Eichhörnli», sagte Julia.

Es dauerte, bis Franziska sich umgezogen hatte. Julia wartete vor der Kabine im Badekleid auf sie. Als die Tür endlich aufging, war es eine Fremde – wie ihr im ersten Augenblick schien –, die da herauskam. Franziska trug einen knappen roten Bikini, und um ihr rechtes Fussgelenk schlang sich ein Goldkettchen, an dem Julias Blick haften blieb.

«Hat mir Peter geschenkt. Gefällt es dir?»

«Es ist wunderschön», sagte Julia und dachte: Was für ein affiges Kettchen! «Ich gehe gleich schwimmen!»

«Ich möchte noch warten», entgegnete Franziska, während sie im Schatten einer Platane das Badetuch auf der Wiese ausbreitete.

«Mach das! Dann geh ich allein!»
Was hatte ihre Schwester auf einmal? Nein, Franziska liess sie nicht allein gehen, obwohl sie gute Schwimmerinnen waren. Ein See war kein Schwimmbad.
Im Wasser fand Julia ihr Lachen wieder. Sie prusteten Wasser von den Lippen, schwammen hinaus, und dann hielt die eine sich an Ort über Wasser, ruderte mit den Armen, während die andere tauchte und zwischen deren gespreizten Beinen durchschwamm.
Sie schwammen weiter hinaus in die Wellen, die ein vorbeifahrendes Schiff verursacht hatte. «Flach wie ein Brett auf dem Wasser und vorwärts in regelmässigen Schwimmzügen, immer hoch die Beine», rief Julia ihrer Schwester zu, «unten sind die Schlangen.»

Es waren Worte ihres Vaters. Er war ihr erster Schwimmlehrer gewesen. Unter seiner Anleitung hatten sie im Dorfweiher schwimmen gelernt. Immer wenn sie die Beine sinken liessen und anfingen, wie Hunde zu schwimmen, mahnte er sie, die Beine hochzubringen, in die Waagrechte. «Denn», sagte er, «auf dem Grund des Teiches hausen die Schlangen.»
Sie glaubten das, und sie glaubten damals auch zu wissen, dass die Schlangen Froschkönige frassen.

Hungrig vom Schwimmen kehrten sie am Abend in Julias Zimmer zurück und kochten in der kleinen Küche auf der Etage des Gästehauses Spaghetti mit Tomatensosse.
Im Zimmer gab es einen Tisch mit zwei Stühlen, doch sie zogen es vor, sich auf den Boden zu setzen und die Spaghetti im Schneidersitz zu essen. Dabei verschmierten sie die Gesichter mit roter Sosse wie als Kinder. Es war zu jener

Zeit gewesen, als sie hinter dem Haus gespielt und dann zum ersten Mal ihr Territorium über den elterlichen Garten hinaus bis zu den Kühen auf der Weide von Bauer Moser ausgeweitet hatten.

Vor dem Einschlafen, als sie zusammen in Julias Bett lagen, bat die eine die andere, ihr mit dem Finger etwas auf den Rücken zu zeichnen. Es fiel der einen leicht zu erraten, was die andere gezeichnet hatte. Danach zeichnete die eine und die andere erriet, und dann merkte die Zeichnende, dass die Erratende eingeschlafen war, und schlief auch selig ein.

Am Sonntagmorgen zerbrach das Idyll.

Sie frühstückten am Tisch, Julia machte Vorschläge, was sie noch miteinander unternehmen könnten, während Franziskas Hände nervös Kügelchen aus Brot rollten. Dann sagte sie, dass sie gleich nach dem Frühstück zurückfahren möchte, sie würde sich am Nachmittag mit Peter im Schwimmbad der Stadt treffen.

«Wenn das so ist ... Okay.»

Sie begleitete Franziska zum Bahnhof, und als deren Zug abgefahren war, hatte sie nur einen Wunsch: schnell in ihr Zimmer zurück, doch sie verfehlte den kurzen Rückweg, den sie als gewandte Stadtführerin recherchiert hatte, und irrte durch fremde Quartiere. An Weggabelungen gab es keine Orientierungshilfen, sichere Wege waren auf einmal Irrwege.

Am Montag während der Mittagspause in der Kantine hielt Julia Ausschau nach dem einen der beiden Schaufensterdekorationslehrlinge von *Kunert*. Sie hatte gehört, dass sein Kollege ihn Valentin nannte, als sie an ihrem ersten Arbeitstag bei den Deutschschweizern gesessen hatte. In den Tagen danach hatte er ihr verstohlene Blicke zugeworfen, über Tische hinweg, auch dann noch, als sie so getan hatte, als würde sie ihn nicht beachten.

Sie hielt vergeblich Ausschau, Valentin war nirgends. Einmal blieb sie in der Kantine sitzen, auch dann noch, als sie schon lange mit Essen fertig war. Valentin kam nicht. Während ihres gesamten Aufenthaltes in Lausanne würde sie ihn nie mehr wiedersehen.

Und Franziska schwärmte von Peter, wenn sie mit ihr telefonierte. Nicht jedes Mal, aber manchmal. Einmal erzählte sie, dass seine Firma, die Dachdeckerei *Dicht,* an einem Wettbewerb für einen Grossauftrag teilgenommen und gewonnen habe, *Dicht* dürfe das Dach der Kirche in der Stadt neu decken. «Du weisst ja, wie steil es ist», sagte Franziska weiter, «und das Dach des Kirchturms ist sogar das steilste im ganzen Kanton, und da hinauf steigt Peter. Mir würde nur schon vom Zuschauen schwindlig.»

«Hast du keine Angst um ihn.»

«Peter hat tausend Schutzengel. Er hat mir erzählt, dass er vorgestern bei der Arbeit am Dachrand gestanden und einen Schritt rückwärts habe tun wollen, weil er den Rand breiter eingeschätzt und angenommen habe, hinter ihm sei noch Dach. Etwas habe ihn zurückgehalten, es sei gewesen, als hätten Hände sein Bein umklammert, das gerade den gefährlichen Schritt habe tun wollen. Als er dann genau hingeschaut habe, sei er schon ein wenig erschrocken. Da sei kein Dach mehr gewesen, nur Luft und Leere und tief unten Asphalt.»

«Mein Freund lebt weniger gefährlich», sagte Julia.

Franziska, die eben noch lebhaft erzählt hatte, verstummte, als hätte es ihr die Sprache verschlagen.

«Bist du noch da?»

«Was! Du hast auch einen Freund! Wo hast du ihn gefunden?»
«Du meinst, ich hätte nach ihm gesucht wie nach einem Goldklumpen?»
«Wo? Im Geschäft, wo du arbeitest?»
«Nein, im Zug habe ich ihn kennengelernt. Am Samstag machte ich einen Ausflug nach Montreux. Es war heiss im Zug, und ich wollte ein Fenster öffnen. Es klemmte und ich schaffte es nicht. Er, er heisst übrigens Eric, sass im Abteil gegenüber, sah, wie ich mich abmühte, und kam mir zu Hilfe. Gemeinsam schafften wir es. Danach setzte er sich mir vis-à-vis. Er erzählte mir, er fahre nach Montreux, um eine Tante zu besuchen. Eric kommt aus Visp, er ist Lehrer und unterrichtet Deutsch an einer internationalen Schule in Lausanne, aber er spricht auch gut Französisch. Wir sprachen Deutsch und zwischendurch Französisch, ich hatte überhaupt keine Hemmungen und redete drauflos, er fand es lustig, wenn ich Fehler machte. Er sagte mir, Fehler würden mich nur noch hübscher machen.»
«Hat er das wirklich gesagt?»
«Vielleicht nicht genau so, aber sicher ungefähr so. Es war eine kurzweilige Zugfahrt. Schon stiegen wir in Montreux aus, und ich hatte das Gefühl, als sei ich erst vor kurzem in Lausanne eingestiegen.»
«Und zurückgefahren seid ihr auch zusammen?»
«Zurück fuhr ich allein.»
Und damit endete ihr Gespräch.
Als sie wieder miteinander telefonierten, wollte Franziska wissen, wie Eric aussah.
«Er ist einen Kopf grösser als ich. Hat lachende Augen und einen breiten Mund. Kräftige Hände. Hände wie Vater. Eigentlich keine Lehrerhände. Und hat viele Haare.»

Eric war auch in ihren weiteren Telefongesprächen ein Thema. Einmal sagte Julia: «Ich weiss jetzt, wie die Berge am anderen Ufer des Genfersees heissen. Eric hat es mir gesagt. Es sind die Savoyer Alpen. Wir haben in Ouchy ein Pedalo gemietet und sind eine Stunde auf dem Wasser herumgestrampelt. Am anderen Ufer liegt Évian-les-Bains. Von Eric habe ich erfahren, dass es dort ein Spielcasino gibt. Viele Schweizer und reiche Leute, die in den Hotels am Ufer wohnen, fahren mit dem Schiff hinüber, um im Casino zu spielen. *'Faites vos jeux!'* Einmal sei ein Mann, hat mir Eric erzählt, mit einem leeren Koffer hinübergefahren und mit dem gleichen, aber mit Banknoten gefüllten zurückgekommen, aber das habe ich ihm nicht geglaubt, und Eric hat gelacht und gesagt: 'Das ist gut, wenn du mir nicht alles glaubst.'»

Im letzten Gespräch, das Julia von Lausanne aus mit ihrer Schwester führte, erzählte sie, Eric sei katholisch. Wenn er an einem Wochenende seine Eltern in Visp besuche, gehe er am Sonntag mit ihnen in die Kirche. «Und stell dir vor», sagte Julia, «am Ende des Gottesdienstes beten die Visper für den Aletschgletscher, dass er nicht mehr wächst. Ich wollte ihm das auch nicht glauben, aber er bestand darauf, das müsse ich ihm glauben, das sei wahrhaftig so.»

«Und ich bete vor dem Einschlafen für dich», sagte da Franziska, «dass du immer noch besser wirst in Französisch.»

Es wurde sehr still in der Leitung, und auf einmal begann Julia zu weinen, und Franziska fragte fassungslos, warum sie weine.

«Aus Freude. Weil meine Zeit hier bald vorbei ist und ich heimkommen kann, Eichhörnli.»

Als Julia zu Hause eintraf, stand auf dem Tisch in ihrem Zimmer eine Vase mit einem prachtvollen Blumenstrauss, daneben lag eine herzförmige Karte, auf der in Franziskas Handschrift mit grünem Farbstift stand: «Willkommen daheim, Eichhörnli.» Seit Franziska in der Gärtnerei *Vogel* arbeitete, benützte sie beim Schreiben Farbstifte wie ein buntes Blumenmeer.

Aber wo war sie nur?

Von ihrer Mutter erfuhr sie, dass Franziska noch am Arbeiten war. Im *Ochsen,* einem Restaurant in der Stadt, feierte ein Stadtrat seinen sechzigsten Geburtstag, und die Gärtnerei *Vogel* war zuständig für den Blumenschmuck im Festsaal.

Julia konnte es kaum erwarten, ihre Schwester zu sehen. Sie hatten sich doch so vieles zu erzählen.

Sie erzählten es sich in Julias Zimmer, den Blumenstrauss vor Augen, der aussah wie ein Hochzeitsstrauss. Julia berichtete von ihren letzten Tagen in Lausanne. Dass Frau Monnier recht zufrieden mit ihrer Arbeit gewesen war und ihre Fortschritte in Französisch gelobt hatte. «Dein Beten hat geholfen», sagte Julia und beide lachten. Und dann erzählte sie ihrer Schwester noch von Frau Monniers schelmischer Bemerkung, ihre überraschenden Fortschritte seien womöglich auf die Bekanntschaft von jemand Französischsprachigem zurückzuführen.

«Wann lerne ich Eric kennen?», fragte Franziska drängend, ungeduldig. «Kommt er am nächsten Wochenende zu Besuch?» Sie war voller Pläne. «Das weisst du noch gar nicht. Peter hat einen Töff gekauft. Wenn Eric auch fahren kann, aber keinen Töff hat, mieten wir einen für euch. Ich habe mich schon mit Peter abgesprochen. Wir fahren zu viert auf die Jurahöhe, suchen uns ein schönes Plätzchen im

Wald, wo wir ein Feuer machen, Würste braten und uns auf eine Wolldecke setzen.»

«Ich setze mich lieber auf einen Baumstamm. Du weisst doch noch, dass wir es hassten, uns im Wald auf eine Wolldecke setzen zu müssen. Wir bevorzugten Baumstrünke mit Pilzbewuchs, wir waren Squaws, wir mochten moderigen Pilzgeruch.»

« Dann also keine Wolldecke, ist doch egal. Aber er kommt dich bald besuchen ... oder etwa nicht?»

«Ich habe...» Julias Satz blieb offen. Dann ein neuer Versuch, ihn zu beenden. «Ich habe Eric erfunden.»

«Das habe ich geahnt.»

«Und ich habe schon beim ersten Telefongespräch gespürt, dass du es ahnst. Wir können uns nichts vormachen», sagte Julia seufzend und erleichtert.

«Ich verstehe nicht, warum du dann immer weiter von Eric erzählt hast?»

«Weil du immer von Peter erzählt hast. Peter da, Peter dort, Peter auf dem Dach und tief unten Asphalt, Peter mit seinen tausend Schutzengeln. Da wollte ich auch einen Mann haben, über den es etwas zu erzählen gibt.»

«Und das mit dem Beten? Dass die Leute von Visp am Ende des Gottesdienstes beten, dass der Gletscher nicht wächst ... alles Fantasie?»

«Nein, das ist wahr. Frau Monnier hat es mir erzählt, als sie mich zum Tee eingeladen hat, sie hat Verwandte in Visp.»

Franziska hatte noch eine Frage. «Ganz am Anfang in Lausanne, nach meinem Besuch bei dir, hast du mir von einem Dekorationslehrling erzählt, der Valentin heisst, einem Deutschschweizer, der dir in der Kantine ständig Blicke zugeworfen hat ... Hast du den auch erfunden?»

«Nein, den gibt es!»

13

Beide bestanden die Lehrabschlussprüfung mit «gut bis sehr gut». Julia erhielt in Französisch sogar eine bessere Note als in Deutsch. Franziska war in den praktischen Fächern stark gewesen, in denen sie eine Bestnote bekommen hatte. Unter anderem war ihr die Aufgabe gestellt worden, einen Blumenstrauss für eine Braut zu gestalten.

Auch Peter hatte die Abschlussprüfung keine Schwierigkeiten bereitet.

Franziska, die Floristin, Julia, die kaufmännische Angestellte, und Peter, der Dachdecker. Das musste gefeiert werden!

Peters Eltern, die neben der Käserei ein schönes Einfamilienhaus bewohnten, hatte alle drei zum Nachtessen eingeladen.

Die Schwestern verspäteten sich, Peter hielt nach ihnen Ausschau. Als er sie kommen sah, rannte er auf sie zu und wirkte dabei so viel schlanker, als er war. Obwohl er noch weit von ihnen entfernt war, strahlte er schon, als wäre gerade die Sonne aufgegangen. Er umarmte Franziska, die auch strahlte. Julia, die neben ihr stand, dachte: Einen solchen Mann musst du heiraten.

«Peter berührt mein Herz wie Blumen», flüsterte Franziska ihrer Schwester zu, während er vor ihnen ins Haus ging.

«Und ich?», fragte Julia flüsternd im Spass; sie erwartete keine Antwort.

«Du bist drinnen.»

Peters Vater, Angestellter in der Gemeindeverwaltung und Feuerwehrkommandant, nannte im Lauf des Abends die drei: «The happy three.»

Am Samstag nach dem festlichen Nachtessen regnete es am Morgen. Dann klarte der Himmel auf, die Erde dampfte im satten Licht der Mittagssonne, Peter und Franziska beschlossen, mit dem Motorrad auszufahren. «Wir fahren jetzt halt allein auf die Jurahöhe», verabschiedete sich Franziska von Julia.

Am Abend klingelte das Telefon. Julia war allein zu Hause, die Eltern waren ausgegangen. Es war ein Anruf vom Regionalspital in der Stadt. Eine Frauenstimme teilte ihr mit, es habe einen Motorradunfall gegeben, Franziska Gretler habe den Fuss gebrochen und liege im Spital.

Julia machte sich sofort auf den Weg und wurde von ihrer Schwester, die aufrecht im Bett sass, den eingegipsten Fuss bequem gelagert, mit einem fröhlichen «Hallo» empfangen und den Worten: «Fünf Minuten früher und du wärst Peter noch begegnet.»

Eine Illustrierte lag auf der Bettdecke und auf dem Nachttischchen eine Schale mit Früchten und eine Packung Gebäck, Willisauer Ringli.

Julia wollte wissen, wie es passiert war.

«Wir sind gestürzt und mir hat's den Fuss eingeklemmt. Zuerst habe ich nichts gespürt, und dann hat's höllisch weh getan. Wir waren schon fast auf dem Berg. Es musste bis gegen Mittag stark geregnet haben, noch immer floss Wasser in Rinnsalen über die Strasse. Wir lachten, wenn es spritzte, und dann, in einer Kurve, rutschte der Töff weg, wir schlitterten über den Asphalt und blieben im Hang stecken.»

Julia fand es ungerecht, dass Peter unverletzt davonkam. «Er fährt und lenkt und ihm passiert nichts, es trifft die, die vertrauensvoll hinten drauf sitzt.»

«Du weisst doch, Peter hat tausend Schutzengel. Mich haben sie auch beschützt. Wenn wir auf die andere Seite geschlittert wären, wo die Abschrankung bereits durch einen früheren Unfall demoliert war und es steil in die Tiefe ging ... Da fällst du und schlägst unten auf und bist nur noch ein Klumpen Fleisch mit Knochen. Wie grässlich, so zu sterben.»

«Für mich wäre es grässlich, wenn ich im Treibsand versinken würde», entgegnete Julia, «oder noch schlimmer im Moor. In einem Roman habe ich gelesen, wie ein Mann darin versunken ist. Du strampelst, um die Beine freizubekommen, und sinkst nur tiefer ein. Dann willst du dich mit den Armen abstützen und sie versinken im Moor. Da wird dir bewusst, dass du sterben wirst. Das zu wissen ist das Grässlichste. Ein unaufhaltsames Sterben, dieses entsetzlich langsame Versinken im Moor, bis man nichts mehr von dir sehen kann.»

Die Schwestern ereiferten sich im Ausmalen von grässlichen Todesarten. «Und der Bub» – es schauderte Franziska bei diesem Gedanken –, «der in Italien im Sodbrunnen eingeklemmt ist, niemand hört seine Hilferufe, der Bub verdurstet. Total grässlich. Unter ihm gäbe es Wasser, nur einen halben Meter tiefer.»

«Ein Töfffahrer wird vom Rad eines Lastwagens zerdrückt.»

«Oder du bist in einer Disco, und es fängt an zu brennen. Panik bricht aus, und du wirst von tausend Füssen zu Tode getrampelt.»

«Und wenn du in Afrika auf einer Fotosafari bist und der Jeep kaputt geht ... Du musst laufen, ein Löwe verfolgt dich und frisst dich, mit Haut und Haaren. Wie grässlich. Vor dem Fressen hat er dich mit seinen schwefelgelben Augen angestarrt.»

Ein Klopfen und das Eintreten der Krankenschwester holten sie in die Wirklichkeit des kühl gestalteten Spitalzimmers zurück, in dem alles seinen Platz hatte, die Möbel stabil waren und in dem täglich die gleichen Handlungen wie Rituale stattfanden.

Die Krankenschwester mass Franziska den Blutdruck. Er war ziemlich erhöht. Mit ihren blauen Augen sah sie die Verunfallte liebevoll an und sagte, sie würde ihn nach dem Besuch nochmals messen kommen.

Es war Vollmond. Als die Tür hinter der Krankenschwester ins Schloss fiel, sagte Franziska, sie möchte ihn sehen. Sie stützte sich auf Julias Schulter, während sie auf einem Bein zum Fenster humpelte und der Gipsschuh in der Luft vor und zurück schwang wie ein Metronom.

Andächtig schauten die Schwestern, und dann sagte Franziska aufgeregt: «So innig hell wie heute hat er noch nie geschienen. Was für ein Glück Peter und ich gehabt haben.»

Zurück bis zum Bett humpelte sie ohne Julias Hilfe. Als sie dann wieder darin lag, das Kopfkissen zurechtrückte und den verletzten Fuss ruhiglagerte, forderte sie ihre Schwester auf: «Nimm Früchte mit, sie sind von Peter, ich kann nicht alle allein essen.»

Julia nahm die Hälfte. Schon auf dem Heimweg im Gehen ass sie, dann an der Bushaltestelle, dann im Bus. Als sie zu Hause eintraf, ass sie die letzte Frucht in ihrem Zimmer. Danach wurmte es sie, dass sie nicht wenigstens eine für morgen zum Frühstück aufgespart hatte.

14

Franziska war im Begriff, ihrer Schwester etwas hoch Geheimes anzuvertrauen.
«Ich weiss es schon.»
«Was? Wieso? Was weisst du schon?»
«Du bist schwanger. Dein Gang ist anders.»
So war es.

Es war nicht Vollmond an dem Tag, an dem Franziska und Peter heirateten. Sie heirateten am Tag der ersten Mondlandung. Eine von Franziskas Sorgen im Voraus war, dass ihre Schwester keinen Begleiter für das Hochzeitsfest hatte. Doch, sie hatte einen – oder war er schon mehr als bloss ein Festbegleiter?
Valentin. Der lustige Valentin, der Schaufensterpuppen in bizarre Kleider steckte, ihnen die unmöglichsten Hüte aufsetzte und Julia damit zum Lachen brachte.

Nach den Abschlussprüfungen erhielten alle drei einen festen Arbeitsvertrag in den Betrieben, in denen sie schon ihre Lehre gemacht hatten. Julia blieb bei *Kunert,* Franziska bei *Vogel* und Peter bei *Dicht.*
Und Valentin, der ihr in der Kantine in Lausanne so viele Blicke einer scheuen Begehrlichkeit zugeworfen hatte? Julia erkundigte sich nach ihm und erfuhr, dass er die Abschlussprüfung als Schaufensterdekorateur bei *Kunert* ebenfalls bestanden hatte und dann nach Paris, in die Stadt der Mode, gegangen war, um sich weiterzubilden. Für ein Jahr oder länger, habe er erklärt.

Die Zeit verging, und Valentins begehrliche Blicke verblassten in ihren Gedanken, nur manchmal fantasierte sie ihn zurück. Ob er sich noch an sie erinnern würde? An die junge Frau, ein im französischen Stimmengewirr der Kantine in Lausanne verloren wirkendes Mädchen aus der Deutschschweiz? Sie trug ihr Haar jetzt länger und schminkte sich die Augen, die Zehennägel strich sie rot. Sie würde ihn in einem fliessenden Französisch ansprechen. *Mais oui!* Aber wenn er nicht allein zurückkäme oder vielleicht in Paris Fuss gefasst hätte und dort bliebe ...
Sie hatte einige Bekanntschaften, die nie lange dauerten. Sie traf sich mit Paul, dem Schulkameraden, der schon in der ersten Klasse so vieles gewusst hatte. Er hatte in Zürich Rechtswissenschaft zu studieren begonnen. Einmal, es war in der Zeit vor Weihnachten, gingen sie in der Stadt im *Affenkasten*, einem feinen Restaurant essen, das berühmt war für sein Fondue bourguignonne. Zum Essen bestellte er eine ganze Flasche Wein, einen Rosé d'Anjou. Paul kannte sich aus. Der Wein stamme aus dem Loire-Tal, erklärte er ihr, dem «Garten von Frankreich». Eine Flasche war viel zu viel. Julia war es nicht gewohnt, Alkohol zu trinken, und eigentlich schmeckte ihr Wein nicht besonders. Sie prosteten sich zu. Das Anstossen der Gläser klang nicht. «Wir probieren es nochmals», sagte Paul, «du musst das Glas am Stiel halten.» Das zweite Mal klang es.

Paul hielt sich zurück mit Trinken. Er konnte doch nicht sein Glas schon leer haben, während ihres noch halb voll war.

Der Kellner trug auf einem Tablett verschiedene Schalen mit dem in Würfel geschnittenen, rohen Rindfleisch, mit Champignons, mit Gemüse und drei Sossen herbei, danach brachte er den Edelstahltopf mit dem heissen Öl, den er aufs

Rechaud stellte, und als Letztes band er den beiden je einen Brustlatz um. «Es kann spritzen», sagte er und wünschte: «Guten Appetit!»

Sie präparierten ihre Spiesse und hielten sie ins heisse Öl. Tatsächlich, es spritzte. Julia hatte ihren Spass am Prozedere, es war irgendwie lustig und das Gebratene schmeckte ihr, doch eine lockere Stimmung, eine Stimmung wie am Lagerfeuer, wollte nicht recht aufkommen. Paul redete viel. Im Grunde war er noch immer der eifrige, oberschlaue Bub, der als Schulkamerad schon so vieles gewusst hatte und jetzt ständig dabei war, seinen Berg von angehäuftem Wissen vorzuzeigen.

Als sie das Restaurant verliessen, hatte Julia einen schweren Kopf, aber nicht vom Wein.

Und dann war Valentin plötzlich da.

Sie sah ihn im Bus, er stieg nach ihr mit anderen Leuten ein. Sie erkannte ihn sofort, auch er sah sie an, wandte den Blick nicht scheu ab, sondern winkte ihr sogar, und sie stellte überrascht fest, dass er kräftige Hände hatte wie der von ihr erfundene Eric.

Sie stiegen an der gleichen Haltestelle aus. «Wollen wir uns auf Französisch unterhalten?»

«Mais oui», sagte er. Sie jonglierten in der fremden Sprache, als würden sie sich Bälle zuwerfen, leichte Bälle, hauptsächlich in hellen Farben.

Als sie vor dem Haupteingang von *Kunert* anlangten, sagte sie: «Ich muss da hinein.»

«Ich auch!», sagte er darauf. Valentin hatte sich nach seiner Zeit in Paris als Schaufensterdekorateur bei *Kunert* beworben und die Stelle auch erhalten.

Ihr war es ein Rätsel, wie es hatte sein können, dass sie sich nie in der Kantine begegnet waren. Er habe sich immer auswärts verpflegt, meinte er: «Aber von jetzt an komme ich auch in die Kantine.» Julia mühte sich, ihr Strahlen nicht so offensichtlich zu zeigen.

Bald trafen sie sich nicht nur in der Kantine. Einmal in der Mittagspause führte er Julia ins Materiallager der Schaufensterdekorateure, in dem es nach Mottenkugeln roch wie in einem Schrank, der eine Weile nicht geöffnet worden war. Ein paar nackte Puppen standen herum. Julia setzte sich auf eine Holzkiste und schaute zu, wie Valentin die Puppen ankleidete. Er arbeitete schnell, zog der einen ein schwarzes Top über und schlang eine glitzernde Stola um ihren Schwanenhals, und schon hatte eine andere einen pinkfarbenen Rock an. Sie sass auf der Kiste und lachte, lachte, was ihn noch mehr anspornte. Die Hüte, die er ihnen aufsetzte. Die da, die ein Hütchen anhatte, klein wie ein Äpfelchen, und die dort mit dem Hut, gross wie ein Wagenrad.

Als sie den Lagerraum verliessen, drehte Julia den Kopf, um einen letzten Blick auf die seltsam bekleideten Gestalten zu werfen, und musste erneut lachen. Lachen statt sich zu ängstigen. Deren Starre hätte sie auch ängstigen können. Erst draussen im Licht des kahlen Flurs bemerkten sie, dass sie die Zeit der Mittagspause überzogen, ziemlich überzogen hatten.

Wenn Valentin ein Schaufenster gestaltete, hinterliess er jedes Mal ein Zeichen, das nur für sie bestimmt war. Von allen Zeichen gefiel ihr am besten das Zweiglein mit roten

Früchten, das im Hutband des Mannes im Schaufenster steckte.

Einmal dekorierte er das Schaufenster mit zwei identisch gekleideten Puppen. Als er Julia die neue Ausstattung zeigte, fragte sie entzückt: «Hast du dabei an mich und Franziska gedacht?»

«Nein», antwortete er lachend, «Während des Dekorierens ist mir 'Das doppelte Lottchen' eingefallen.»

Franziska hatte sie anfänglich nicht viel über Valentin erzählt, ihn höchstens ein paar Mal nebenbei erwähnt. Seit er aus Paris zurück sei, arbeite er ebenfalls bei *Kunert*. Nur wie zufällig würden sie sich hin und wieder sehen ...

Nein, Julia würde an der Hochzeit ihrer Schwester nicht solo sein, sie erzählte ihr jetzt mehr über Valentin und dass ihr anfänglich zufälliges Zusammentreffen kein zufälliges mehr war. Seine Eltern, die in der Altstadt in der Nähe des Rathausplatzes wohnten, hatte sie auch schon kennengelernt. Valentins Mutter war Buchhändlerin und arbeitete Teilzeit, der Vater Jurist in einer Anwaltskanzlei.

Franziska war glücklich, dass Julia, wie sie sagte, «auch einen hat». Und erst noch einen, der mit Freude den Hochzeit-Festsaal dekorieren würde.

Franziska und Peter wollten nicht an einem Wochenende heiraten, nicht «wie die meisten», und das Brautkleid sollte nicht weiss sein. Den Festgottesdienst in der Dorfkirche würde der neue, noch junge Pfarrer abhalten, der auf die Pensionierung des alten gefolgt war. Danach würden sie nicht mit dem Car oder einem alten Postauto irgendwohin fahren, um zu feiern. Feiern würden sie in dem im ersten Stock gelegenen Saal des *Lamms,* dem einzigen Restaurant im Dorf, von der Kirche aus zu Fuss in drei Minuten zu erreichen.

Sie hatten schon sehr früh das Datum ihrer kirchlichen Trauung festgelegt, den Pfarrer engagiert, rechtzeitig den Saal im *Lamm* reserviert und nicht ahnen können, dass ihr privates Ereignis, ein Höhepunkt im Leben zweier Menschen, mit einem Weltereignis zusammenfiel.

«*The eagle has landed.*»

Der Adler ist gelandet und das Brautpaar in den Hafen der Ehe eingelaufen.

In Mitteleuropa am Montag, 21. Juli 1969, um 03:54 Uhr, betrat der erste Mensch den Mond. Die amerikanische Apollo-Mission war gelungen. Neil Armstrong hinterliess seinen Stiefelabdruck im weichen Mondboden, gefolgt von Buzz Aldrin, der eben als zweiter Mensch auf dem Mond die Leiter der Landefähre herabstieg.

Die Fernsehstationen berichteten in Sondersendungen, weltweit verfolgten mehr als eine halbe Milliarde Menschen das Ereignis am Bildschirm. Auch in der Gaststube des *Lamms* im Parterre lief der Fernseher.

Nach dem Festmahl verliessen ab und zu Hochzeitsgäste den Saal und stiegen die Treppe hinab, um im Parterre das Neuste am Bildschirm zu erfahren. Die Musikanten, ein Geiger, ein Handharmonikaspieler und ein Flötist, spielten unverdrossen weiter, spielten auch vor leeren Stühlen und einer Bühne, auf der kaum jemand tanzte.

Julia und Franziska benutzten die Unruhe, das Durcheinander, entstanden durch das Weltereignis, um heimlich abzuhauen. Sie trugen Schuhe mit hohen Absätzen. Sobald sie die Häuser hinter sich gelassen hatten, streiften sie sie ab. Barfuss gelangten sie zur Weide von Bauer Moser und liefen an den Zaun. Fasziniert schauten sie einem Pferd zu, das auf dem Rücken lag, wie es sich im Gras hin und her wälzte, wie es mit den Beinen zappelte und vor Behagen wieherte.

«Passt zum heutigen Tag», meinte Julia. Franziska strahlte nur noch. Am liebsten hätten beide sich ins Gras gesetzt wie damals als Kinder, als sie ihre Beine unten durch den Zaun gestreckt und eine Kuh herangelockt hatten, damit sie ihnen mit ihrer rauen Zunge die Fusssohlen leckte.

Sich-ins-Gras-Setzen, nein, das ging nicht, nicht in ihren Kleidern. Franziskas Brautkleid war lachsfarben, Julia trug ein edles kleines Schwarzes. Zwei Modelle der Haute Couture aus dem Schneideratelier ihrer Mutter.

Nein, das ging wirklich nicht, aber sie könnten doch ... In einem Augenblick hatten beide den gleichen Einfall. Sie könnten nach Hause eilen und sich umziehen. Zu Hause hatten sie zwei identische, ärmellose, lindengrüne Sackkleider, die so weit geschnitten waren, dass niemand sehen könnte, wer von beiden schwanger war. Julia würde als Erste den Festsaal betreten. Rufe würden laut: Da kommt die Braut im neuen Kleid.

Ein luftiges Kleid.

Passt zum Wetter heute.

Darin tanzt es sich leichter.

Dann würde Franziska den Festsaal betreten. Neue Rufe würden laut: Da kommt auch noch Julia im gleichen Kleid wie die Braut.

Zwei Unzertrennliche!

Aber ist das überhaupt Julia?

Wer ist wer? Wer ist die Braut? Die grosse Quizfrage ...

Was für eine Verwirrung, die sie unter den Hochzeitsgästen anstiften würden. Allein der Einfall, bei dem sie es dann bleiben liessen, entzückte sie.

Zwei gesittete Töchter ihrer Eltern, das waren sie doch, als sie wieder in Schuhen und den Haute-Couture-Kleidern im Festsaal erschienen. Ihre Mutter warf ihnen einen Blick zu, der bedeutete: Sie sind immer noch die Gleichen, bei jeder sich bietenden Gelegenheit hauen sie ab. Es war ein Blick, der weniger Missfallen als vielmehr Stolz ausdrückte. Wie stolz war sie auf ihre zwei hübschen Töchter in ihren tadellos sitzenden Kleidern.

Der Bräutigam und Valentin glaubten, sie seien auf der Toilette gewesen. Dafür hatten sie Verständnis. Wenn Frauen zusammen auf die Toilette gehen, dauert es immer lang.

Gegen Abend, nach witzigen kurzen Reden und Darbietungen, stieg die Stimmung unter den Hochzeitsgästen, die Musikanten spielten ausgelassen, als plötzlich Rufe von draussen ihr Spiel übertönten: «Täfeli, Täfeli!»

Drinnen im Saal erbleichten Julia und Franziska. Bonbons? Daran hatten sie bei den Vorbereitungen fürs Hochzeitsfest nicht gedacht. Sie stöckelten zum Fenster.

Vor dem *Lamm* hatten sich Kinder aus dem Dorf zusammengerottet und riefen im Chor nach Bonbons.

Onkel Julius war ihr Retter, er zauberte eine grosse Tüte Bonbons hervor, die er in die Höhe hielt, und nun rückte er seine Brille mit dem roten Gestell zurecht, schob den Stuhl zurück, um genug Platz zu schaffen für seinen Bauch, und erhob sich von der Festtafel. Würdevoll schritt er auf den Ausgang zu, dann die Treppe hinab, und vor dem *Lamm* griff er in die Tüte. Er streute Bonbons wie Samen, auf die sich die Kinder johlend stürzten.

Als er zurückkam und Franziska sich bei ihm bedankte, schaute er sie verschmitzt an, sagte: «Es gibt sicher wieder Zwillinge, diesmal vielleicht Buben.»

Die Tanzbühne blieb nie mehr leer. Die Hochzeitsgesellschaft feierte über den Montag hinaus in den Dienstag hinein. Verschwitzt vom Tanzen, gingen Julia und Franziska zwischendurch auf die Toilette, um sich frisch zu machen. Julia spürte die Wirkung des Weins. «Weisst du», sagte sie, «Valentin duftet so fein.»
«Wie denn?»
«Nach Tannenbaum. Wie an Weihnachten.»
Franziska musste lachen. «Jetzt ist Sommer, und du denkst an Weihnachten. Das ist doch verrückt!»
«Mir egal, ob verrückt oder nicht, wahr ist's. Mir bedeutet Weihnachten Seelenwärme.»
«Und Geschenke», ergänzte Franziska, sie lachte lauthals.
«Und weisst du, Valentin hat noch nie Schuhe getragen, die mir nicht gefallen haben.»

15

Die Hochzeit hatten sie im Dorf gefeiert. Wohnen blieben sie auch im Dorf. Die glücklich Verheirateten hatten eine günstige Vierzimmerwohnung in einem Block gefunden, dessen Garten an Wiesen und Felder grenzte.

Peter liebte seine Arbeit in der Dachdeckerei *Dicht,* Franziska die ihre in der Gärtnerei *Vogel.* Sie würde bis einen Monat vor der Geburt ihres Kindes weiterarbeiten.

Im Leben von Julia und Valentin änderte sich nichts. Sie wohnten weiterhin bei den Eltern.

Julia und Franziska sahen sich nach wie vor häufig, ihre Domizile waren nicht weiter als zehn Minuten zu Fuss voneinander entfernt. Oder sie telefonierten miteinander. Drei Anrufe waren es in der Flitterwoche, die Franziska und Peter nach der Hochzeit im Tessin am Luganer See verbrachten.

Manchmal waren die Schwestern mit Mann und Freund zum Essen bei ihren Eltern eingeladen, oder ein andermal bei Franziskas Schwiegereltern. Wenn die frisch Verheirateten in ihr neues Daheim einluden, brauchte Julia ihrer Schwester beim Kochen nicht zu helfen, der Ehemann half seiner Frau.

Bei diesen Verwandtschaftsessen trank Franziska Wasser. Ihr Bauch wuchs, und im November brachte sie ein gesundes Mädchen im Regionalspital zur Welt, in dem sie nach dem Motorradunfall mit einem gebrochenen Fuss gelegen, sie und Julia den Vollmond bestaunt und vom Glück geredet hatten, von Franziskas Glück beim Unfall.

Das Glück der Eltern war vollkommen, sie liessen das Neugeborene auf den schönen Namen Katharina taufen.

Patin war Julia, Pate ein zwei Jahre älterer Arbeitskollege und Freund von Peter, der Julian hiess. Das Taufessen fand im Haus von Frieda und Oskar, Peters Eltern, statt. Die Gäste freuten sich über die festlich gedeckte Tafel. Das sei Oskars Werk, sagte Frieda. Er hatte überdies einen Marienkäfer aus Schokolade auf jeden Teller gelegt. Ihr Reich war die Küche. Frieda war eine begnadete Köchin, sie zauberte ein mehrgängiges Menü aus ihrer Schlaraffenlandküche auf den Stubentisch.

Beim Dessert, einer Nougat-Creme mit heissen Beeren, assen die Männer eine grössere Portion als die Frauen und lehnten sich dann zufrieden zurück.

Zufrieden war auch Katharina. Das neue Erdenmenschchen schlief selig in seinem Bettchen. Während des ganzen Abends war es nicht in Gebrüll ausgebrochen.

Als sich die Gäste im Flur lautstark verabschiedeten und das neue Erdenmenschchen trotzdem nicht auchwachte, sagte Franziska: «Katharina hat einen gesegneten Schlaf, sie schlägt nach dem Vater. Peter schläft regelmässig vor dem Fernseher ein, wenn die Abendnachrichten gesendet werden.»

16

Als Julia ihre Schwester sechs Monate nach dem Taufessen an einem Samstag im Mai besuchte, war sie mit Katharina allein zu Hause. Peter machte eine Motorradfahrt. Sie sassen hinter dem Wohnblock im Garten, tranken Eistee und assen Gugelhupf, den Franziska gebacken hatte. «Wenn ich einen Gugelhupf backe, muss ich immer an Isi denken», sagte sie, «einmal habe ich im Friedhof ein Stück davon auf ihr Grab gelegt, aber das erzählst du Valentin nicht, sonst erfährt es auch Peter.»

Nein, selbstverständlich nicht. Die Zwillinge konnten sich sehr Persönliches anvertrauen und nach aussen verschwiegen wie ein Grab sein. Ihnen wurde nie langweilig, wenn sie zusammen waren, ständig hatten sie sich etwas zu erzählen. Von ihrem Platz aus konnten sie auf den bewaldeten Hügel hinter dem Dorf sehen, wo sie als Kinder mit ihren Eltern an Sonntagen Erdbeeren gesucht hatten. «Als Bub ist Peter auch dort im Wald gewesen», sagte Franziska und schaute ihre Schwester belustigt an, «aber er hat keine Erdbeeren gesucht, und seine Eltern sind auch nicht dabei gewesen. Er hat mit seinen Freunden Ausschau nach Birken gehalten, und dann haben sie ein Loch in den Stamm der Birke gebohrt, eine Rinne aus Blech schräg hineingesteckt und darunter eine Büchse mit Draht festgebunden. Saft ist in die Büchse geträpfelt ... Birkensaft ist ein Haarwuchsmittel, aber nicht für die Kopfhaare ... Peter und seine Freunde haben den Saft unten eingerieben, um schneller Mann zu werden.»

Die Frauen kicherten, die Beine hatten sie übergeschlagen, das rechte über das linke, Beine, die auf einmal heftig wippten. Katharina, die neben dem mit Steinplatten belegten Gartensitzplatz im Laufgitter auf dem Rasen herumkrabbelte, hob das Köpfchen und stiess einen entzückten Laut aus.

Ein sanfter Wind strich über die Felder mit Weizen, der schon kniehoch stand. Lerchen flogen aus ihren Nestern in Erdmulden, stiegen in kleiner werdenden Spiralen steil höher und höher, flatternd jubilierten sie im Blau des Himmels, so viele, so unglaublich viele.

«Nimm noch ein Stück Gugelhupf», forderte Franziska ihre Schwester auf.

Julia schnitt sich ein sehr kleines Stück ab und liess es eine Weile auf dem Teller liegen. Sie klöpfelte mit den Fingern auf den Tisch und blickte vor sich hin.

«Du hast etwas. Was?»

Julia schaute auf. «Ich muss dir etwas anvertrauen, das ich noch niemandem erzählt habe.»

«Ich weiss es schon, ich spür's.» Franziska strahlte. «Du bist schwanger.»

«Wir heiraten, aber ich bin nicht schwanger.»

«Auch schön!» Ihr Strahlen hielt an.

«Valentin und ich ziehen weg von hier. Wir geben unsere Arbeit bei *Kunert* auf. Valentin hat eine neue Stelle bei *Manor* in Zürich gefunden, die viel besser bezahlt und vielfältiger ist. Dort könne er sich weiterentwickeln, sagt er, bei *Kunert* sei er stehengeblieben, nein, nicht stehengeblieben, aber in letzter Zeit im Kreis gegangen sei er. Ich will keinen Mann, der im Kreis herumgeht ... Schau mich nicht so an. Wir gehen auf keine Apollo-Mission. Zürich liegt nicht am anderen Ende der Welt, wir gehen nicht zu den Kängurus.»

«Du gehst weg», murmelte Franziska und wiederholte den Satz, als sei er ein Satz, den sie nicht zu begreifen vermochte. Ihr Strahlen erlosch. Es war, als würde sich eine Wolke vor die Sonne schieben, als würde der Gesang der Lerchen verstummen.

«Du ... Wir haben eine schöne Wohnung im Seefeld in Aussicht, *Manor* hat uns bei der Suche geholfen, wir haben genug Platz für dich und Katharina zum Übernachten, zur Not auch für Peter, wenn ihr zu Besuch kommt.»
Franziska hielt krampfhaft die Tränen zurück.

Julia redete weiter, schneller: «Das Seefeldquartier grenzt an den See, wir gehen schwimmen, wir haben das Schwimmbad quasi vor der Wohnungstür, dann spazieren wir in den gleichen Bikinis durchs Bad über die Liegewiese ...»

Franziska wollte nicht weinen, hingegen brüllte ihre Tochter plötzlich herzerweichend los wie nach einem Insektenstich.

Franziska rührte sich nicht, sie machte keine Anstalten, die Kleine zu trösten. Da erhob sich Julia, um sie aus dem Laufgitter zu heben, sie zu herzen und zu wiegen. Katharina hatte die Mama doppelt. Sie beruhigte sich.

Zurückgehaltene, unterdrückte Tränen brauchen ein Ventil.

Franziska packte einen Teller und schmetterte ihn auf die Steinplatten des Gartensitzplatzes, Scherben spritzten in alle Himmelsrichtungen davon.

Katharina in Julias Armen zappelte vor Entzücken. Hätte sie schon sprechen können, hätte sie gerufen: Nochmals Mama, nochmals machen!

Die Scherben beseitigten sie gemeinsam. Franziska wischte, Julia hielt die Schaufel hin. Danach lasen sie zusammen die im Rasen verspritzten Splitter auf.

17

Julia und Valentin wurden im Altweibersommer 1970 standesamtlich im Zürcher Stadthaus getraut. Die kirchliche Trauung liessen sie weg. Trauzeugen waren Franziska und Peter. Töchterchen Katharina hatte die Schwiegermutter an diesem besonderen Tag in Obhut genommen.

Nach der Ziviltrauung spazierten die beiden Paare den See entlang. Die Schwestern trugen bequeme Schuhe mit flachen Absätzen. Es war ein schöner Freitagvormittag, an dem die ersten bunten Blätter fielen und schon viele Spazierende unterwegs waren. Zu viert war es nicht möglich, nebeneinander zu gehen. Die Frauen gingen voraus. Der See kräuselte sich im Wind und im Licht glitzerten Schaumkrönchen.

«Er ist ein wenig grösser als unser Weiher», bemerkte Julia leicht ironisch. «Wenn das Wasser schön warm ist, würdest du es dann wagen, hinüber zu schwimmen ohne Begleitboot?»

«Und du?»

«Doch, ich würde es.»

«Ja, ich auch.»

«Nein, du nicht,» mischte sich Peter von hinten in ihre Unterhaltung ein. «Denk an unsere Tochter!»

Valentin bestärkte Peter: «An dieser Stelle, schätze ich, ist der See fast zwei Kilometer breit. Und wenn ihr beim Schwimmen den Krampf im Bein bekommt und in der Nähe ist nur ein Dampfschiff, das eure Hilferufe und euer Winken nicht beachtet …»

Die Frauen waren ganz gerührt, dass ihre Männer sich so besorgt um sie zeigten.

Im Restaurant am Zürichhorn assen sie zu Mittag. Zum Apéro und zur Vorspeise tranken sie einen Weisswein, zum Hauptgang Rotwein. Franziska bestellte Eglifilets meunières, Reis und Gemüse.

Valentin sagte, zu Julia gewandt: «Wie ich dich kenne, bestellst du bestimmt das Gleiche.»

Nein, Julia bestellte Lammkoteletts, Bratkartoffeln und Spinat.

Nach dem Essen schlenderten sie zur Fröhlichstrasse, an der sich die Wohnung des jungen Ehepaars befand. Julia hatte ihrem Mann untergehakt. Sie gingen, als würden sie einen Hochzeitsumzug anführen, Schritte in fröhlicher Stimmung, begleitet vom Brausen der pausenlos vorbeifahrenden Autos.

Als sie beim Haus ankamen, staunte Franziska: «Nicht schlecht, nur einen Katzensprung vom See entfernt.»

Es war ein Altbau. Ihre Wohnung lag im dritten Stock. Vier hohe Räume, die Stubendecke mit Stuckaturen verziert. Ein kleiner Balkon, gerade Platz genug für vier Personen, doch es war bereits zu frisch, um am Nachmittag im Schatten draussen sitzen zu können.

Das Dessert assen sie in der Stube. Julia hatte am Morgen vor der Trauung in aller Eile einen Zitronenkeks gebacken. «Ich habe geglaubt, es rieche nach Gugelhupf, als ich hereinkam», sagte Peter. Alle wussten, was er damit eigentlich meinte, und schmunzelten.

Es war ein kurzweiliger Nachmittag. Im Entree hing ein mannshoher, goldumrahmter Spiegel, den Valentin in einem Antiquitätenladen erstanden hatte. Die Männer posierten davor. Valentin mimte einen Besucher, der gerade im Begriff war, einen vornehmen Salon zu betreten. Peter einen Boxer, der kurz davor war, in den Ring zu steigen. Die Frauen konnten nicht genug von den Posen ihrer Männer bekommen.

Da stiefelte Valentin auf die Bar in diesem vornehmen Salon zu, warf einen prüfenden Blick in den Spiegel über den Flaschen an der Wand hinter der Theke und strich mit gezierter Geste über seine Frisur, als wäre sie etwas Besonderes. Und Peter schien mit der rechten Geraden einen unsichtbaren Gegner niederzustrecken. «Ich hoffe, dass ich ihn getroffen habe», kommentierte er trocken.

Gegen Abend machten sich Franziska und Peter auf den Heimweg, Julia und Valentin begleiteten sie zum Hauptbahnhof.

Als der Zug anfuhr, winkten sie einander. Valentin wandte sich zum Gehen. Doch Julia blieb auf dem Perron stehen und winkte noch dem Zug hinterher.

«Kommst du endlich!» Er klang äusserst ungehalten. «Immer dieser Zwilling!»

Zehn Monate nach ihrer Trauung brachte Julia ebenfalls ein gesundes Mädchen zur Welt.

In der Zeit ihrer Schwangerschaft war sie in einen heftigen Streit mit Valentin geraten. Es ging um den Namen ihres noch ungeborenen Kindes.

Julia war sich ziemlich sicher, dass sie ein Mädchen gebären würde. Sie hätte ihre Tochter gern auf den Namen Olivia taufen lassen wollen. «Oder was meinst du zu Alexandra?»

Sie sassen auf dem Balkon. Valentin nahm einen Schluck Eistee, und dann äffte er seine Frau nach: «Olivia, Alexandra, Antonia, Michaela, Désirée ... Lange Namen wie

Katharina ... Und? Willst du nicht einen noch längeren Namen? Im Geschäft gibt's eine Angestellte, die Srividdunupathy heisst. Wie wär's damit?» Valentin hatte sich im Ton gesteigert.

Julia wurde auch laut. «Nennen wir sie doch Katharina die Zweite!» Darauf verfielen beide in ein angespanntes Schweigen. Julia trank Eistee, obwohl sie keinen Durst mehr hatte. Sie war es, die zuerst wieder redete und zweisilbige Namen vorschlug. Am Ende einigten sie sich auf einen einsilbigen, auf Kim.

Valentin verliess die Wohnung. Er gehe spazieren, sagte er, er müsse verrauchen, und Julia rief ihre Schwester an, um ihr vom Streit zu berichten.

«Was!» Franziska klang aufgebracht. «Du hast nachgegeben, ich versteh das nicht, warum nicht Olivia, so ein schöner Name, du hättest darauf beharren sollen.»

«Es ist jetzt, wie es ist. Für mich ist das Thema erledigt. Ich fange nicht nochmal damit an.» Julia verabschiedete sich von ihrer Schwester mit dem Satz: «Hauptsache, ich bringe ein gesundes Kind zur Welt.»

Fünf Minuten später hatte Franziska zurückgerufen. «Glaub mir, ich habe den Namen ein paarmal vor mich hin gesagt, Kim ist ein ganz schöner Name. Er gefällt mir ebenso gut wie Katharina.»

18

Als die Schwiegereltern Kim in Julias Armen erblickten, waren sie nicht länger verstimmt, weil ihr Sohn und die Schwiegertochter kein richtiges Hochzeitsfest veranstaltet hatten. Dass sie sich nicht kirchlich hatten trauen lassen, hatte sie nicht weiter beschäftigt. Doch ein Fest, ein richtig grosses Fest ... Danach hätten sie die Hochzeitsfotos ihren Freunden zeigen und die schönsten davon den Verwandten in Amerika schicken können.

Doch jetzt war aller Ärger, die ganze Verstimmung wie weggeblasen. Dieses entzückende Bébé! Julia übergab es Elvira, der langen, hageren Schwiegermutter, zum Tragen, Wiegen und Hätscheln. Ihr Mann David, der einen halben Kopf kleiner als sie war, strich Kim unendlich zart mit zwei fleischigen Fingern über die Wange. Kim schrie los, David zog erschrocken die Finger zurück und sagte: «Ich dachte schon, die Kleine, sie ist ja meine Enkelin, mag mich.»

Julia und Valentin waren am Sonntag bei den Schwiegereltern zum Mittagessen eingeladen. Während des Essens im grossen Wohnzimmer mit den hohen Fenstern und der Bücherwand gegenüber fragte Elvira Julia, wie sie auf den Namen Kim gekommen seien, ob eine gemeinsame Freundin so heisse oder ob es ein Name aus Julias Verwandtschaft sei.

Julia schwieg und schwieg. Sie tat, als lauschte sie. Kim schlief im Zimmer nebenan in der Babytragtasche. War von dort nicht ein beunruhigender Laut zu vernehmen?

An ihrer Stelle beeilte sich Valentin, seiner Mutter zu antworten, ihnen seien viele Namen eingefallen, so spielerisch, einen nach dem andern hätten sie aufgezählt. Bei Kim seien sie dann hängengeblieben. Voilà. Es sei ein Name, den man nicht verhunzen könne, und sogar rückwärts gesprochen töne er noch gut, nicht wie Kauderwelsch.

Die Schwiegereltern hatten überhaupt viele Fragen. Beim Dessert, Elviras berühmtem Tiramisu, fragte David nach ein paar Gläsern Wein in lockerer Stimmung, ob sie erzählen möchten, wie sie sich kennengelernt hatten.

Valentin stand auf, und Julia dachte: Ausgerechnet in dem Moment geht er auf die Toilette. Doch Valentin blieb neben dem Tisch stehen und sagte: «Da stand sie mitten in der Kantine, was für eine grosse Schönheit, so klein, so verloren.» Valentin zog die Schultern hoch, als müsste er sich vor einer plötzlichen Gefahr ducken, und entlockte Julia damit ein Lachen, ehe er fortfuhr: «Sie blieb immer noch wie angewurzelt stehen. Die Kantine passt ihr nicht, dachte ich und befürchtete: Jetzt dreht sie sich um und geht, doch da schlug mein Herz höher, sie kam auf uns Deutschschweizer zu und setzte sich an unseren Tisch. Ich erfuhr, dass sie Julia hiess, dass sie wie ich achtzehn war und auch bei *Kunert* in die Lehre ging. *Kunert* hatte uns beide für ein paar Wochen nach Lausanne in seine Filiale geschickt, damit wir dazulernten.» Valentin setzte sich wieder. «Wir sassen einander gegenüber, wir warfen uns immer wieder Blicke zu. Es fängt gut an, frohlockte ich, aber am nächsten Mittag hörte es schon auf. Sie setzte sich an einen Tisch mit lauter Welschen, und ich verstand die Welt nicht mehr.»

«Übertreib nicht», sagte Julia, «wir mussten doch Französisch lernen. An deinem Tisch redeten alle nur Deutsch, an deinem Tisch fühlte ich mich geborgen. Er war wie eine Insel in der fremden, französischen Brandung.» Während Julia sprach, legte Valentin seine Hand auf die ihre, die auf dem Tisch ruhte, und jetzt spielten ihre Finger eine kurze Weile miteinander, als hätten die jungen Eltern vergessen, dass sie nicht bei sich zu Hause waren.

Elvira schaute Julia gedankenvoll an und fragte, ob sie viele Romane lese. Julia verneinte, sie lese sehr wenige. Wieso sie das überhaupt frage? Nur so. Wegen der vertrauten Insel und der ringsum tobenden Brandung. Elviras Blick ging zur Bücherwand, und jetzt schauten die anderen auch hin. Viele Romane, Bildbände, Kochbücher, einige Biografien. David sagte: «Die meisten Bücher gehören meiner Frau, sie, die Buchhändlerin, ist die Romanleserin in der Familie. Ich lese Sachbücher, darunter juristische Fachbücher und manchmal eine Biografie.»

Elvira, noch immer gedankenvoll, wandte sich wieder an Julia. «Das letzte Buch, das ich gelesen habe, handelte von einer Frau und einem Mann, die sich auf einer Schiffsreise befanden. Sie kannten sich schon seit einiger Zeit und waren freundschaftlich miteinander verbunden. Mehr nicht. Es brauchte erst einen Sturm, damit es zwischen ihnen funkte. Hohe Wellen, das Brüllen des Windes und das Rollen des Schiffes. Sie gingen trotzdem bei Sonnenuntergang an Deck, als Einzige. Sie hakte sich bei ihm ein und schob ihre Hand in seiner Manteltasche in die seine. Gegen den Wind kämpften sie sich vorwärts. Sie wurden gegeneinandergestossen, dann wieder drohten sie auseinander gerissen zu werden, aber nie, nie lösten sich ihre Finger voneinander.»

Elviras zweimaliges Nie hallte im Wohnzimmer verheissungsvoll wider. Wie nach einer gelungenen Vorstellung klatschte David in die Hände. Valentin sagte: «Das hast du schön erzählt, Mama.» Und Julia sagte. «Dieses Buch möchte ich auch lesen.»

«Ich leihe es dir gerne aus.»
Zum Kaffee schenkte David sich und seinem Sohn einen Armagnac ein. Sie blieben dann nicht mehr lang, Julia drängte zum Aufbruch. Während ihres Besuchs hatte Kim zweimal jämmerlich geweint. Julia hatte sie beide Male aus der Babytragtasche gehoben, und während sie sie herumtrug, bemerkte ihre Schwiegermutter: «Da hat es deine Schwester mit ihrer Katharina leichter. Merkwürdig, mich dünkt, du bist die Ruhigere von euch beiden, aber dein Kind, Kim, ist unruhig und impulsiv wie deine Schwester, und ihr Kind, Katharina, ist ruhig wie du. So ein Kreuz-und-Quer, das könnte einen ja drausbringen.»

Als sie die Wohnung verliessen und auf den Lift warteten, trug Valentin die wache Kim auf den Armen, Julia die Babytragtasche, in der drei Romane lagen, die ihr die Schwiegermutter ausgeliehen hatte. Es war ein besonderes Altstadthaus, in dem Elvira und David wohnten. Alt, mittelalterlich war nur die Fassade, innen war das Haus ausgehöhlt und mit allen erdenklichen Errungenschaften und Finessen der Moderne ausgestattet worden.

Vor der im alten Glanz erstrahlten Fassade des Hauses, sagte Valentin: «Wenn wir uns beeilen, erwischen wir noch den Vier-Uhr-Zug. Aber – wo willst du denn hin? Der Bus zum Bahnhof fährt auf der anderen Seite.»

«Ich weiss, und auf dieser Seite fährt einer ins Dorf zu Franziska.»

«Was! Sie willst du auch noch besuchen? Dazu ist es doch zu spät. Kim wird quengeln.»

«Kim quengelt auch sonst. Franziska weiss, dass wir bei deinen Eltern zum Essen eingeladen waren. Sie wäre enttäuscht, wenn wir nicht noch schnell vorbeischauten.»

«Muss das jetzt noch sein?», stöhnte er.
«Ja, das muss sein.»

Als Julia zu Hause das Kissen in der Babytragtasche aufschüttelte, entdeckte sie einen Zettel in Franziskas Handschrift: Eure Besuche sind die liebsten, Eichhörnli. Ums Geschriebene rankte sich eine schwungvoll gezeichnete Blumengirlande.

19

Drei, vier Jahre vergingen. Franziska hätte ihre Schwester liebend gern häufiger sehen wollen, sie bedauerte, dass sie so weit weg von ihrem Dorf wohnte.

Julia hatte das Gefühl, es fehle ihr in der Stadt oft die Zeit, um tief Atem holen zu können. Keine Woche verging, in der sie nicht Besuch hatten. An einem Freitag gingen sie einmal ins Kino, Kim liessen sie in der Obhut einer Studentin zurück.

Nach Mitternacht im Bett beschäftigte der Film Julia immer noch, und ein anderer Film fiel ihr ein, den sie und ihre Schwester zusammen gesehen hatten, als sie achtzehn gewesen waren.

Sie mochten den Film nicht, er war furchteinflössend, starr sassen sie in den Sesseln. Dann, in den letzten zehn Minuten tauchte am fernen Horizont ein Flugzeug auf, das unheimlich schnell grösser wurde und auf die Zuschauer zuraste. Das Geheul des Flugzeugmotors schwoll an, Julia duckte sich und rutschte tief in den Sessel, Franziska lief durch die Nottür aus dem Kino. Nach der Vorstellung wartete Franziska vor dem Kino, sie hatte sich von ihrem Schreck erholt und wollte unbedingt wissen, was am Schluss noch geschehen war und wie der Film geendet hatte. «Ich weiss es auch nicht», bekam sie als Antwort. Julia hatte in den letzten zehn Minuten die Augen fest zusammengekniffen.

Julia hatte einen unruhigen Schlaf, und gegen Morgen schreckte sie daraus, weil Kim schrie. Am Samstag schlug Valentin vor, sie könnten im Kunstmuseum die Ausstellung alter holländischer Meister besuchen. Julia machte einen anderen Vorschlag. Sie könnten mit Kim am See spazieren gehen, meinte sie. Doch Valentin meinte, er würde sich die Ausstellung wirklich gern ansehen, er verspreche sich davon Anregungen, Impulse für seine Arbeit. «Dekor und so, du weisst schon», sagte er. Und Julia meinte, sie würde lieber spazieren gehen.

Sie trennten sich. Julia genoss den Spaziergang am See. Kim versuchte nach Möwen zu haschen. Am Seefeldquai setzte sie sich auf eine Bank, die noch frei war, während Kim daneben auf dem Boden kauerte und mit Kieselsteinen spielte. Das sanfte Geplätscher der Wellen und das Geplauder der Vorübergehenden lullten sie ein, doch dann riss ein Schrei sie hoch. «Das Kind!», schrie jemand. Kim lief auf den Quai zu, zeigte mit dem Finger auf die Schwäne dort, dort draussen im Wasser. Julia rannte, im letzten Augenblick vor dem Sturz über die Quaimauer vermochte sie ihre Tochter zu packen und hochzuheben. Kim hatte nur die Schwäne streicheln wollen.

Als Julia das nächste Mal mit ihrer Schwester telefonierte, erzählte sie vom Beinahe-Unglück. «Ich habe keine ruhige Minute mehr, ständig muss ich hinter ihr herrennen. Sie ist ein Wirbelwind, deine Katharina ein stilles Wasser.»

«Dann passen sie doch gut zusammen», scherzte Franziska, «der Wirbelwind wühlt das stille Wasser auf, und das stille Wasser kann ihn besänftigen. Hast du Kim etwa erzählt, was uns Isi erzählt hat, das vom Mann, der sich hinter dem Vorhang versteckt hat, und von dem sie behauptet hat, er könne übers Wasser laufen?»

«Da werde ich mich hüten, ihr das zu erzählen. Es würde mich nicht wundern, wenn sie es bei nächster Gelegenheit ausprobierte, und dann furchtbar enttäuscht und untröstlich wäre, dass das Wasser sie nicht trägt. Das Treppensteigen ist auch so eine Geschichte. Du hast mir erzählt, wie Katharina lernte, Treppen hinabzusteigen. Sie hielt sich am Geländer fest und setzte den Fuss auf die erste Stufe, dann wartete sie, um sich zu sammeln, bevor sie auf die nächste Stufe hinabstieg – immer mit dem gleichen Fuss voran. Kim hält sich nur die ersten paar Stufen am Geländer fest. Damit es rascher geht, möchte sie wie ältere Kinder hinabsteigen, einmal linker, dann rechter Fuss, und verliert das Gleichgewicht. Ich stehe unten und fange ihren Sturz auf, sie zappelt und ist untröstlich, uff.»

Franziska nahm Julias Seufzer zum Anlass, sie einzuladen. «Wann kommt ihr uns wieder einmal besuchen? In unserem Keller steht ein Treppchen, das hat fünf Stufen. Wir stellen es im Garten hin. Dann kann Kim Treppen-Hinabsteigen üben, wie die Grossen es machen, bis es ihr verleidet. Und wenn sie fällt, fällt sie ins Gras.»

Wie heute endeten ihre Telefongespräche meistens mit der Frage nach dem nächsten Besuch, eine Frage, die Franziska häufiger als Julia stellte, oder dem Satz: Wir hören bald wieder voneinander. Wann?

Franziska nahm am Telefon jeweils lebhaften Anteil am Zürcher Leben ihrer Schwester. «Ich habe dich gestern schon angerufen, du bist nicht zu Hause gewesen», sagte sie ein andermal, «vielleicht bist du mit Kim einkaufen gegangen?»

«Wann hast du angerufen?»

«Am Morgen.»

«Am Morgen? ... Ich wüsste nicht, wo ich dann gewesen sein sollte, ich war in der Wohnung nein, warte, zwischendurch bin ich in den Keller gestiegen, um eine Flasche Rotwein zu holen.»

«Peter und ich trinken zum Nachtessen meistens Rotwein. Mittags nie. Rotwein trinken und Dächer decken, das passt nicht zusammen. Trinkt ihr am Mittag Wein?»
«Wir trinken meistens Wein, wenn wir Besuch haben.»
«Bekommt ihr heute Besuch? Arbeitskollegen von Valentin?»
«Nein, ein Ehepaar aus dem Quartier. Warum fragst du?»
«Nur so. Woher kennst du sie?»
«Ihn habe ich noch nie gesehen, sie habe ich auf dem Spielplatz kennengelernt. Sie haben einen Sohn, der gleich alt wie Kim ist. Die beiden haben zusammen im Sandkasten gespielt, bis es Kim plötzlich verleidet ist und sie ihn mit Sand beworfen hat.»
«Was kochst du, wenn sie kommen?»
«Eben weiss ich es noch nicht. Ich weiss nur, dass sie Fleisch essen, allerdings keine Innereien.»
«Brate doch im Ofen auf dem Blech ein Poulet mit viel Gemüse und Kartoffeln, dann hast du nichts mehr damit zu tun, ausser zwischendurch die Sache mit Jus zu übergiessen, und kannst in aller Ruhe den Tisch decken und den Salat zubereiten.»
«Gute Idee, das mit dem Poulet.»
Die Schwestern verabschiedeten sich voneinander. Fünf Minuten später rief Franziska nochmals an. «Und was gibt's zum Dessert?»
«Einen Flan. Er ist schon fertig und im Kühlschrank.»
Das zweite Abschiednehmen dauerte noch etwas länger als das erste.
Anderntags am Morgen rief Franziska wieder an, Julia war noch in der Küche mit Aufräumen beschäftigt.
«Hat das Essen dem Besuch geschmeckt?»

«Ja, sehr. Sie waren begeistert, Valentin auch. Das Poulet reichte knapp für vier Personen, Kim war schon im Bett, und sechs Portionen Flan wurden aufgegessen, die Männer assen je zwei.»

Franziska erkundigte sich noch, ob sie es lustig gehabt hätten und was das für ein Mensch sei, die Mutter des Buben vom Spielplatz.

Julia meinte, sie könne nicht viel zur Person sagen, dazu kenne sie sie noch zu wenig, nur dass sie Humor habe und wie sie lache: laut und frei.

Alle Abschiede der Schwestern dauerten lang. Wenn sie zusammen waren, sich dann trennten und die eine schon an der Tür war, drehte sie sich um und kehrte zurück. Eben war ihr eingefallen, dass sie ihre Schwester noch etwas hatte fragen wollen und ihr dann das und jenes unbedingt auch noch erzählen musste.

Und einmal telefonierten sie miteinander, als Valentin in der Wohnung war. Es war Abend, sie waren verabredet und sollten endlich aufbrechen.

«Also tschau, Fränzi ...» Vor anderen nannten sie sich nie Eichhörnli, auch nicht vor ihren Ehemännern. Eichhörnli war ihr geheimes Zauberwort, das seinen wunderbaren Klang in den Ohren der anderen verlieren würde. Nach dem ersten Tschau redete Julia weiter: «Was sagst du, Kurt vom Berg, der Heiler» ... Stirnrunzelnd lief Valentin zum Fenster. «... in der Illustrierten abgebildet» ... Valentin lief voller Unrast zum Stubentisch, klopfte darauf als Zeichen zum Aufbruch: Wir müssen endlich. «... Was! Das ist ja unerhört, ein Mitglied des englischen Königshauses hat ihn aufgesucht.» Valentin deutete mit der Hand eine Zange an: Klemm endlich ab! «Fränzi, ich muss jetzt wirklich, nein, warte. Schickst du mir die Illustrierte? Oder ... ja, wie du meinst, das ist besser, bewahre sie für mich auf, tschau, tschau.»

Valentins Neugier war grösser als sein Ärger über ihr Zuspätkommen. Als sie im Tram sassen und vom Rennen zur Haltestelle nicht mehr ausser Atem waren, wollte er wissen, was es mit Kurt, dem Heiler vom Berg, auf sich hatte.

Er habe Besuch von einem Mitglied des englischen Könighauses bekommen, dem er habe helfen können, mit dem Rauchen aufzuhören. Kurt sei mit dem Adligen in der Illustrierten abgebildet und werde jetzt von Kunden regelrecht überrannt. Seine Kasse klingle, er lasse das Dach seines alten Hauses neu decken, den Auftrag habe er *Dicht* gegeben, Peter leite die Arbeit.

20

Es war ein später Sommertag, die Kühle des Herbstes bereits spürbar. Julia fuhr mit Mann und Kind aufs Land zu Besuch bei ihrer Schwester. Kim war gewachsen, Treppen-Hinabsteigen artete nicht mehr in ein Drama aus.

Die Begrüssung unter den Erwachsenen fiel herzlich aus, während die Mädchen sich zurückhaltend verhielten, sie schienen einander gegenseitig zu beschnuppern. Franziska machte ihrer Schwester ein Kompliment. Wie schön, wie dicht ihr Haar sei. Valentin war stolz auf seine Ehefrau, sozusagen als Erklärung erwiderte er, Julia verwende viel Zeit auf die Pflege, sie bürste es täglich sorgfältig und mehrmals. Darauf brachen die beiden Männer in ein Gelächterfeuerwerk aus. Kim fragte: «Mami, warum lachen die so blöd?» Ihre Frage erheiterte die Männer noch mehr. Kim flüsterte ihrer Cousine ins Ohr: «Grosse Blödiane sind das.»

Kurz danach waren sie schon keine Blödiane mehr, zumindest Peter nicht. Im Garten war der Grill schon parat, Peter brauchte nur noch die Holzkohle anzuzünden. Neben der Feuerstelle hatte er ein kegelförmiges Zelt aufgestellt.

Die Mädchen brachen in Geheul aus, schlugen mit der flachen Hand im raschen Rhythmus ununterbrochen auf den offenen Mund und rannten heulend ums Zelt einander hinterher, Kim lauter als Katharina.

Peter war der Grösste. Ein Lagerfeuer und ein Tipi.

Erschrocken flogen Krähen vom frisch gepflügten Feld auf, das an den Garten grenzte, krächzten kurz, ehe sie sich wieder auf dem gleichen Feld niederliessen, um in der weichen Erde weiter nach Würmern zu picken.

Gegen das Feld hin, am Rande des Gartens wuchs eine Birke, alt und stattlich in ihrer ganzen Pracht. Kim war eben im Begriff, ein Stück Rinde abzubrechen, doch Julia bemerkte ihr Vorhaben und rief: «Kim, lass das!»
Kim maulte, sie brauche aber ein Stück Rinde, um eine Botschaft zu schreiben.
«Dann nimm ein Blatt Papier!»
Das sei nicht das Gleiche, Squaws hätten ihre Botschaften in Birkenrinde geritzt.
Julia blieb stur. Katharina flüsterte Kim etwas ins Ohr, worauf sie mit ihrer Cousine, die immer noch schmollte, im Haus verschwand. Franziska musste schmunzeln. «Das hast du mir auch verboten, als wir im Wald gewesen sind und nach Zwieseln gesucht haben und ich eine Markierung in die Rinde der Buche habe ritzen wollen.»
Der Duft der Grilladen lockte die Mädchen wieder ins Freie. Um den Hals hatten sie ein buntes Band wie eine Kette geschlungen. Sie trugen Stirnbänder, in denen eine Elsterfeder steckte, hatten die Gesichter mit Franziskas Lippenstift bemalt und wurden von den Erwachsenen gelobt, wie hübsch sie seien. Trotz des Lobs mochten sie nicht mit den Erwachsenen am Tisch essen und zogen sich mit Servelas ohne Senf, aber mit Brot ins Tipi zurück.

Die Erwachsenen führten eine angeregte Unterhaltung, die Männer unter sich, die Zwillingsschwestern miteinander, wie schon oft, wenn sie zu viert zusammen gewesen waren. Sie redeten und assen, und wenn die Gläser leer waren, füllte Peter sie wieder. Die Lachenden lachten ein wenig lauter. Das Gemurmel aus dem Tipi war kaum zu hören, doch die Erwachsenen schenkten diesem ohnehin keine Beachtung. Es schien, als hätten sie die Kinder im Zelt vergessen.

Bis ein Stoss wie eine Böe die Zeltwand erschütterte. Die Böe kam von innen. Kim rannte aus dem Zelt, verfolgt von Katharina. Die Erwachsenen verstummten mitten im Gespräch. Was war da los? Katharina hatte Kim eingeholt, sie riss ihr das bunte Band vom Hals, die Elsternfeder aus dem Haar, schlug, drosch auf sie ein, schrie gellend: «Du fiese Apachin.» Kim wehrte sich nicht, sie gab keinen Ton von sich, und jetzt ging sie auf die Knie und schluchzte. «Du hörst sofort auf!», rief Franziska. Katharina schlug weiter. Die Väter griffen ein, Peter riss Katharina zurück und Valentin stellte sich schützend vor Kim. Dann führten sie die Mädchen zum Tisch und setzten sie auf die Gartenbank. «Was um Gottes willen ist in dich gefahren, Katharina?», fragte Franziska.

«Sie hat behauptet: Huronen sind kein Indianerstamm, ich kann keine Huronin sein.»

Mehr war ihr nicht zu entlocken. Die Mädchen hatten die Köpfe gesenkt und starrten auf die Tischplatte, auch Kim wollte nicht reden.

Peter vermochte die Stimmung in der Tischrunde wieder aufzulockern. «Was!», sagte er überrascht, «ich höre eine Stimme wie Donnergrollen, das ist Manitu. Manitu, der Grosse Geist, flüstert mir etwas zu» ...

Die Mädchen schauten fragend auf.

«...Wir sollen zum Weiher gehen. Heute können wir dort die grössten Fische sehen. Wollt ihr das?»

Die Mädchen nickten, und die Väter zogen mit ihnen davon, um im Weiher Fische zu schauen.

Als sie ausser Hörweite waren, sagte Franziska: «So habe ich Katharina noch nie erlebt, so ausser Rand und Band. So laut, so schrill. Als wäre ein böser Geist in sie gefahren. Ich hatte immer das Gefühl, meine Tochter sei wie du, ich hätte

dich trotzdem bei mir in der Nähe, jetzt wo du so weit weg wohnst.»
Julia wusste nicht, was sagen. Eichhörnli, ich bin doch da, nein, das könne sie jetzt nicht sagen, fand sie, als sie Franziskas wässrigen Blick bemerkte. Sie wollte nicht, dass ihre Schwester in Tränen ausbrach, und um die eigenen Tränen zurückzuhalten, lenkte sie ab: «Hörst du die Lerchen am Morgen noch singen?»
«Nein, viele sind in den Süden gezogen. Die, die geblieben sind, hocken stumm in ihren Nestern.»
«Aber im nächsten Frühling können wir sie wieder singen und jubilieren hören ... ganz bestimmt.»

21

In vielen neuen Frühlingen hörten sie die Lerchen wieder singen, sie fühlten sich einander doch nahe, auch an den Tagen, an denen sie sich nicht sahen.

Sie assen das Gleiche. Als Franziska Julia anrief, fragte sie: «Was habt ihr gestern Abend gegessen?»

«Ein Rinderbraten mit Gemüse.»

«Wir auch!», rief Franziska fröhlich in den Hörer. «Und was für Gemüse?»

«Zucchini, Aubergine, Peperoni.»

«Wir auch! Nein, halt, ohne Peperoni. Peter verträgt sie nicht. Ihm zuliebe haben Katharina und ich darauf verzichtet.» Noch fröhlicher rief sie: «Und der Braten hast du auch auf Wedgwood serviert, das mit dem roten und blauen Blumenmuster.»

Es war keine Frage mehr, Franziska *wusste* es, Julia brauchte nur zu bestätigen, dass es so gewesen war, dass sie das gleiche Geschirr gebraucht hatte.

An einem Wochenende kaufte Julia auf einem Trödelmarkt in der Stadt einen Eierbecher, der zu ihrer kleinen Sammlung passte. Als sie das nächste Mal ihre Schwester besuchte, zeigte diese ihr voller Stolz den gleichen Eierbecher. Wie es sich herausstellte, hatte sie ihn auf einem Familienausflug in die Berge in einem Dorfladen eine Woche nach Julias Kauf erstanden. Es sei ihr in die Augen gesprungen, eine Trouvaille, sagte sie, diesen Becher habe sie sofort kaufen müssen.

Sie bekamen jeweils den Katalog des Modehauses *Ackermann* zugeschickt, und als Franziska erfuhr, dass Julia in der Versandabteilung die gleiche Bluse wie sie bestellt hatte, freuten sich beide.

Sie assen das Gleiche, sie kauften das Gleiche. Das Zusammentreffen von gleichen Wünschen, Bedürfnissen, von Begehrlichkeiten und gleichem Geschmack beengte sie nicht, keine fühlte sich von der anderen bedrängt. Sie dachten das Gleiche, sie träumten das Gleiche ... Es war ein beglückendes Gefühl, nicht einmalig zu sein. Sie waren zu zweit einmalig.

Wieder vergingen Jahre, einige langsam wie kriechend. Zeit dehnte sich. Andere wie im Flug. Zeit zog sich zusammen. Plötzlich kamen die Kinder aus der Schule. Katharina fing eine Lehre als Köchin im *Lamm* an, dem Restaurant, in dem ihre Eltern am Tag der ersten Mondlandung geheiratet hatten, als ihre Mutter schon schwanger mit ihr gewesen war. Ihre Grossmutter Frieda, die Mutter ihres Vaters, die eine begnadete Köchin war, hatte früh ihr Interesse fürs Kochen geweckt. Franziska berichtete Julia am Telefon, ihre Tochter habe schon als kleines Mädchen auf einem Küchenstuhl gestanden und nicht nur zusehen wollen, wie ihre Grossmutter Essen zubereitete, sie selber habe rühren, mischen, mixen, kneten, Teig ausstechen wollen. Sie habe das Zeigefingerchen in Sossen gesteckt, um zu probieren.

Zur Verblüffung ihres Lehrmeisters kreierte sie im *Lamm* schon bald fantasievolle Gerichte. Katharina kochte gut, aber nicht sehr gut. Als sie sich zum ersten Mal verliebte, erfuhr sie, dass es noch etwas anderes brauchte als Lerneifer, um eine sehr gute Köchin zu werden. Liebe, sie brauchte die Ingredienz Liebe ... um mit Liebe und Leidenschaft zu kochen.

Kim tat sich schwer mit der Berufswahl. Eine Zeitlang schnupperte sie da und dort herum. Am Schluss noch in einem Hotel, in dem ein reges Kommen und Gehen herrschte. Gäste gab es, die redeten Französisch, Italienisch, Englisch, andere, die asiatisch aussahen und bei denen Kim nicht wusste, in welcher Sprache sie sich unterhielten.

Sie erzählte ihrer Mutter, wie sie am Empfang hinter der Theke gestanden und dem glatzköpfigen Rezeptionisten bei seiner Arbeit habe mithelfen dürfen. Ein Gast habe sie auf Englisch angesprochen und gefragt, ob sie die hübsche Tochter des freundlichen Rezeptionisten sei. Sie habe den Mund verzogen und der englische Gast habe gelacht. «Weisst du, Mami, es war wie früher zu Hause. Du und Papa hattet Gäste eingeladen. Während ihr in der Küche noch zu tun hattet und ich und die Gäste allein in der Stube waren, unterhielt ich sie mit Grimassen und Akrobatik.»

Kim fing eine Lehre als Hotel-Kommunikationsfachfrau an.

Und kein Jahr verging, bis ihre Mutter wieder ins Berufsleben einstieg. Bei *Manor*, in der Firma ihres Mannes, wäre eine Stelle als Sekretärin frei gewesen. Doch Julia hatte keine Lust, wieder im erlernten Beruf zu arbeiten. Sie fand eine Teilzeitstelle in einer Buchhandlung, die von ihrer Wohnung aus sogar zu Fuss zu erreichen war. Sie wäre auch durch die halbe Stadt gefahren, um in einer Buchhandlung arbeiten zu können.

Als sie Valentin erzählt hatte, sie möchte wieder arbeiten und würde sich nach einer Teilzeitstelle in einer Buchhandlung umsehen, hatte sie erwartet, dass er das nicht oder nur schwer verstehen würde. Warum nicht wieder als Sekretärin

einsteigen und im Erlernten vielfältiger werden? Der Lohn wäre ohnehin besser ...
Doch Valentin hatte sehr gut verstanden. Das hatte Julia überrascht. «Was? Du wunderst dich überhaupt nicht, wieso ausgerechnet Buchhandlung, wieso Hilfsbuchhändlerin?»
«Nein, wieso sollte ich? Ich weiss doch, dass meine Mutter, die Büchernärrin, dich mit dem Virus Bücherlesen infiziert hat.»
Angefangen hatte die Ansteckung an jenem Sonntag, als Julia und Valentin mit Kim bei seinen Eltern zum Mittagessen eingeladen waren. Das grosse Esszimmer ... die hohen Fenster ... die Bücherwand gegenüber, deren oberstes Regal nur mit einer Leiter zu erreichen war ... Die Schwiegermutter Elvira, die viele Fragen an das junge Paar richtete ..., auch intimere, ob sie erzählen möchten, wie sie sich ineinander verliebt hatten ... Ob es vom ersten Augenblick an Liebe gewesen sei? ... David, der Schwiegervater und Jurist, der lachte ... Gibt es das überhaupt? ... Eine provozierende Frage ... Wie sie darauf freimütig erzählten ... Elvira, die versonnen lauschte. Dann plötzlich Luft holte und von einem Buch erzählte, in dem sich zwei auf einer Schiffsreise ineinander verliebt hatten. Ein Sturm tobte, das Schiff rollte und schlingerte ... Wie Elvira das schilderte, als wäre der Sturm ins Esszimmer gedrungen ... Niemand wagte sich an Deck. Ausser den Verliebten. Auf Deck hielten sie sich umschlungen, der Sturm versuchte sie auseinanderzureissen. Das Schiff geriet in eine gefährliche Schieflage. Der Sturm tobte noch stärker und er heulte, heulte, heulte, es gelang ihm nicht, die Verliebten auseinanderzureissen.

Nach einem halben Jahr stieg auch Franziska wieder ins Berufsleben ein. Sie blieb ihrem alten Beruf treu und auch dem früheren Arbeitgeber. Erneut arbeitete sie als Floristin in der Gärtnerei *Vogel*.

Als die Schwestern miteinander telefonierten, sagte Julia: «Wir arbeiten wie früher in zwei verschiedenen Berufen, aber diesmal haben wir das gleiche Ziel: Freude bereiten. Du machst den Menschen Freude mit deinen schönen Blumensträussen, ich mit Büchern. Ich sage zu einer Kundin: 'Dieses Buch *müssen* Sie lesen.' Sie schaut mich skeptisch an, kauft das Buch aber trotzdem und geht. Nach ein paar Tagen kommt sie zurück, sagt: 'Sie haben recht gehabt. Als ich das Buch angefangen hatte, *musste* ich es fertig lesen.' Die Kundin lächelt mir zu, ich lächle zurück.»

Julia und Franziska kauften das Gleiche ein, sie kochten das Gleiche.

Einmal nahm sich Julia vor, heute beim Metzger Fleisch einzukaufen, das sie noch nie gekauft hatte, mal etwas ganz anderes, fast widerwillig kaufte sie Nieren und erfuhr, dass Franziska das Gleiche gekauft hatte. Peter und Katharina würden Nieren gern essen. Julia kam sich dumm vor – wie von ihrer Schwester ferngesteuert. Bei ihren Lieben Zuhause löste das Gericht keine Freude aus. Valentin, der sonst sehr schätzte, was seine Frau kochte, schob die Nierenstückchen auf dem Teller hin und her, nachdem er aus Höflichkeit zwei Stückchen gegessen hatte, Kim stiess den Teller von sich. «So etwas Ekliges!»

Manchmal vergassen Julia und Franziska, dass sie Männer hatten.

Es war ein Sonntag. Franziska und Peter waren bei Julia und Valentin zu Besuch. Katharina war nicht mitgekommen, sie hatte bei ihrem Freund im Dorf bleiben wollen, und

Kim war mit Freundinnen am See. Julia sagte zu den auf dem Balkon sitzenden Männern, sie möchte ihrer Schwester *schnell* draussen etwas zeigen, und schon huschten sie davon.

Aber sie wollte ihr gar nichts zeigen. Sie wollte erfahren, ob das Spiel, das sie als Kinder gespielt hatten, noch immer funktionierte. Es hiess: Schritte lenken.

«Du gehst voraus und darfst dich nie umdrehen,» sagte Julia und ihre Schwester wusste sogleich, was kam. Julia würde ihre Schritte lenken.

Sie gingen durchs stille, an einem Sonntagnachmittag wie ausgestorbene Quartier, Franziska zehn Schritte voraus.

Julia fuhr sich mit der linken Hand durchs Haar. Franziska schwang die Arme im Gehen und schaute Häuserfassaden hoch. Oder zum Himmel? Noch immer schwang sie die Arme. Julia bekam Herzklopfen. Klappt es etwa nicht mehr? Doch da! Franziska fuhr sich durchs Haar, mit der rechten Hand. Julia stiess einen entspannten, glücklichen Seufzer aus. Sie würden auch als Erwachsene das Spiel immer wieder spielen können.

Die Vorangehende bog jetzt nach rechts, dann nach links ab unter Julias kundiger, lenkender Gedankenübertragung.

In einer schmalen Strasse, an die schöne Gärten grenzten, beschwor Julia sie: Stehenbleiben und nach links schauen!

Franziska blieb stehen und betrachtete den Garten, in dem ein Apfelbaum wuchs. Wie auf ein Kommando gingen sie zur gleichen Zeit weiter. Julia verscheuchte eine Fliege, die auf sie zuflog, sie wedelte mit der Hand. Ihre Schwester wedelte auch, obwohl keine Fliege sie belästigte.

Aus einem der schönen Gärten sprang eine Katze auf die Strasse. Ein grosses, kräftiges Tier mit einem glänzenden

Fell, ein kleiner Panther. Julia betrachtete es bewundernd, während sie in Gedanken Franziska aufforderte stehenzubleiben, doch diese ging weiter, weiter auf die breite von Autos befahrene Strasse zu.

Stehen blieb die Katze! Julia liebte Katzen. «Das Spiel ist aus dem Ruder gelaufen», rief sie ihrer Schwester zu, die sich umdrehte und zurückkehrte. Die Katze näherte sich jetzt Julia und strich um ihre Beine. Als Franziska bei ihr war, gingen die Schwestern in die Hocke und streichelten sie. Überrascht von dieser doppelten Zuwendung, diesen vielen Streicheleinheiten, legte sich die Katze schnurrend auf den Rücken und wälzte sich vor Behagen auf dem Asphalt. Nach einer Weile hatte sie genug und verschwand im Garten, aus dem sie herausgesprungen war, und Julia schlug vor, nach Hause zurückzukehren, um ihre Männer zu streicheln.

Fröhlich betraten die Schwestern die Wohnung und blieben in der Stube erschrocken stehen. Ein ungewohntes Bild bot sich ihnen. Peter sass in einer Ecke, auf den Knien einen Bildband, in dem er blätterte. Er blickte kurz auf und stiess fünf Wörter aus, fünf wütende Wörter: «Nur *schnell* draussen etwas zeigen!», klappte den Bildband zu, dass es knallte, als hätte er einen Ziegel von Dach geworfen.

In der Ecke ihm diagonal gegenüber war Valentin auf seinem Stuhl eingenickt. Er schreckte hoch, sprang auf. In seiner aggressiven Erregung trat er von einem Fuss auf den anderen. «Schnell, schnell, immer schnell und dann lang, lang, lang draussen bleiben.» Mit einer langsamen Gebärde wie in Zeitlupe unterstrich er, was er sagte. «Bekommen wir vielleicht einen schnellen Tee, ohne eine Stunde darauf warten zu müssen?»

«Gerne, mein schneller Herr!»

«He …», brachte er nur hervor, der ironische Ton seiner Frau verschlug ihm die Sprache.

Während sich die Schwestern in die Küche zurückzogen, bemerkte Julia: «Er übertreibt wieder einmal.» Sie liessen sich Zeit bei der Zubereitung. Da brüllte es aus der Stube: «Kommt der Tee endlich?»
«Jawohl! Schnell wie der Blitz!»
Aber die Schwestern beeilten sich nicht. Julia flüsterte Franziska zu: «Was hat der zu brüllen wie ein Brüllaffe, ich schütte den frischen Tee in den Ausguss.» Doch ihre Schwester hielt sie davon ab. «Wir servieren und lächeln.»
Lächelnd servierten sie den Männern den Tee, die ihre Köpfe sofort über die Tassen beugten. Sie wollten nicht angelächelt werden, ihre Wut über das lange Fortbleiben der Zwillinge sollte nicht so schnell verrauchen.

Die Schwestern zogen sich erneut in die Küche zurück, in der sie sich fragten: Wie machen das andere eineiige Zwillinge, die verheiratet und deren Kinder bald erwachsen sind? Vergessen die nie, dass sie noch Männer haben?

22

Sie trafen sich auf dem Bahnhof in Brugg. Julia war aus der Stadt, Franziska aus dem Dorf angereist.

Das Treffen des *Schweizerischen Zwillingsvereins*, zu dem sie sich angemeldet hatten, fand im Hotel *Rotes Haus* statt, zehn Gehminuten vom Bahnhof entfernt.

Es würde ein Bankett geben, man würde viel Zeit haben, die Kameradschaft zu pflegen und Gedanken auszutauschen. Im Saal des *Roten Hauses* hatte das Personal Tische für vier oder sechs Personen hingestellt.

Julia und Franziska setzten sich zu zwei Paaren, von denen sie wie alte Bekannte begrüsst wurden. Als Ruth und Samuel, Peter und Maja stellten sich diese vor.

«Sehr erfreut, mein Mann heisst auch Peter.»

«Ist er auch eineiig?», fragte Peter

Franziska verneinte, und Peter und Maja war die Enttäuschung anzusehen.

Die Mahlzeit bestand aus Rinderragout, Reis, Bohnen und zum Dessert drei Kugeln Glace. Während des Essens erzählten die zwei kinderlosen Ehepaare ihr ganzes Leben, ein Leben wie ein offenes Buch. Die Männer waren eineiig, die Frauen waren eineiig. Sie hatten sich an einem Zwillingstreffen ineinander verliebt und ein Jahr danach eine Doppelhochzeit gefeiert. Sie wohnten zu viert in einer Wohnung. Zusammen bereiteten sie das Essen zu, die Frauen kochten, die Männer deckten den Tisch, einmal mit den rosaroten Sets, am nächsten Tag mit den blauen, und waren für den Abwasch zuständig. Es war ein Ritual, bei dem keiner von ihnen jemals den Wunsch verspürt hatte, es zu ändern.

Aus dem Haus gingen sie zusammen immer in den gleichen Kleidern. Es kam vor, dass Peter in den Hosen von Samuel herumlief. Zusammen putzten sie die Wohnung, zusammen sahen sie fern, nur schlafen, das taten sie getrennt.

Julia fragte, ob es noch nie eine Verwechslung gegeben habe, unbeabsichtigt, meine sie, ob keiner von ihnen das richtige Schlafzimmer verfehlt habe.

Das sei nicht möglich, entgegnete Peter, sie seien nicht farbenblind.

Nach dem Essen begriffen Julia und Franziska, warum das nicht möglich sein sollte. Peter legte einen beigen Aktenkoffer auf den Tisch und holte daraus ein dickes Buch hervor. Ein Fotoalbum. Julia und Franziska sahen Fotos von gemeinsamen Ausflügen der zwei Paare, sahen sie gemeinsam auf der Rigi und zu viert in die Kamera lächeln, sahen sie beim gemeinsamen Picknicken im Gras, durch einen Buchenwald wandern, am Ufer des Luganer Sees sitzen und schauten sich Fotos ihrer Wohnung an. Auch solche ihrer Schlafzimmer. Peter und Maja schliefen im blauen Zimmer, ihre Bettwäsche war blau. «Peter und ich schlüpfen unter eine blaue Decke», sagte Maja, darauf Ruth: «Samuel und ich unter eine rosarote.»

«Versteht ihr jetzt, dass es zu keiner Verwechslung kommen kann?», sagte Peter.

«Aber», wandte Julia unter Franziskas Nicken ein, «in der Nacht sind alle Katzen grau.»

Die vier hatten ein schönes Lachen. Samuel zeigte auf die Türschwellen. «Wir haben vorgesorgt und eine Sperre errichtet.» Die eine Türschwelle war blau, die andere rosarot angemalt.

Die zwei Paare lebten in Harmonie und ständiger Eintracht. Sie mochten Julias Frage nicht, ob sie nie Streit hätten, ob das eine Paar manchmal etwas tun, was das andere nicht tun möchte. Was für abwegige Fragen. Die vier standen gleichzeitig auf, um sich zu verabschieden. Andere am Treffen Teilnehmende hatten auch Fotoalben mitgebracht. Sie würden sich deren neusten Fotos seit dem letztjährigen Treffen anschauen.

Kaum waren sie allein, sagte Julia: «So möchte ich nicht leben. Mir würden Salz und Pfeffer fehlen.»

Franziska war sich dessen nicht so sicher. «Kann doch auch schön sein», sagte sie, während sie den Paaren nachblickte. «Keine Eifersüchteleien, keine Männer haben, denen es nicht passt, dass wir ständig miteinander telefonieren. Sozusagen ungetrübtes Glück.»

«Aber fad. Eine Prise Eifersucht kann wie eine delikate Würze sein. Möchtest du Brot ohne Salz essen?»

«Nein, eigentlich nicht, aber zwischendurch einmal salzlos probieren, warum nicht.»

Der Blick, den Julia ihrer Schwester zuwarf, war ein wenig ungläubig.

Der Mann war ihnen schon früher aufgefallen. Er hatte mit einem Paar am Tisch gesessen, der vierte Platz war die ganze Zeit leer geblieben.

Als er nun an Julias und Franziskas Tisch Platz nahm, zog er den einen freien Stuhl neben ihm näher zu sich heran und legte den Arm auf die Lehne. Der Mann brauchte zwei Stühle, es sah aus, als würde sein Arm auf dem Rücken von jemand Unsichtbarem ruhen.

Sie wechselten ein paar Sätze zur Begrüssung. Der Mann, der Max hiess, stellte ein paar höfliche Fragen, eine davon lautete: Wie oft sie schon an einem Zwillingstreffen teilgenommen hätten? Seine Fragen klangen wie ein Vorwand, damit er mehr von sich erzählen konnte.

Die Schwestern erfuhren, dass Max' Arm auf der Lehne des zweiten Stuhls eigentlich auf dem Rücken seines verstorbenen Bruders ruhte.

Sie hätten wie ein Paar zusammengelebt, erzählte Max, aber seien kein Liebespaar gewesen. Sie hätten Freundinnen gehabt, die bei ihnen eingezogen und bald wieder ausgezogen seien. Die Bindung zu seinem Bruder sei stärker gewesen, ihr Zusammenleben habe ja schon im Bauch der Mutter begonnen ...

Sie hätten an keinem Zwillingstreffen gefehlt, viele Jahre nicht. Und dann sei dieser Morgen gekommen, der Morgen des nächsten Zwillingstreffens. Sein Bruder sei ein pünktlicher Mensch gewesen, aber heute sei er nicht zum Frühstück gekommen. Da habe er in dessen Schlafzimmer nachgeschaut und gedacht, sein Bruder sei wach, er tue nur so, als schlafe er. Er habe einen Arm aus dem Bett gestreckt wie zur Begrüssung. Freudig habe er, Max, die Hand seines Bruders ergriffen und sei erschrocken: so schlaff und kalt, schon so kalt, er habe es nicht glauben können, er habe seinem Bruder ins Ohr geschmeichelt: «Fredi, aufwachen.» Er habe es auch später nicht glauben können, ein Jahr lang habe er bei jeder Mahlzeit ein zweites Gedeck aufgelegt. Und im Gang die Schuhe seines Bruders, die er einmal pro Woche abgestaubt habe ... Seit er allein lebe, komme er weiterhin zu den Zwillingstreffen. Er brauche immer zwei Stühle, noch einen für seinen toten Bruder.

Bevor Max seinen Platz verliess, strich er unendlich zärtlich über die hölzerne Lehne des zweiten Stuhls. Es war auch eine traurige Gebärde. Julia dachte, wenn eine von ihnen stürbe ... wie das die Lebende sollte aushalten können, wie verloren sie da wäre? Gemeinsam sterben können, wie schön das wäre ...

Sie hatten sie nicht kommen sehen, plötzlich standen sie neben ihnen am Tisch und sagten in aufgekratzter Stimmung: «Hallo ihr zwei Schönen, warum so traurig? Zwillingstreffen sind immer ein Fest, heute feiern wir, Trübsal blasen sollen die Daheimgebliebenen.»
Die zwei Schwestern trugen Jeans, Hosenträger, weisse Blusen, und jede hatte eine schwarze Fliege umgebunden. Ohne zu fragen, ob zwei Plätze frei seien, setzten sie sich. «Ich bin Jenny und das ist meine Schwester Alice. Wie heisst ihr?» Jenny wiederholte Julias und Franziskas Namen genussvoll. «Was für schöne, klingende Namen, fast wie *Romea* und Julia!» Jennys Scherz lockerte die Stimmung auf.

Jenny und Alice waren ebenfalls verheiratet mit Männern, die keine Zwillinge waren.

Franziska fragte, ob sie ihre Männer nicht ans Treffen hätten mitnehmen wollen.

«Mein Mann ist Monteur und arbeitet in einem Elektrokonzern. Zurzeit ist er auf Montage in Asien», erklärte Jenny.

«Und mein Mann ist Fernfahrer und auch unterwegs», sagte Alice. «Unsere Männer sind froh, dass wir eineiige Zwillinge sind. Sie brauchen sich keine Sorgen um uns zu machen und ein schlechtes Gewissen zu haben ... Wir, die vernachlässigten Strohwitwen ... Das sind wir nicht. Wir fühlen uns nie einsam und haben es meistens kurzweilig, auch wenn sie wochenlang fort sind. Einmal kam mein Mann statt am Montag schon am Sonntag von seiner Fernfahrt zurück. Ich lag noch im Bett, Jenny neben mir. Und wie

reagierte er? ... Er lachte und freute sich und scherzte: 'Jetzt haben ich meine Frau doppelt im Ehebett.' Beim Frühstück wurde er doppelt verwöhnt: Von links und von rechts.»
«Wie ist das bei euch?», fragte Jenny. «Warum sind eure Männer heute nicht hier?»
«Meiner meinte, so viele Zwillinge würde ihn verwirren», sagte Julia.
«Und meiner meinte, er müsse etwas an seinem Töff reparieren, dringend reparieren.»
«Alles nur Vorwände», fuhr Julia fort. «Aus Trotz begleiteten sie uns nicht. Womöglich meinen sie, unter lauter Zwillingen würden sie fehl am Platz sein ... Wenn sie so reagieren, überkommt uns jedes Mal ein diffuses Gefühl. Haben wir etwas falsch gemacht? Aber was –»
Vehement wurde sie von Jenny unterbrochen: «Ihr macht alles richtig. Lasst euch nicht verunsichern oder euch irgendwelches Zeug einimpfen! Wir sind aus einem Ei, kein Mann kann zwei Eier aus uns machen, keiner kann das starke Band zwischen uns zerschneiden. Wir kommen zuerst, dann unsere Männer. Schickt sie weg, wenn sie nicht akzeptieren, wie wir sind!»
«Ich möchte meinen Peter nicht fortschicken!» Franziska Worte waren nicht laut, aber bestimmt.
«Musst du doch nicht», sagte Jennys Schwester Alice in einem herzlich-zarten Ton. Sie schweifte ab. «Was für schöne Haare du hast!»
«Und du, du Julia auch», fügte Jenny hinzu.
Jenny und Alice kannten sich aus mit Haaren. Zwei Fachfrauen. Zusammen führten sie einen Coiffuresalon. «Und wie dicht sie sind!» Das war Alice, die schwärmte.
Und Jenny: «Gepflegtes Haar. Man sieht, dass ihr es sorgfältig und richtig gut bürstet. Eure Ponyfrisur passt perfekt

zum rundwangigen Gesicht. Kommt uns doch besuchen, wir schneiden euch die Haare das erste Mal gratis.»
«Vielleicht vor dem nächsten Zwillingstreffen?» Das war wieder Alice.
Sie streckten ihnen ihre Visitenkarte entgegen, und zwar ein wenig anders als sonst. Die Hände berührten sich.
Julia und Franziska erfuhren, dass die Schwestern schon an Zwillingstreffen in mehreren europäischen Ländern teilgenommen hatten. Der nächste Anlass fand in Berlin statt.
«Das wäre toll», sagte Jenny, «wenn wir zu viert hinfahren würden und doppelten Spass hätten.»
Julia und Franziska wechselten einen Blick, sie zögerten.
Doch Alice ermunterte sie. «Ich kanns schon jetzt spüren, dass ihr mit uns kommt.»
Sie umarmten einander, als sie «adieu und auf Wiedersehen» sagten.

23

Sie blieben ihren langjährigen Coiffeusen treu. Sie reisten nicht nach Berlin zum Zwillingstreffen. Sie fuhren im nächsten Herbst mit ihren Männern in die Ferien nach Weggis am Vierwaldstättersee, wo sie eine Vierzimmerwohnung mit Balkon und grossem Garten in einem Zweifamilienhaus für drei Wochen gemietet hatten. Der Vermieter, ein pensionierter Gärtner, der mit seiner Frau im Parterre wohnte, hatte nicht zu viel versprochen. Die Ferienwohnung war behaglich und der Garten eine Freude. Die beiden Apfelbäume und der Birnbaum, der an der Hauswand hochwuchs, trugen Früchte. Vom Balkon aus hatten sie freie Sicht auf den Vierwaldstättersee, und Valentin, der längere Arme als Peter hatte, hätte beinahe eine der reifen Birnen erlangen können. Bei ihrer Ankunft waren sie von der Frau des Vermieters mit den Worten «Willkommen an der Riviera der Zentralschweiz» begrüsst worden.

Ihre Männer durften wünschen, was sie essen möchten, und sie wünschten sich etwas, von dem sie wussten, dass ihre Frauen es auch mochten.

Einmal kauften sie sogar zu viert im Dorfladen ein, und auf dem Nachhauseweg waren die Männer selbstverständlich die Lastträger und wurden von ihren Frauen geneckt, was für süsse Kulis sie doch seien.

Sie promenierten entlang des Sees. In der ersten Woche gingen die Männer zweimal fischen und kehrten jeweils mit vier Fischen zurück. Beim zweiten Mal fragte Julia sie, die Männer waren lange weggeblieben, ob sie die Fische am Ende der Seepromenade vom Bootssteg aus gefangen hätten. Freimütig erzählten sie, beide Male hätten sie keinen Schwanz gefangen, die Fische seien gekaufte Fische von einem Fischer im Dorf.

Sie fuhren mit dem Schiff nach Vitznau, wo sie in die Zahnradbahn einstiegen, die auf die Rigi fuhr. Im Waggon stand auf einem Plakat von Swiss Tourism, sie sei als erste Bergbahn Europas am 21. Mai 1871 in Betrieb genommen worden. Auf dem Gipfel mischten sie sich unter asiatische Touristen.

Sie wanderten abseits, wo sie keinem Menschen begegneten, und gelangten zu einer Tafel mit dem Hinweis, Mark Twain sei schon im letzten Jahrhundert auf diesem Weg gewandelt. Unter einem Porträt des Schriftstellers standen einige seiner Lebensweisheiten, die sie andächtig lasen. Danach fragte Julia ihre Schwester: «Welcher Spruch gefällt dir am besten? Nein, verrat's noch nicht.»

Erst als alle vier einen ausgewählt hatten, las Franziska ihren von der Tafel ab: *«Gib jedem Tag die Chance, der schönste deines Lebens zu werden.»*

«Ich könnte darauf wetten, dass er auch Julias Lieblingsspruch ist», sagte Valentin.

Er hätte die Wette verloren. Julia, hin und her gerissen zwischen zwei Zitaten, konnte sich nicht so rasch entscheiden.

«Wer nicht weiss, wohin er will, der darf sich nicht wundern, wenn er ganz woanders ankommt.»

Oder: *«Der beste Weg, sich selbst eine Freude zu machen, ist zu versuchen, einem anderen eine Freude zu bereiten.»*

Und dann fing sie einen Blick ihrer Schwester auf, da wusste sie's: Das zweite Zitat!

Peters Lieblingsspruch war: «*Enttäuscht vom Affen, schuf Gott den Menschen. Danach verzichtete er auf weitere Experimente.*» Valentin hatte sich für eine Lebensweisheit entschieden, mit der er jetzt, als er sie zitierte, Heiterkeit erregte: «*Verschiebe nicht auf morgen, was auch bis übermorgen Zeit hat.*»

In der dritten Woche wurden die Männer unruhig. Peter vermisste seine Arbeit und Valentin die Stadt. Warum nicht mit dem Raddampfer nach Luzern fahren? Er hatte von einem dortigen Modehaus gehört, das bekannt war für die originelle Gestaltung seiner Schaufenster.

Wenn sie durchs Dorf gingen, schaute Peter häufig hoch, um zu prüfen, in welchem Zustand sich die Weggiser Hausdächer befanden. Am Haus des Vermieters der Ferienwohnung war die Dachrinne verstopft. Peter anerbot sich, sie zu reinigen. Der Vermieter, der sich altershalber nicht mehr auf eine lange Leiter wagte, zeigte sich sehr erfreut und brachte ihnen danach einen Korb voller Äpfel, Schweizer Orangen. Sie würden noch nach ihren Ferien eine Weile Äpfel von Weggis essen können.

An einem der letzten Tage, an dem die Wolken tief hingen, beabsichtigten sie, nach Luzern zu fahren, dann aber begann es heftig zu regnen, und sie änderten ihren Plan. Sie waren flexibel, sie würden in der Wohnung bleiben und spielen.

Julia und Franziska hatten im Reisegepäck zwei Scrabbles. Julia würde gegen Valentin, Franziska gegen Peter spielen. Sie setzten sich an den Stubentisch und legten die Spielregeln fest. Mundartwörter? Nein, zu kompliziert in der Schreibweise. Fremdsprachige? Ja, aber welche? Französische? Ja. Und italienische? Auch gut. Das Spiel begann. Sie beugten die Köpfe übers Spielfeld, brüteten über Buchstaben, um lange Wörter zusammenzusetzen und möglichst viele Punkte damit zu erzielen. Stille breitete sich aus, bis Peter den Kopf hob und seufzte: «Das ist anstrengend wie bei einem gemischten Schachturnier. Mir raucht schon der Kopf.» Die Männer spielten, als wären sie in Gedanken woanders, gaben sich rasch mit kurzen Wörtern und kleinem Buchstabenwert zufrieden, wurden schwierige Buchstaben wie X und Y nicht los. Sie verloren, zuerst Valentin und kurz danach auch Peter, zwei zufriedene Verlierer, die froh waren, dass das Spiel zu Ende war, und die den Gewinnerinnen lautstark Beifall zollten.

In der Pause vor der nächsten Runde, die unter den Gewinnerinnen ausgetragen würde, servierte Valentin ein Glas Weisswein und Chips. Danach wünschten sich die Schwestern ihre Männer als Spielassistenten, doch diese lehnten ab. Sie würden nach draussen gehen. «Bei diesem Regen und Wind», wunderte sich Julia. «Warum nicht?», entgegnete Valentin. «Es wird uns schon kein Blumentopf auf den Kopf fallen.» Sie liessen sich nicht überreden zu bleiben, zogen Regenjacken mit Kapuzen an und verliessen die Wohnung.

Die Schwestern spielten konzentriert. Einmal lag Franziska vorne, doch dann legte Julia ein langes Wort und überholte. Als Franziska wieder an der Reihe war, wollte ihr kein Wort gelingen. Sie schob Buchstaben hin und her, ohne dass sie ein neues Wort fand. Als sie bemerkte, dass Julia zu ihr herüber schielte, sagte sie aufgebracht: «Schau du zu dir selbst!» und schirmte mit der Hand ihre Buchstaben ab.

«Du könntest doch ... » Julia versuchte zu helfen.

«Misch dich nicht ein.»

Zäh spielten sie weiter. Und dann gelang Julia ein Coup, der ihr enorme Buchstaben- und Wortwerte einbrachte, sie legte XYLOPHON.

Franziska lag im Rückstand, und kurz danach vergrösserte Julia den Abstand mit CORONA.

Franziska akzeptierte das Wort nicht. «Das ist ein spanischsprachiges, solche sind nicht erlaubt. Haben wir doch so abgemacht.»

«Corona ist italienisch und erlaubt.»

«Nein, spanisch!», beharrte sie. «Ich habe in der Gärtnerei *Vogel* eine Spanierin bedient, die sich eine Corona gewünscht hat. Was das sei, habe ich sie gefragt. Ein Kranz. Sie hat einen Kranz als Grabschmuck bestellt, eben eine CORONA.»

Stumm nahm Julia das Wort vom Spielfeld und suchte nach einem anderen, aber sie konnte sich nicht lang beherrschen, sie verlor die Nerven. «Du willst immer das letzte Wort haben. Leg doch *verdammt, verflucht*, gewinnen tust trotzdem nicht. Du merkst nicht mal, dass du deinen Z loswerden kannst. Leg KOTZE! Ich spiel nicht mehr weiter.»

Abrupt stand sie auf, ging und liess sich in den Sessel plumpsen, der sich am weitesten weg vom Spielfeld befand.

Als die Männer nach Hause kamen, völlig durchnässt, wie aus dem Wasser gezogen, wussten sie nicht, wie ihnen geschah. Die Frauen liessen ihre schlechte Laune an ihnen aus. Diese Sauerei, die sie im Gang hinterliessen. Konnten sie denn nicht besser achtgeben! Peter ging auf die Knie, um die Wasserlachen aufzuwischen und Valentin wrang den Putzlappen über dem Eimer aus. Danach forderten die Zwillinge die Männer auf, das Nachtessen zu kochen, sie selbst würden heute keinen Finger mehr rühren.

Während des Essens herrschte eine dunkle Stimmung, die sich dann beim Dessert ein wenig aufhellte. Peter vierteilte Schweizer Orangen. Die Schnitze, die er vor dem Servieren auf einem grossen Teller sternförmig arrangierte, sahen darauf winzig aus, so winzig, dass es fast zum Lachen war. Nach dem Essen trat Julia auf den Balkon, allein. Es hatte aufgehört zu regnen, der Wind wehte nur noch schwach. Der Garten roch fein, wie frisch gewaschen. Etwas raschelte, ein Apfel fiel vom Baum und schlug dumpf im Gras auf. Der aufgewühlte See hatte sich beruhigt und lag da, als hätte er sich schlafen gelegt.

24

Sie kauften nicht mehr immer das Gleiche ein. Ihre Geschmäcker, unterschieden sie sich denn neuerdings voneinander? Seit jeher hatten sie eine Schwäche für schönes Geschirr. Kamen Gäste zu Besuch, servierte Julia das Essen weiterhin auf Porzellan. Sie mochte das Geschirr zart und dünn, fast durchscheinend. Franziska dagegen, die ein gleiches Set aus Porzellan besass, liess es in ihrem Geschirrschrank liegen. Sie deckte neuerdings den Tisch mit groben, klobigen Tellern, die auch bei einer Erschütterung nicht zerbrechen würden, und nach mehrmaligem Gebrauch hatten sie noch keine abgeschlagenen Ecken. Julia ass aus Porzellan, Franziska aus Steingut. Im Dorf gab es eine Töpferin, die vor einem Jahr in ein altes Bauernhaus eingezogen war. Franziska war eine gute Kundin von ihr. Bei ihr hatte sie auch einen Wasserkrug gekauft, den sie ihrer Schwester schenkte. Julia benützte ihn als Blumenvase und meinte, als das mache er sich ganz gut.

Zwei Jahre nach dem Fall der Berliner Mauer brauchte Julia ein Gedeck weniger, wenn sie den Tisch zum Essen herrichtete. Kim hatte die Lehrabschlussprüfung mit einer guten Note bestanden. Ihr Lehrmeister war so sehr mit ihr zufrieden, dass er ihr eine Anstellung als Kommunikationsfachfrau im Hotel *Savoy* in Berlin vermittelte. Es war ein Glücksfall.

Als Kim nach der ersten Woche zu Hause anrief, klang sie begeistert, alles sei gut: die Arbeit, ihre Kolleginnen, ihre Chefin, und der Direktor lächle freundlich, wenn sie ihm begegne. Und die vielen berühmten Gäste, die im *Savoy* übernachtet hätten. Von ihnen würden Porträts an der Wand im Foyer hängen. Kim schwärmte: «Mami, Romy Schneider war hier und hat übers Hotel gesagt: 'Gott sei Dank ruhig.' Da hängt noch das Porträt eines Mannes in einem feinen, dreiteiligen Anzug. Er hat ein Schnäuzchen, hält eine brennende Zigarre in der Hand und sieht aus wie ein Bankdirektor. Gibt es berühmte Bankdirektoren? Unter dem Porträt steht sein Name: Thomas Mann. Wer ist das? Warum lachst du?»

«Thomas Mann ist ein Schriftsteller. Gegen Ende seines Lebens hatte er bestimmt so viel Geld, wenn nicht noch mehr, wie ein Bankdirektor verdient. Er hat den Nobelpreis für Literatur bekommen. Wenn du etwas von ihm lesen möchtest, lies seinen Roman *Buddenbrooks,* er ist zwar dick, aber liest sich leicht.»

Einen Monat später brauchte auch Franziska ein Gedeck weniger. Katharina, die nach ihrer Lehre im Dorf geblieben war und im *Lamm* als ausgebildete Köchin hatte weiterarbeiten können, zog nach Lausanne, wo sie eine neue Stelle im *Hôtel-Restaurant Le Raisin* antrat.

Ihre Mutter Franziska erzählte Julia voller Stolz: «*Le Raisin* hat vier Sterne.»

«Wie gut sich das trifft! Kim ist auch in einem Vier-Sterne-Haus tätig.»

Keine sechs Monate danach rief Magda ihre Zwillingstöchter an, zuerst Julia, die sechs Minuten Ältere. Magda weinte am Telefon, und dann weinte auch Julia. Ihr Vater Jakob war gestorben. Nie mehr würden sie seine Hände fesseln können wie damals, nachdem sie gelernt hatten, Knoten zu machen und ihre Schuhe selbst zu binden. In jenen fernen Tagen hatten sie eine Zeitlang einfach alles gefesselt. Während ihre Mutter Stoffmuster schnitt, fesselten sie unter dem Tisch ihre Beine. Sie fesselten Stuhlbeine, die Türklinke ihres Zimmers, niemand mehr durfte es betreten. Draussen fesselten sie Gartenzaunpfähle und auch dicke Bäume. Dann tanzten sie um den gefesselten Stamm herum, singend: «Der Riese ist gefesselt!» Einmal versuchten sie, die Katze von Bauer Moser zu fesseln. Sie knieten zu ihr nieder, Julia streichelte sie und Franziska hielt ein rotes Seidenband aus Mutters Nähatelier parat, um es um die Vorderpfoten zu wickeln. Als die Katze durchschaute, was die Schwestern vorhatten, zeigte sie ihre Krallen, stiess einen mordsmässigen Schrei aus und entfloh mit einem Satz.

Nach Jakobs Pensionierung hatten er und Magda einige Jahre viel Schönes miteinander erlebt. Magda nahm weniger Aufträge an und liess manchmal die Arbeit im Nähatelier mehrere Tage ruhen. Sie machten Tagesausflüge, oder ein andermal gingen sie auf eine weite Reise im kleinen Land und übernachteten dabei zweimal in einem Hotel in den Bergen. Sie liebten Fahrten mit Bergbahnen und schwebten in Luftseilbahnen über Kiefernwälder in die Höhe. Im Frühling blieben sie immer zu Hause. Jakob hatte im Familiengarten viel zu tun, den er von der Gemeinde gemietet hatte und der sich am Rand des Dorfes in der Nähe der Kiesgrube befand.

Es war im April, als die Mutter am Telefon Julia vom Tod ihres Mannes berichtete. Jakob sei zeitig am Morgen aufgebrochen, um in seinem Familiengarten zu werken. Ihr habe er gesagt, am Mittag würde er zurück sein, aber am Mittag sei er noch nicht zurück gewesen, sein Essen sei kalt geworden. Als sie ihn um drei Uhr am Nachmittag noch immer nicht die Treppe habe hochkommen hören, habe sie die Nähmaschine abgestellt und sei nachschauen gegangen.

Jakob habe im Familiengarten hingestreckt am Rand des Blumenbeetes gelegen, den Kopf auf blühende Tulpen gebettet. Als der Tod ihn ereilt habe, sei er im Begriff gewesen, einen Strauss zu pflücken. Noch im Tod habe er den halbfertigen Strauss roter und gelber Tulpen in der Hand gehalten.

«Wie schön, Mama», brach die Trauer aus Julia, die weinte und schniefte, «das ist so schön, er hat dir einen Strauss nach Hause bringen und dir fürs Mittagessen danken wollen.»

Nach der Beerdigung auf dem Friedhof in der Reihe hinter Isis Grab und nach der Abdankung in der Dorfkirche fand das Leichenmahl im Restaurant *Lamm* statt. Katharina, die ihren Grossvater heiss geliebt hatte, war schon am Vorabend angereist, ihre Chefin hatte ihr zwei Tage frei gegeben. Katharina wollte es sich keinesfalls nehmen lassen, bei der Zubereitung des Leichenmahls mit Vorspeise, warmem Hauptgang und Dessert mitzuhelfen. Bloss keine kalte Platte, hatte Jakob in seiner letztwilligen Verfügung festgehalten.

Kim schickte ihrer Grossmutter eine Karte aus Berlin, in sieben Farben mit Tulpen reich verziert.

Die Trauerfeier im *Lamm* begann gedämpft. Hilfloses Herumstehen, gesenkte Köpfe, ein Über-die-Augen-Wischen, leises Reden, stockende Sätze, gefolgt von unverständlichem Gemurmel.

Dann setzten sich die Trauernden und entfalteten die Servietten. Es wurde Wein eingeschenkt und das Essen aufgetragen, ein wahrer Leichenschmaus. Schon während des Hauptgangs unterhielten sich die Trauernden angeregt, und auf einmal klang ein erstes Lachen durch den Saal des *Lamms*. Die Trauerfeier endete heiter, so heiter, wie damals

am Tag der ersten Mondlandung die Hochzeitsfeier von Franziska und Peter im Saal des *Lamms* angefangen hatte.
 Im darauffolgenden Frühling, an Jakobs Todestag, bekam Magda einen Strauss roter und gelber Tulpen von ihren Töchtern und Schwiegersöhnen geschenkt, und im Sommer luden sie ihre Mutter zu einer gemeinsamen Fahrt himmelwärts in der steilsten Zahnradbahn der Erde auf den Pilatus ein.

Nach drei Jahren folgte Magda ihrem Mann in den Tod.
 Die Buchhandlung, in der Julia arbeitete, veranstaltete regelmässig Lesungen mit Schriftstellerinnen und Schriftstellern.
 Einmal hatte eine alte Schriftstellerin aus ihrem neusten Roman gelesen und nach der Lesung dem Publikum erzählt, sie habe schon wieder ein grösseres Projekt für ein neues Buch. Jemand fragte sie, ob sie nicht Angst vor dem Tod habe. Nein, überhaupt nicht, entgegnete sie, sie denke nicht einmal daran, sie schreibe weiter, solange ihr Kopf und ein gnädiger Gott sie nicht im Stich liessen und sie nicht Blabla-Sätze aneinanderreihe, um die restliche kleine Zeit, die ihr noch bleibe, aus Angst vor dem Unvorhersehbaren auszufüllen. Der schönste Tod für sie, den sie sich vorstellen könne, sei, beim Schreiben am Tisch mitten in einem Satz zusammenzubrechen.
 Magda erlitt den schönsten Tod, den sich die Schriftstellerin hatte vorstellen können. Sie sank vor ihrer Nähmaschine zusammen, die Maschine lief noch, aber ihr Herz schlug nicht mehr.
 Als Magda starb, waren die Tulpen verblüht. Ihr Grab schmückte ein Strauss leuchtend roter und gelber Rosen.

25

Nach der Trauerfeier ihrer Mutter hatten sie sich mit einer langen Umarmung verabschiedet, als würden sie einander so bald nicht wiedersehen.

In ihrem Telefongespräch, kurze Zeit danach, erzählte Julia von einem Traum, den sie gehabt habe. Sie sei durch eine Allee auf ein Landhaus zugegangen. Voller Vorfreude. Sie habe gewusst, dass sie im Saal im ersten Stock viele Menschen antreffen werde. Als sie ihn aber betreten habe, sei er leer gewesen, leer und riesig. Um zum Ausgang zu gelangen, habe sie ihn durchqueren müssen. Sie sei nur langsam vorangekommen, das Gehen sei ihr schwergefallen, jeder Schritt habe sie hinabgezogen, dann noch ein letzter schwerer Schritt und sie sei mit einem mulmigen Gefühl erwacht. «Hast du das auch schon erlebt? Du musst dich in Sicherheit bringen, aber weisst nicht wovor, und kommst fast nicht vorwärts, als ob jeder Schritt am Boden kleben würde.»

Julia spürte Franziskas Ungeduld, die es kaum erwarten konnte, bis sie reden durfte. «Ich glaub' es nicht, ich habe auch von einem Saal geträumt, der viel grösser war als der im *Lamm*. Meiner war voller Leute, aber niemand beachtete mich, und als ich rief, hörten sie mich nicht.»

«Und ich war nicht unter den Leuten?»

«Ich suchte krampfhaft nach dir, aber sah dich nirgends. Ich fühlte mich fremd, es war, als hätte ich mich auch in einem leeren Saal befunden wie du in deinem Traum.

Julia arbeitete drei Tage pro Woche in der Buchhandlung, an den restlichen beiden war sie oft im Quartierzentrum anzutreffen, einer Begegnungsstätte, für die sie sich einsetzte. Immer donnerstags kochte sie zusammen mit anderen Frauen ein Mittagessen für bis zu dreissig Personen.

Wenn sie am Nachmittag nach Hause ging, führte ihr Weg an den gleichen Häusern vorbei wie an jenem Sonntag beim Spiel der Gedankenübertragung mit ihrer Schwester. Jedes Mal musste sie an die grosse, kräftige Katze mit dem glänzenden, schwarzen Fell denken, die aus einem Garten auf die Strasse gesprungen war und sich ihr so vertrauensvoll genähert hatte.

Einmal blieb Julia vor dem Garten der Villa stehen, in dem die Katze dann wieder verschwunden war. Sie rief nach ihr, aber ohne Ton, Julia rief in Gedanken: Pantherchen, Pantherchen, komm her zu mir. Sie wollte schon weitergehen, als sie ein Miauen vernahm. Ihr Herz hüpfte vor Freude, das Pantherchen kam herangesprungen und strich ihr um die Beine. Sie streichelte es und das Pantherchen schnurrte.

Als sie am nächsten Tag vor dem schönen Garten anlangte, wartete die Katze schon auf sie. Julia hatte eine Überraschung für sie. Eine Schnur. Sie schwang sie hin und her, liess sie hinabsinken, die Katze schlug mit der Pfote danach wie nach einer Maus, mit der sie spielen würde, nachdem sie sie erbeutet hatte. Julia zog die Schnur weit nach oben. Da sprang die Katze hoch, was für ein eleganter Panther-Sprung, Julia war entzückt.

Als sie sich von der Katze verabschiedete, strich sie ihr mit dem Finger zärtlich über die Spitzen der Schnurrhaare. Am nächsten Donnerstag würde sie eine feine Überraschung für sie haben, versprach sie der Katze.

Julia hielt, was sie versprochen hatte. Von den Resten, die nach dem Mittagessen übrigblieben, nahm sie eine halbe Bratwurst mit auf den Heimweg für das Pantherchen.

Die Katze strich ihr schon um die Beine und miaute, als sie die Tüte mit der halben Wurst aus der Tasche holte. Geduld, Geduld, mein Pantherchen. Bevor sie sie auspacken konnte, ging im ersten Stock der Villa ein Fenster auf. Julia vernahm eine grelle weibliche Stimme, sehen konnte sie die Frau nicht. Sie klang hysterisch, die Stimme lockte die Katze, einen Kater, der Moritz hiess, unverzüglich in den Garten und ins Haus.

Julia fiel der warnende Hinweis ein, der am Anschlagbrett im Quartierzentrum hing. Im Quartier waren Katzen vergiftet worden.

Die halbe Wurst bekam dann ein streunender Hund, der ihr nach dem Fressen bis zur Haustür folgte, wo er noch immer mit dem Schwanz wedelte.

Sie würde mit dem Hausbesitzer reden. Er konnte doch nicht so stur sein und ihr verbieten, eine Katze zu halten.

Als die Schwestern wieder miteinander telefonierten, klagte Julia über den Hausbesitzer, dieser sture Bock, er habe ihre Bitte abgeschlagen und behauptet, eine Katze würde die Einbauschränke in der Küche und das Parkett im Wohnzimmer zerkratzen. Sie habe ihm versprochen, für jeden Schaden, den die Katze anrichten sollte, aufzukommen, aber er habe davon nichts hören wollen und sei stur geblieben.

«Kündigt die Wohnung», riet ihr Franziska, «und zieht zu uns, Peter würde sich auch freuen. Ich habe mich erkundigt, im Dorf gibt es immer wieder freie Wohnungen, in denen Haustiere erlaubt sind.»

Julia fühlte sich überrumpelt, ein wenig irritierte es sie, dass ihre Schwester sich nach einer katzenfreundlichen Wohnung für sie umgesehen hatte, ohne mit ihr darüber gesprochen zu haben. Sie wich aus. Valentin würde sehr wahrscheinlich nicht aus der Stadt wegziehen wollen, und sie möchte die kochenden Frauen im Quartierzentrum nicht im Stich lassen. «Wir sind ein tüchtiges und lustiges Team», sagte Julia.

«Was sind denn das für Frauen?»

«Mütter wie wir, alle sind jünger, zwei haben Kinder, die noch nicht in den Kindergarten gehen. Die Lustigste von uns ist eine junge Mutter aus Nigeria, die mit einem Schweizer verheiratet ist. Lisa singt meistens beim Kochen, sie kann unglaublich schön singen. Es macht mich jedes Mal sehnsüchtig nach Ländern, die weit weg sind, sehnsüchtig nach Känguru-Ländern ... Weisst du noch, niemand durfte von unserem Geheimnis erfahren. Wie wir eifrig Geld gesammelt haben für unsere lange Reise zu den fremden Tieren, und dann, wie wir schon das Brummen und Dröhnen des Flugzeugs nachgeahmt haben, in dem wir sitzen würden.»

«Weisst du, wo die Blechbüchse ist, in die wir das Geld getan haben?», fragte Franziska da unvermittelt, «ich jedenfalls habe sie nicht.»

«Sie ist bei mir, sie steht im Küchenschrank. Ich würde sie nie wegwerfen, sie ist unsere Reise- und Ferienbüchse. Vielleicht machen wir das nächste Mal eine grössere Reise als nach Weggis?»

«Warum nur vielleicht?» Franziskas Lachen klang gezwungen, als hätte sie Julias leichthin gesagtes «vielleicht» verletzt. Sie stellte keine Fragen mehr, und bald beendeten sie das Gespräch.

Dann, zehn Tage, eine lange Zeit, hörte Julia nichts mehr von ihrer Schwester. Sie war beunruhigt. Zweimal hatte sie sie zu erreichen versucht, doch niemand hatte den Hörer abgenommen.

Da rief Franziska am elften Tag an. «Sag mal Mureli!», forderte sie Julia auf.

«Was soll das?»

«Frag nicht, sag's einfach mal in hohem Ton, wie wenn du nach einem Kind rufen würdest.»

«Mureli, Mureli, Mureli!»

Eine Katze miaute in den Hörer.

«DU HAST EINE KATZE!»

26

Drei Tage nach ihrem Telefongespräch brachte der Postbote einen Brief für Julia. Im Umschlag steckte eine Zeichnung. Bewundernd betrachtete Julia sie und sagte zu sich selbst: Sie kann noch immer wunderbar zeichnen, sie hat's nicht verlernt.

Franziska hatte Mureli gezeichnet und darunter ein paar Zeilen geschrieben. Mureli sei ein Kater, acht Jahre alt, er habe einer Familie gehört, die ins Ausland gezogen sei. Die Familie habe sich jemanden gewünscht, bei dem die Möglichkeit bestehe, das Tier ins Freie zu lassen. Mureli sei ruhig, gähne viel und schlafe viel.

Auf der Zeichnung ruhte er auf dem Teppich in Franziskas und Peters Wohnung, dieser mit dunklen Streifen getigerte Kater. Augen, in denen ein schwefliger Schimmer glühte. Das niedliche Näschen und das Weiss ums Mündchen. Die langen Schnurrhaare. Vorderpfoten, so herzig, die eine über die andere gelegt.

Am nächsten Tag besuchte Julia ihre Schwester. Sie würde bei ihr übernachten. Valentin war informiert, er würde sie nicht vor morgen Abend erwarten.

Mureli hatte sich auf dem Sofa zusammengerollt, vertrauensvoll blinzelte er Julia an, die ganz verzückt war. «Er meint, ich sei du!» Sie streichelte ihn, Mureli begann zu schnurren. Sie nahm ihn in die Arme, wiegte und schaukelte ihn, drückte ihm einen herzhaften Kuss auf das Köpfchen. Mureli hörte auf zu schnurren, er drehte die Ohren seitlich nach hinten, sein Schwanz schlug hin und her.

«Jetzt musst du ihn runterlassen, sonst beisst er.» Franziskas Warnung kam zu spät. «Aua!» Mureli, das ruhige Tier, hatte Julia seine Krallen gezeigt und sich unter das Sofa zurückgezogen.

Die Schwestern knieten nun vor dem Sofa auf dem Stubenboden und rollten einen kleinen, roten Ball hin und her, von einer zur anderen, und plötzlich schnellte eine Pfote hervor und schlug nach dem Ball. Es sah so ulkig aus, dass sie das Spiel mehrmals wiederholten.

Am Nachmittag tranken sie Tee, assen Kokosbiskuits, von denen Mureli kleine Stücke bekam. Dann schlug Franziska vor, die Gräber ihrer Eltern zu besuchen, sie habe sie gestern mit Blumen geschmückt. Mureli würden sie mitnehmen.

«Ihn mitnehmen? Der haut doch ab.» Julia hatte Bedenken, die ihre Schwester zerstreute. Die vorherigen Besitzer seien mit ihm sogar auf Waldspaziergänge gegangen.

Sie wählten Nebenwege, kein Auto fuhr an ihnen vorbei, Mureli folgte ihnen wie ein treues Hündchen, und Franziska erzählte Katzengeschichten. Katzen würden Menschenleben retten können. In Italien am Hang des Apennins hätten zwei Katzen ein Ehepaar um Mitternacht aufgeweckt. Sie hätten fürchterlichen Radau veranstaltet, das Ehepaar sei aufgestanden, um nachzusehen, was los sei. Die Katzen hätten mit dem Verputz gespielt, der von der Decke gefallen war. Da sei das Ehepaar schleunigst aus dem Haus gerannt, barfuss und im Nachthemd. Der Boden habe geschwankt, im nächsten Augenblick sei ihr Haus zusammengestürzt. Alle hätten überlebt: das Ehepaar Regula und Claudio, ihre Katzen Simba und Moses. Und Kurt, der Heiler vom Berg, habe ihr von einer Frau erzählt, die immer nach dem Essen am Mittag Siesta gemacht habe. Siesta mit Katze. Die Katze habe sich auf ihren Unterleib gelegt. Sie habe das gar nicht gemocht, das Gewicht habe ihr Schmerz bereitet. Sie habe das Tier auf ein Kissen neben sich gebettet, aber bei der nächsten Siesta habe sich die Katze wieder auf ihren Unterleib gelegt ... Sie sei zur Gynäkologin gegangen, und nach der Untersuchung habe diese gesagt, dass sie Blasenkrebs und grosses Glück habe, Krebs im Frühstadium zu erkennen, das sei wie ein Sechser im Lotto. Der warzenförmige Tumor sei auf die Blasenschleimhaut begrenzt und nicht in die Muskelschicht eingedrungen. Die Behandlung würde nicht kompliziert werden, man würde den Tumor verätzen, sie müsse nur zwei Nächte im Spital bleiben. Dann sei die Frau nach Hause gegangen und habe unterwegs in der Migros teure Fischfilets gekauft, für ihre Katze. Kurt habe dann noch gesagt, ihre Katze habe sie frühzeitig vor einem Tsunami-Krebs gewarnt.

Die Blätter der Rosskastanie am Eingang verfärbten sich. Neben dem Friedhof leuchtete das Gelb eines Stoppelfeldes, der Mais auf dem Feld dahinter stand hoch und wiegte sich im Wind. Mureli ging brav neben Franziska her, als würde sie ihn an einer Leine führen.

Zuerst besuchten sie das Grab ihres Vaters, auf dem rote und weisse Astern leuchteten. Die Blumen auf dem ihrer Mutter wirkten wie Blütenblätter, die ein Wind in die Höhe wirbeln könnte. Chrysanthemen. Versonnen standen sie davor. Bilder stiegen in Julia hoch. Wie sie als Kinder im Nähatelier auf dem Boden gesessen hatten, Mutters fleissige Mitarbeiterinnen, die eifrig Schnittmuster angefertigt hatten. Und die vielen Nachmittage, die sie in Isis Wohnung im Parterre verbracht hatten, Isi, die wie eine Grossmutter für sie gewesen war. Und dann nach ihrem Tod, als sie sich gesagt hatten: Isi muss auch im Himmel benachrichtigt werden, was im Dorf geschieht. Wie jede einen Brief geschrieben hatte – Adresse: An Isi, Himmel –, den sie in die weiche Erde auf ihrem Grab wie in einen Briefkasten gesteckt hatten.

Als Julia einen weissgesprenkelten Kieselstein auflas und ihn neben den Strauss Chrysanthemen legte, schreckte sie Franziskas stockende Stimme auf. «Wo ist Mureli?»
«Jetzt ist er doch abgehauen.»
Franziska pfiff.
«Hör auf, Mureli ist kein Hund.»
Sie rannten im Friedhof umher, riefen nach dem Kater. «Mureli, Mureli», und: «Butz, Butz, Butz.» Sie rannten aufs gelbe Stoppelfeld, riefen weiter und blickten sich um.

Nirgendwo ein Mureli.

Ausser Atem setzten sie sich auf die Bank neben der Rosskastanie beim Eingang des Friedhofs. Julia fiel die Warnung am Anschlagbrett des Quartierzentrums ein. «In meinem Quartier sind Katzen vergiftet worden.»

«In unserem Dorf werden keine Tiere vergiftet ... Walter, der Sohn von Bauer Moser, der jetzt Herr und Meister auf dem Hof ist, streut in der Scheune zwar Rattengift ... Nein, glaub ich nicht, Mureli hat wie Peter Schutzengel, ich glaube eher, fremde Katzen und fremdes Futter haben ihn angelockt.»

Die Schwestern überlegten, was zu tun sei. Ihn bei den Bauern im Dorf suchen? Einen Zettel schreiben und an mehreren Orten aufhängen: Gesucht wird ...?

Während sie noch beratschlagten, spazierte Mureli, der ruhige Kater, daher, den Schwanz hoch erhoben. Mureli konnte nicht miauen, Mureli hatte einen Vogel im Maul, eine Lerche. Er liess sie frei, schlug mit der Pfote nach ihr.

Sie flatterte zweimal, zuckte und starb. Nie mehr würde sie im Blau des Himmels tirilieren.

Jetzt miaute der Kater, er wollte gelobt werden, doch die Schwestern brachten es nicht übers Herz, ihn zu streicheln. «Wir müssen die Lerche beerdigen», sagte Franziska. «Wo? Auf dem Grab des Vaters oder auf dem der Mutter?» Sie entschieden sich für Mutters Grab. Ihre Mutter hatte während der Arbeit im Nähatelier oft Musik gehört, Opern, Arien.

Auf dem Heimweg traute Franziska ihrem Gefühl nicht mehr, Mureli würde ihnen wie ein Hündchen folgen. Sie nahm ihn in die Arme, um ihn nach Hause zu tragen.

Als es eindunkelte, zeichneten die Schwestern am Stubentisch noch immer Vögel, Lerchen im Blau des Himmels, Scharen von Lerchen, grössere als in Wirklichkeit, und tief unten ein Kätzchen, das grosse Augen machte und sich duckte, als fürchtete es sich vor den Lerchen.

Die Tür ging auf, Schritte näherten sich im Flur, dann stand Peter vor ihnen, breitschultrig, aufrecht in einer Haltung, die verdeutlichte: Mich gibt es auch noch. Ich bin hungrig und freue mich auf eine warme Mahlzeit.

«Habt ihr schon gegessen?», fragte er.

«Wir haben auf dich gewartet», antwortete seine Frau.

«Und, was gibt es Feines?»

«Alles aus dem Kühlschrank.»

«Nur Kaltes!» Peter war ungehalten, nichts war parat. Er holte sich ein kühles Bier.

Zum Essen tranken die Schwestern Kräutertee. Julia teilte ein Stück Käse mit Peter, der ihr zusah, wie sie es halbierte, und dabei halb im Scherz, halb im Ernst meinte: «Ich muss meine Frau mit dir teilen.»

«Das kenne ich, Valentin behauptet oft auch, er müsse mich mit deiner Frau teilen.»

«Ist doch so», bekräftigte Peter. «Wem es schwerfällt zu teilen, sollte keinen eineiigen Zwilling heiraten. Oder anders gesagt: Heirate einen Zwilling und lerne teilen. Sonst leidest du und wirst schwere Tage haben.»

«Du siehst nicht so aus, als würdest du leiden», sagte seine Frau.

Da sagte Peter nichts mehr, er holte sich nochmals ein Bier.

Wieso sollte er sich ausgeschlossen fühlen? Lebhaft erzählten ihm die Schwestern von ihrem Ausflug auf den Friedhof und vom Raubtier mit der getöteten Lerche im Maul. Das Raubtier schlief zusammengerollt auf dem Sofa. Peter, der einen langen Arbeitstag hinter sich hatte, setzte sich daneben hin und nickte bald ein.

Während die Schwestern den Tisch abräumten, machten sie Pläne für morgen. Wieder einmal zum Weiher gehen, schauen, was sich verändert hatte. Fische beobachten. Dann noch in den Wald, in dem sie als Schulkinder nach Zwieseln gesucht und wegen der Zauberin nicht gewagt hatten, tiefer hineinzugehen. Kürzlich sei sie dort gewesen, erzählte Franziska, in der Nähe der Buche, «unserer Buche», würden Ameisen einen vermoderten Baumstrunk in ihren Nestbau einbeziehen, die winzigen Arbeiter würden gewaltige Brocken anschleppen. «Das musst du gesehen haben! Und dann auch das noch: In der Lichtung habe ich eine Wurzel entdeckt, die aussah, als würde sie sich durchs Laub winden. Was fällt dir dabei ein?»

«Nichts.»

«Mir schon. Die Schlange unter Isis Bett.»

Über Nacht schlug das Wetter um. Am Morgen regnete es, der Himmel verschleierte sich und es sah danach aus, als halte der Regen den ganzen Tag an. Sie änderten ihr Programm und gingen am Nachmittag in der Stadt ins Kino.

Der Film handelte von zwei jüdischen Buben, Maurice und Joseph, die während des Zweiten Weltkriegs aus dem besetzten Paris in den Süden nach Nizza flohen.

Später wird auch Nizza von den Deutschen besetzt, die zwei Buben werden gefangen genommen und von einem deutschen SS-Offizier verhört. Sie behaupten, sie seien in Algerien geboren, aber in Nizza getauft worden. Der Offizier glaubt ihnen nicht und gibt dem älteren Buben zwei Tage frei, damit er die Taufscheine beschaffen kann. Der Bub kehrt mit dem Pfarrer zurück, der hoch und heilig die Echtheit der gefälschten Dokumente beteuert. Der Offizier bleibt misstrauisch. Gut, sagt er zum Pfarrer, die Jungs sind frei, doch vorher möchte er, dass sie eine kleine Arbeit für ihn erledigen.

Die Sonne scheint. SS-Offizier und Pfarrer stehen auf dem Balkon, ihre Blicke gehen auf einen von einer hohen Mauer umschlossenen Garten, in dem Gemüse gedeiht.

Der Offizier ruft die Buben herbei, übergibt ihnen einen Korb und bittet sie, im Garten Tomaten zu pflücken.

Das Gartentor steht weit offen.

Dem Pfarrer bricht der Angstschweiss aus, der Offizier verzieht den Mund zu einem Grinsen. Draussen neben dem Tor, draussen in der Freiheit, lehnt sich ein Soldat an die Mauer, unsichtbar für die Buben hält er die Maschinepistole einsatzbereit ...

In ihrem Erschrecken klammerte sich Julia mit der linken Hand an die Sessellehne, ihre Rechte suchte Franziskas

Hand, und Franziska flüsterte: «Ich kann nicht mehr hinschauen. Wenn sie fliehen, erschiesst er sie.» Ihr Flüstern klang wie ein Schrei fast ohne Ton. Julia dagegen *musste* schauen und schauen und merkte nicht, wie stark sie die Hand ihrer Schwester drückte.

Die Buben haben ihren Spass beim Pflücken, endlich mal Abwechslung vom Gefangenenalltag, und plötzlich fällt dem Jüngeren das offene Tor auf. Das ist die Gelegenheit abzuhauen, jetzt sofort, doch da entdeckt der Ältere im offenen Tor den Schatten des Soldaten mit der Maschinenpistole in den Händen. Unbemerkt tritt er seinem Bruder auf den Fuss, und beide pflücken weiter Tomaten, als ob nichts wäre.

Der Pfarrer wischt sich den Angstschweiss von der Stirne, der SS-Offizier starrt. Ihm ist das Grinsen vergangen. Er würde sein Versprechen einhalten und sie freilassen müssen.

Julia liess Franziskas Hand los. «Du kannst die Augen wieder aufmachen, sie leben, sie sind frei.» Franziska stöhnte: «Du hast mir die Hand gequetscht.»

Nach dem Film regnete es noch immer. Als sie unter einem Schirm untergehakt zur Bushaltestelle gingen, erzählte Julia ihrer Schwester, wie die Buben freigekommen waren und sagte: «Die Sonne hat den Buben das Leben gerettet.»

27

Im folgenden Jahr begaben sie sich auf eine grössere Reise als nur nach Weggis.

Sonne, Sonne, tagelang Sonne. Unter Sonnenschirmen sassen sie auf Liegestühlen am Strand, alle vier. Peter, der sich nicht mit Anti-Brumm-Forte besprayt hatte, schlug nach einer Mücke, die gerade dabei war, in seinem Nacken zuzustechen. Die Frauen cremten ihre Beine ein, Valentin sah ihnen zu, und plötzlich lachte er. Julia fragte ihn, was es da zu lachen gebe. Ihm sei eben aufgefallen, erklärte er, dass Franziska ein gleiches fingernagelgrosses Muttermal wie sie habe, aber nicht auf der Innenseite des linken, sondern auf der des rechten Oberschenkels. «Ich habe gerade darüber nachgedacht, dass es im Leben gefährlich werden könnte, wenn man lechts mit rinks verwechselt.»

Leben war friedlich, Leben war einfach.

Unter den Sonnenschirmen mampften sie guter Dinge ihre aus dem Hotel mitgebrachten Sandwiches, tranken Wasser, und Peter erzählte einen Witz über einen Asiaten, der *elections* mit *erections*, Wahlen mit Erektionen, verwechselte.

Miteinander gingen sie schwimmen im klaren Wasser der weiten, in der Sonne glitzernden Bucht von Des Trenç, an die Dünen und ein geschützter Kiefernwald grenzten.

Die Frauen waren die besseren Schwimmerinnen, sie schwammen ihren Ehemännern davon, hinaus aufs offene Meer, und als sie umkehrten, standen die Männer bereits am Ufer und verfolgten ihre synchronen Schwimmbewegungen.

Später schauten die Frauen den Männern zu, ihren beiden Buben, wie sie Sandburgen bauten. «Kommt doch auch sändele», forderte Valentin sie auf.

Als die Sonne tief stand, kehrten sie in ihr Hotel zurück, zwei Paare, Hand in Hand und barfuss auf festem Sand.

Sie bewohnten im Hotel auf Mallorca zwei nebeneinander liegende Zimmer im ersten Stock mit Meersicht.

Am Abend trafen sie sich auf der Terrasse im Parterre zum Apéro.

Zum Nachtessen bestellten die Männer Fisch, die Frauen Huhn, aber alle tranken das Gleiche: Inselwein.

Als Vorspeise assen sie einen gemischten Salat. Der Kellner, der gut Deutsch sprach, stellte Brot auf den Tisch, und Peter, der ihm zeigen wollte, dass er Spanisch konnte, bat ihn noch um ein wenig *burro*.

Einen Augenblick stutzte der Kellner, ehe er Peter anstrahlte. Er werde seine Bitte selbstverständlich erfüllen, sobald er Zeit finde, doch es würde dauern, er müsse den *burro* auf der Weide holen.

Peter guckte ziemlich dumm.

Freundlich, ja fast liebevoll erklärte ihm der Kellner, dass *burro* im Spanischen *Esel* heisst.

Von den anderen Tischen schauten Gäste zu ihnen herüber: Was für einen Spass mussten die vier haben, dass sie so herzhaft zu lachen vermochten. Franziska neckte Peter: «Mein tapferes Grautierchen.»

Am nächsten, späteren Morgen gingen sie, alle vier, wieder an den Strand von Des Trenç.

Eintönige Tage, die sie nicht als das empfanden.

Es war Anfang Saison. Auf wärmere folgten kühlere Tage. Da suchten sie in den Dünen nach einer Mulde, in der sie sich, alle vier, hinlegen konnten, geschützt vor Wind.

Diesmal kehrten sie am späteren Nachmittag durch den Kiefernwald in ihr Hotel zurück. In einer Lichtung lief vor ihnen ein Hase über den Weg. Valentin sah ihn nicht, schade, er war hinter einem Baum verschwunden, um zu pissen. Kurz danach rannte nochmals ein Hase davon, jetzt sahen ihn alle vier.

Einmal mieteten sie Fahrräder und fuhren nach Santanyí, wo der Wochenmarkt stattfand. Als sie von den Rädern stiegen, hatten alle gelbe Hintern. Die Sättel waren voller Blütenstaub gewesen.

Auf dem Markt wimmelte es noch nicht von Touristen, doch von Einheimischen. Die zwei Paare trennten sich und vereinbarten, dass sie sich nach einer Stunde am Eingang des Marktes im Café *Jaime el Conquistador* treffen würden.

Julia hatte ein blaues T-Shirt gekauft, das sie im Café auf dem Tisch vor den anderen ausbreitete. «O, was für ein Meeresblau, noch schöner als die Farbe des Wassers in unserer Bucht», schwärmte Franziska. Sie wollte auch so eines haben.

Zusammen schauten die Schwestern beim Stand vorbei, an dem Julia das T-Shirt gekauft hatte, der Besitzer bedauerte, es sei das letzte gewesen in dieser Grösse.

Als sie wieder im Café bei ihren Männern eintrafen, war Franziska noch immer betrübt. Valentin munterte sie auf. Das sei doch kein Grund, traurig zu sein. Wie er seine Frau kenne, würde sie das T-Shirt morgen tragen und es ihr übermorgen ausleihen. «Oder etwa nicht, Julia?»

«Doch, doch, Franziska leihe ich es gerne aus.»

Diese hoch erfreut: «Dann rieche ich noch ein wenig nach dir.»

Ihre Ferien waren so schön, so harmonisch, so lustig und vergnügt gewesen, dass sie sich, alle vier, bereits eine

Woche danach bei Franziska und Peter trafen. Mureli erschien nicht zur Begrüssung. «Er ist wieder auf die Jagd gegangen. Gestern hat er eine Maus nach Hause gebracht», erklärte Franziska.

Es war später Sonntagmorgen. Sie würden im *Lamm* zu Mittag essen. Als sie durch das Dorf abseits der Hauptstrasse auf einem Fussweg zum Restaurant schlenderten, kamen sie an einem stattlichen Zweifamilienhaus vorbei, umgeben von einem grossen Garten, in dem Gemüse und Blumen prächtig gediehen. Sie kenne die Leute, die dort wohnten, sagte Franziska, es seien zwei Paare, Freundespaare, die sich den Garten teilten ... Wenn sie einmal ein solches Haus bewohnen würden ... Wann einmal? Es war Valentin, der fragte. Nicht so bald, und doch bald einmal. Im nächsten Jahr würden sie, alle vier, zweiundsechzig. Bis zur Pensionierung würde es nicht mehr lange dauern, die Zeit vergehe rasch. Dann seien sie ortsungebunden.

In ausgelassener Stimmung schmiedeten sie während des Essens schon Pläne für ihre Ferien ... ja, im nächsten Jahr ... Es zog sie wieder nach Spanien und ans Meer. Aber wohin in Spanien? An die Costa Brava? Costa Blanca?

«Warum nicht noch südlicher?», fragte Peter. Ein Berufskollege habe ihm von einem Ort in Andalusien vorgeschwärmt. Nerja heisse er und liege an der Costa del Sol. In Nerja gebe es einen Balkon, den *Balcón de Europa*, von dem man fast bis nach Nordafrika zu schauen vermöge.

Es gab kein langes Hin und Her. Rasch waren alle einverstanden, ihre nächsten Ferien in Nerja an der *Sonnenküste* zu verbringen. Sie würden rechtzeitig für Mitte Juni zwei nebeneinanderliegende Zimmer in einem Hotel am Meer buchen.

28

In sieben Tagen würden sie abreisen.
Julia freute sich auf das Schwimmen im Meer. Sie war gut vorbereitet. Schon Anfang Juni war sie zum ersten Mal im Zürichsee geschwommen. Und letzte Woche fast täglich, obwohl das Wetter nicht gut gewesen war, der Himmel bewölkt, das Wasser noch kühl und Valentin ihr vorgeworfen hatte, sie sei unvernünftig.
Vier Tage vor der Abreise nach Nerja hatte Julia einen Termin bei ihrer Coiffeuse. Den Salon verliess sie mit einer Ponyfrisur. Zur gleichen Zeit liess sich Franziska, ohne dass sie dies mit ihrer Schwester abgesprochen hätte, die Haare waschen, schneiden und zu einem Pony frisieren.
Je älter sie wurden, desto mehr genossen sie es, gleich und gleich auszusehen.
Was für ein Spass das sein würde, auf dem Europa-Balkon zu stehen wie auf einer Bühne! Glanz würden sie verbreiten.
Zwillinge bringen Glück.

Einen Tag danach lag Julia im Bett mit einer heftigen Grippe und hohem Fieber. Sie war nicht in der Lage zu reisen, der Arzt hatte ihr ein Zeugnis ausgestellt. Valentin würde auch zu Hause bleiben, aus Solidarität. Er brachte ihr Kräutertee ans Bett, essen mochte sie nichts.
Julia rief ihre Schwester an, um ihr mitzuteilen, dass sie krank war. Sie hörte sie tief einatmen und sagen: «Dann fahre ich auch nicht in die Ferien!»
«Doch! Du und Peter, ihr fahrt!» Julia beharrte darauf.
«Wenn ihr wegen mir verzichtet, plagt mich das Gewissen.

Ein schlechtes Gewissen ist schlecht für die Gesundheit. Ihr fahrt und ich werde schneller wieder gesund.»

Franziska und Peter fuhren, Julias Fieber sank, mit sinkendem Fieber kehrte auch ihr Appetit zurück, und nach vier Tagen war sie wieder gesund, nur noch ein wenig schwach fühlte sie sich.

Als die beiden aus ihren vierzehntägigen Ferien heimkehrten, an einem Samstag, holten Julia und Valentin sie im Flughafen Zürich-Kloten ab. Nach Umarmungen zur Begrüssung und dem Kompliment, sie sähen gut aus, die Frage:
«Wie war's?»
«Schön!»
«Wie schön?»

Sie setzten sich in ein Café, und Franziska erzählte, manchmal ergänzte Peter.

Eine atemberaubende Fernsicht, ja, Peters Kollege habe nicht übertrieben, hätten sie vom Europa-Balkon gehabt, der weit über dem Meer liege.

Auf einem Felskopf, etwa fünfzig Meter über dem Meeresspiegel, präzisierte Peter.

Nein, höher, widersprach Franziska, für sie habe er viel höher oben gelegen. Wenn sie die Augen zusammengekniffen und lange aufs Meer geschaut habe, sei ihr plötzlich gewesen, sie vermöge Afrikas Küste wahrzunehmen.

An einem anderen Tag, als sie sich wieder auf dem Europa-Balkon aufgehalten hätten, sei die Sicht nicht gut gewesen, der Himmel so milchig, sagte Peter.

Ja, Sonne und Afrika hätten sich hinter einem Schleier versteckt, fügte Franziska hinzu.

Um auch etwas vom Hinterland zu sehen, mietete Peter ein Motorrad. Sie fuhren in die Berge, ein gutes Stück hoch auf die Sierra Almijara.
«Aber er ist hoffentlich nicht draufgängerisch gefahren wie mit seinen Töfffreunden?», sagte Julia.
«Im Gegenteil. Mir fuhr er zu brav. Die Fahrt war so schön, dass ich ihm vom Rücksitz aus zuschrie: Gib mal Gas.»
Peter lächelte sie an und legte seine Hand liebevoll auf ihre, während Franziska weiterredete: «In Frigiliana, dem weissesten Bergdorf, das ich je gesehen habe, machten wir einen Halt, um zu Mittag zu essen.»
«Und im Hotel, wie war dort das Essen?»
«Hervorragend.»
Peter war gleicher Meinung. Er habe fast täglich frischen Fisch gegessen.»

Und dann erzählte Franziska von einer vietnamesischen Familie mit zwei noch nicht schulpflichtigen Kindern, einem Mädchen und einem Buben, die sie im Hotel kennengelernt hätten. Die Familie wohne schon lange in Deutschland in der Nähe von Köln, der Mann arbeite als Informatiker, auch seine Frau habe sehr gut Deutsch gesprochen. Peter habe sich mit den Kindern angefreundet und ihnen viel von seiner Arbeit erzählt. Sie seien davon total fasziniert gewesen: Ein Mann, der auf Dächern herumklettert. Die Frau habe ihnen Fotos von ihrem Haus in Deutschland gezeigt, von ihren spielenden Kindern, von ihrer alten Heimat in Vietnam. Da habe sie, Franziska, ihnen auch Fotos gezeigt, von Katharina mit Kochmütze in der Küche des *Hôtel-Restaurant Le Raisin* in Lausanne, von Kim in der Eingangshalle des *Savoy* in Berlin. Dann habe sie dem Ehepaar noch ein Foto aus ihren letzten Ferien auf Mallorca gezeigt, nämlich das Foto, das Peter gemacht habe, vor einer Düne am Strand von Des Trenç: Valentin in der Mitte, Julia rechts, Franziska links, ihre Arme ruhen auf seinem Rücken und seine Arme hat er ihnen um die Schultern gelegt.

Sie habe erwartet, das Foto würde ihnen gefallen, andere jedenfalls hätten schon gesagt, es sei ein schönes Foto und so besonders: Ein Mann mit zwei gleichen Frauen, doch das Ehepaar habe sich einen erschrockenen Blick zugeworfen. Ihre Unterhaltung sei ins Stocken geraten. Dann noch ein paar belanglose Freundlichkeiten und sie seien auseinandergegangen.

«Die merkwürdige Reaktion des Ehepaars hat mir keine Ruhe gelassen», fuhr Franziska fort. «Warum ein solches Erschrecken? Woran haben sie sich gestört? An der Nähe der Abgebildeten zueinander? Ein Mann, der zwei Frauen seine Arme um die Schultern legt. War es das? Es ist bekannt, dass unter Asiaten Intimitäten in der Öffentlichkeit verpönt sind, sie mögen es nicht, sich draussen vor der Tür zu küssen, oder wenn sie–«

«Mach es nicht noch spannender», unterbrach Julia sie, «sag endlich warum!»

«Als wir uns im Hotel wieder begegneten, sprach ich sie direkt darauf an. Es war wegen uns gewesen, wegen dir und mir, deshalb waren sie erschrocken, wegen uns eineiigen Zwillingen. Der Mann erzählte uns, dass im Norden von Vietnam und Laos ein Bergvolk lebt, das auch heute noch Geisterverehrung betreibt. Ihre Geister mögen Zwillinge nicht, sie glauben, ein Fluch liege auf ihnen. Wenn eine Frau Zwillinge gebärt, werden sie und ihr Mann mit den Neugeborenen von der Dorfgemeinschaft verstossen, ihr Haus wird abgebrannt mit allem, was darin ist. Sie müssen fortan in einer Hütte im Wald leben, wo sie von Leuten aus dem Dorf mit Essen versorgt werden. Sie stellen das Essen vor die Tür der Ausgestossenen und verschwinden wieder, völlig lautlos. Sie würden es nicht wagen, den Ausgestossenen auch nur einmal in die Augen zu schauen, weil sie glauben, ein einziger Blick genügt, und schon springt der Zwillingsfluch auf sie über ... Schauderhaft!» Franziska schüttelte sich und verstummte.

Nach kurzem Schweigen fuhr Peter fort: «Der Mann beteuerte dann, er und seine Frau würden selbstverständlich nicht an so etwas wie Geisterverehrung glauben, doch wenn seine Eltern zu ihnen auf Besuch kämen, würden sie im Wohnzimmer ihrer modernen Wohnung in Deutschland einen Altar aufbauen. Krass. Wir sassen am Hotelpool, ringsum wurde gelacht, die Kinder des Ehepaars plantschten und kreischten, nur wir sassen stumm da mit ernster Miene. Unser vietnamesischer Bekannter lud uns zu einem Drink ein, aus Verlegenheit, denke ich. Mir war das stumme Dasitzen unangenehm, ich wollte etwas zur Auflockerung sagen. Als ich Franziska zuprostete, sagte ich: 'Schau mir in die Augen, Liebes.' Es wirkte. Der Vietnamese meinte, diesen Spruch kenne er, sie hätten den Film *Casablanca* mit Humphrey Bogart und Ingrid Bergman auch gesehen, ein grossartiger Film, den das *American Film Institute* vor fünf Jahren zum besten US-Liebesfilm aller Zeiten gewählt habe. Ich hätte aber das Zitat nicht ganz korrekt wiedergegeben, wenn er das sagen dürfe. Als er seiner Frau zuprostete, sagte er: 'Schau mir in die Augen, *Kleines*.' Seine Frau war einen Kopf kleiner als er.»

«Ich weiss, zu was für einem Drink du dich am Pool hast einladen lassen», sagte Julia, zu Franziska gewandt, «einen Campari orange.»

«Möchtest du jetzt auch einen solchen?», fragte Valentin munter seine Frau. «Im Flughafen-Café spendiere ich eine

Runde.» Er sah sich schon nach der Bedienung um, doch Franziska und Peter waren müde von der Reise und wollten nach Hause.

«Gib Mureli einen Kuss von mir», sagte Julia zum Abschied.

Julia war den ganzen Abend wortkarg und ging vor Valentin ins Bett. Sie musste an das Bergvolk im vietnamesischen Hochland denken, an seine Geisterbeschwörer. Zwillinge bringen Unglück.

Im Herbst, an einem Tag mit guter Sicht, machten sie zu viert eine Wanderung von zwei Stunden im Gebirge. Sie fuhren ein paar Stationen mit dem Postauto, stiegen aus und zogen los, ohne Proviant. Am Ziel ihrer Wanderung gab es ein Restaurant. Nach einer Stunde legten sie eine zehnminütige Pause ein, doch Julia war sie zu kurz, sie brauchte mehr Zeit, um sich auszuruhen.

Als sie wieder aufbrachen, fiel Julia schon nach einer Viertelstunde zurück, obwohl sie ein gemütliches, aber konstantes Tempo wie geübte Berggänger angeschlagen hatten. Sie blieben stehen und warteten auf sie. Valentin schaute sie besorgt an, und Franziska fragte: «Ist dir nicht gut?»

«Es ist nichts», meinte sie leichthin, «nur eine kleine Nachwirkung meiner Grippe.»

Im gleichen Tempo ging es weiter nach oben.

Bei einem steilen Wegstück anerbot sich Valentin, Julia zu ziehen. Sie fasste ihn an den Händen, und als er sie hinter sich herzog, prustete und schnaubte er, aus Spass. «Ich bin deine Dampfloki.» Er pfiff und weiter oben flogen Dohlen auf. Noch zwanzig Meter, noch zehn, und schon hatten sie es geschafft. Ging doch fabelhaft.

Als sie auf der Hochebene anlangten, war es immer noch weit bis zum Restaurant, das in der Ferne zu sehen war und Julia wie ein grosses Puppenhaus erschien. Der schmale Pfad, auf dem sie hintereinander gingen, Peter zuvorderst, führte durch Alpwiesen. Auf der einen Seite des Pfades war das Gelände moorig. Weiter vorne auf der anderen Seite erblickte Julia eine Herde weidender Kühe. Ihr fielen Bauer Mosers Kühe auf der Wiese neben seinem Hof ein und wie die raue Zunge einer Kuh ihre Fusssohle geleckt ... Wie das gekitzelt hatte.

«Julia!»

Der Warnruf von Valentin, der hinter ihr herging, kam zu spät. Sie war neben den Pfad geraten und schon mit dem linken Fuss im Morast eingesunken. Als sie sich zu befreien versuchte, sank sie nur noch tiefer ein. Vor Anstrengung lief sie rot an, sie keuchte, ihr Atem pfiff. Erst als sie ihr ganzes Gewicht auf das rechte Bein legte, gelang es ihr, den Fuss aus dem zähen Sumpf zu ziehen, den Fuss ohne Schuh. Ihr Schuh war steckengeblieben. Sie ging in eine tiefe Kniebeuge und wühlte dann mit einer Hand im Loch, das sich mit Wasser füllte. Es schmatzte. «Ich hab' ihn.» Noch in der Kniebeuge hielt sie den verdreckten Schuh hoch. «Da ist er, alles wieder gut.» Ihr Atem ging immer noch stossweise.

Ihre Schwester schlug einen weniger unbekümmerten Ton an. «Dein Schnaufen ist nicht normal. Du musst zum Arzt gehen. Ich habe ein schlechtes Gefühl. Versprichst du es mir ... Versprich es mir!»

Julia versprach es ihr. Sie hatte den sauberen Schuh samt Socken ausgezogen und ging barfuss.

Das Restaurant lag nicht mehr fern. Die Teller, welche die Serviererin auf die Terrasse trug, waren nicht gerade klein wie in einem Puppenhaus.

29

Julia hielt das Versprechen nicht. Es war ja nur ein Hüsteln, ein Kratzen im Hals, das sie hatte und das ein wenig lästig war. Kaum der Rede wert. Das Leben ging weiter wie bisher. Arbeit in der Buchhandlung. Ihr soziales Engagement im Quartierzentrum, in dem sie neuerdings noch eine Spielgruppe an einem Nachmittag pro Woche betreute. Und Abende gab es, an denen sie und Valentin zu Hause Gäste bewirteten. Einmal genossen die Eingeladenen die Gastfreundschaft so sehr, dass sie nicht mehr gehen wollten, sie hatten Sitzfleisch. Julia entschuldigte sich, sie sei ein wenig müde und gehe schlafen. Ein wenig müde? Das war schöngeredet. Sie war erschöpft. Sie hörte nicht mehr, wann die Gäste sich verabschiedeten, hörte nicht, wann Valentin im Dunkeln ins Schlafzimmer trat und sich neben sie hinlegte.

Als sie am nächsten Morgen, einem Sonntag, erwachte, lag sie allein im Bett. Das wunderte sie. An Wochenenden stand er immer später auf als sie.

Er hatte den Frühstückstisch gedeckt, sie brauchte sich nur hinzusetzen. Es duftete nach Kaffee, er hatte schon eine Tasse getrunken. Nichts deutete mehr auf Spuren des gestrigen Besuchs hin. Valentin hatte das Geschirr abgewaschen und die Küche blitzblank aufgeräumt. Valentin war bleich. «Bitte, geh zum Arzt, du musst es mir nicht versprechen, aber bitte geh. Dein Atem hat gerasselt, es war, als müsstest du die Luft mühsam einsaugen und mühsam ausstossen, ich habe kaum schlafen können.»

Als sie die Praxis des Hausarztes verliess, überkam sie ein Gefühl von Orientierungslosigkeit, als wäre sie in einen Wald geraten, in dem sie den Weg nicht kannte. Asthma? Sie leide unter Asthma. Mit zweiundsechzig. Die erste Asthmatikerin in der Verwandtschaft? Sie konnte sich nicht erinnern, dass ihre Eltern jemals von Vorfahren erzählt hatten, die ein Problem mit der Lunge hatten. Allergisch gegen was? Katzenhaare? Mureli nicht mehr sehen? Mureli, der ihr mit einem Satz in den Schoss springt, um gestreichelt zu werden, sobald sie sich hingesetzt hat. Die Nase nicht mehr in sein Fell drücken, wenn er schnurrt? Nicht mehr das Tier riechen? Was kommt da noch? Welche bösen Überraschungen? Ach was, sei keine Schwarzseherin! Warum nicht auf freudige Überraschungen im jungen Alter hoffen.

Julia liebte ihre Arbeit in der Buchhandlung. Die Gespräche mit Kundinnen, deren Wünsche manchmal überraschend anders als erwartet ausfallen. Da diese Kundin, die sehr intellektuell aussieht, sich gewählt ausdrückt und sich einen Liebesroman wünscht. Einen der grossen Liebesromane der Weltliteratur? Nein, nein, einen, der richtig, der leuchtend rosa ist und ein Happyend hat. Die grossen Liebesromane der Weltliteratur nehmen kein Happyend.

Man kann das Leben auch mit einem Hüsteln geniessen.

Doch Julias Hüsteln, ihr diagnostiziertes Asthma, verschlimmerte sich. Gut möglich, dass dazu auch die sonderbar schwülen Tage gegen Ende Herbst beitrugen? Nachts allein im Doppelbett – Valentin schlief nun im ehemaligen Kinderzimmer – wachte sie öfters auf, das Atmen fiel ihr schwer, und bis sie wieder einschlafen konnte, dauerte es.

Bei ihrem nächsten Termin veranlasste der Hausarzt, dass ihre Lunge untersucht wurde.
Es sah nicht gut aus. Diese Schatten ... Weitere Abklärungen waren notwendig.
Plötzlich ging alles schnell. Im Krankenhaus führte ein Spezialist eine Bronchoskopie durch, eine Lungenspiegelung, wie er Julia erklärte, bei der er die Atemwege, die Luftröhre und ihre grossen Abzweigungen, die Bronchien, von innen betrachten konnte.
Drei Tage danach sass sie der Onkologin gegenüber, an die sie der Hausarzt überwiesen hatte, Frau Doktorin Brunner, die bestimmt zwanzig Jahre jünger als sie war.
Julia litt nicht unter Asthma, Julia hatte metastasierten Lungenkrebs, ihre Bronchien waren von bösartigen Zellen befallen. Sie konnte es nicht glauben. Sie habe nicht eine einzige Zigarette in ihrem Leben geraucht, wandte sie ein, und Frau Brunner entgegnete, eben, das sei es ja, dieser Krebs trete häufig bei Nichtraucherinnen auf.
Sie nahm ein Blatt Papier zur Hand, skizzierte eine Luftröhre, die beiden davon abzweigenden, grossen Bronchien mit ihren vielen Verästelungen, in deren Gewirr sie kleinere und grössere Kreise vorzeichnete, die sie dann ausmalte.
Julia sah ihr gebannt zu, sah ihre schlanke Hand, die den goldig glänzenden Kugelschreiber führte, ihre langen, edlen Finger mit den farblos lackierten Nägeln und fragte sich: Was zeichnet die da? Ein Baum, ein Zwiesel, der auf dem Kopf steht, ein verkehrter Baum? Dessen Krone in die Erde wächst? Und die ausgemalten Kreise in den Verästelungen? Äpfelchen an kahlen Ästchen?
Sie waren die Metastasen.

«Es sind so viele», sagte Julia und dachte: Von Würmern zerfressene Äpfelchen.

«Ja, es sind einige», sagte Frau Brunner, um dann zu beschwichtigen: «Vielleicht habe ich einige zu gross gezeichnet, aber ich sage Ihnen lieber, wie es ist, woran Sie sind, statt Ihnen etwas vorzumachen, das nicht ist, damit Sie glauben, alles sei weniger schlimm als es ist. Hoffnung besteht immer.» Immer betonte sie.

Dann erklärte sie Julia den Verlauf der Behandlung. Sie müsse sich einer Chemotherapie unterziehen, doch das allein würde nicht reichen, man werde die vom Krebs befallenen Zellen auch noch bestrahlen, die Bestrahlung werde sich zwei Monate lang hinziehen.

Julia hörte gefasst zu, als lausche sie einer Erzählung, die die Ärztin mit klarer Stimme vortrug und dabei Wärme ausströmte. Eine Wärme wie einen Duft, den herben Duft der Hoffnung, der Zuversicht. Frau Brunner erzählte ihr von anderen Patientinnen, die trotz düsterer Prognose nicht aufgegeben, die mit Krebs sogar intensiver weitergelebt hätten. Und dann erwähnte sie noch eine junge Frau, die ihr ein Kompliment gemacht habe, das schönste, das sie je von einer Patientin erhalten habe: «Wenn ich bei Ihnen bin, vergesse ich den Krebs.»

Eingelullt von der warmen Stimme der Ärztin, verliess Julia das Sprechzimmer. Im Vorzimmer staunte sie über den prächtigen Blumenstrauss, den sie, als sie in die Praxis hineingekommen war, gar nicht wahrgenommen hatte. Sie dachte nicht mehr an den Krebs und überlegte sich, an diesem wolkenlosen Nachmittag in der Stadt umherzugehen. Sie würde sich in einem Warenhaus vielleicht etwas Schönes kaufen, eine Confiserie besuchen, Kaffee trinken

und dazu etwas Süsses essen. Ein Vers fiel ihr ein, den sie und Franziska als Kinder auswendig gelernt hatten:
Simeli, Sämeli Zuckerberg,
sag, was sagt der Zwerg:
Rübchen, Schwämmchen oder Stein,
oder darfs was Süsses sein?
Es war ein Nicht-mehr-daran-Denken von kurzer Dauer. Schon auf der Strasse vor der Praxis im gedämpften Herbstlicht überfiel der Krebs sie mit aller Wucht. Die Kreise, die die Ärztin gezeichnet und ausgemalt hatte, die Äpfelchen, sie wuchsen in Julias Vorstellung, auf einmal waren sie Monster-Äpfel.

Als Valentin am Abend von der Arbeit nach Hause kam und Julia zusammengekrümmt auf dem Sofa liegen sah, blieb er erschrocken auf der Türschwelle stehen. «Ist es so schlimm?»

Sie nickte. «Aber du brauchst trotzdem nicht zu flüstern.» Sie erzählte ihm vom Termin bei der Onkologin und was sie erwartete. An Weihnachten sei die Behandlung noch nicht abgeschlossen.

Valentin hatte sich neben sie auf das Sofa gesetzt und hielt ihre Hand. Ob sie einen Wunsch habe, ob er etwas für sie tun könne? Hunger, sagte sie, sie habe Hunger. Wonach? Sie möchte asiatisch essen.

«Aber», wandte Valentin ein und verstummte. In ihrer Küche fehlten die nötigen Zutaten. Er überlegte und eilte dann zum Telefon. Bei einem Lieferservice bestellte er ein asiatisches Gericht.

Julia ass mit grossem Appetit, es schmeckte ihr sehr, die Teigtaschen als Vorspeise, das vegetarische Curry, die exotische Fruchtplatte zum Dessert.

Als sie danach im Begriff war, den Tisch abzuräumen, kam ihr Valentin zuvor. «Lass das doch, ich mache es.» Später schnürte sie den Abfallsack zu, um ihn für die Müllabfuhr auf die Strasse zu stellen, wie sie das immer getan hatte, doch schon war ihr Mann zur Stelle, um ihr auch diese Arbeit abzunehmen. Sie zog ihn an sich. «Du bist süss, ich bin nicht invalid.»

Julia telefonierte und bekam Telefone in den nächsten Tagen, zahlreichere als gewöhnlich. Ihre Lieben, alle, sorgten sich um sie.

Tochter Kim würde ihren Urlaub im Dezember nicht, wie geplant, mit einer Freundin in Fernost verbringen, sie würde von Berlin nach Hause kommen.

Das rührte Julia sehr, doch meinte sie, es sei nicht nötig, sie würde ihr eine grössere Freude machen, wenn sie die Fernostreise nicht abblase.

Im Telefon mit Franziska war es umgekehrt: Die Kranke munterte die Gesunde auf und beruhigte sie: «So schlimm ist es auch wieder nicht. Ich habe keine Schmerzen, und wenn ich Schmerzen bekommen sollte, würden sie alles tun, um sie mir zu nehmen, hat Frau Brunner gesagt. Ich lebe weiter, arbeite weiter. In der Buchhandlung und im Quartierzentrum habe ich nichts von meinem Krebs erzählt. Nichts werden sie mir ansehen! Freu dich mit mir, Eichhörnli, ich werde nicht kahl. Bei dieser Form von Chemotherapie, die bei mir angewendet würde, hat Frau Brunner gesagt, werde ich keine Haare verlieren. Ist doch schon etwas. Frau Brunner hat gesagt, ich dürfe mir Hoffnung machen. Hoffnung hat sie skandiert.»

Katharina, Franziskas und Peters Tochter, schickte eine Karte aus Lausanne, auf der das *Hôtel-Restaurant Le Raisin,* in dem sie als Köchin arbeitete, abgebildet war. Auf der Rückseite hatte sie einen Kochlöffel, eine Kochmütze und darauf ein Herz gezeichnet. Sie schrieb, wenn sie an Weihnachten nach Hause komme, würde sie Tante Julia in Zürich besuchen und ihr ein feines Menü zubereiten, sie würde mit Herz kochen.

Frieda, Katharinas Grossmutter, rief an. Sie und ihr Mann Oskar hatten ihr Einfamilienhaus im Dorf verkauft und lebten in einer Zweizimmerwohnung einer Altersresidenz, in der sie sich selbst verpflegten. Frieda erwähnte Julias Krebs mit keinem Wort, sie sprach überhaupt nicht übers Kranksein, sondern vom Kochen. Sie koche täglich noch immer mit Lust und Freude, doch manchmal verlasse sie das Gespür fürs richtige Mass, sie tue zu viele Ingredienzen in die Sosse. Frieda sagte: «Ein paar Kräutlein zu viel und du hast Mist im Topf.»

Und lachte.

Wenn sie koche, vergesse sie alles ringsum. Oskar sei ihr Küchengehilfe, dabei sei es schon vorgekommen, dass sie ihn angeschaut habe und ihr vor Überraschung die Worte entschlüpft seien: «Aha, du bist auch da.»

Und lachte.

Julia telefonierte mit Elvira, ihrer Schwiegermutter. Diese und ihr Mann David lebten noch immer, hochbetagt, in ihrer eigenen Wohnung im alten Zentrum der Stadt. Elvira war allein zu Hause. Ihr Mann, erklärte sie, nehme an einem Treffen mit Freunden des Rotary Clubs teil.

Die beiden Frauen sprachen über Bücher. Elvira erzählte Julia von einem Beitrag im Radio über den beeindruckenden Lebensbericht einer Frau, einer tapferen Frau aus einfachem Hause, ihre Eltern seien Gastwirte in der Bretagne gewesen. Im Zweiten Weltkrieg habe sie sich dem französischen

Widerstand angeschlossen, habe Juden versteckt, sogar im Wirtshaus ihrer Eltern mit deren Einverständnis. Für sich selbst habe sie auch immer wieder neue Verstecke suchen müssen. Der Preis für ihren Widerstand sei gross gewesen, ihre Ehe sei auseinandergebrochen, Freunde seien von ihr abgefallen, sie habe trotzdem weitergekämpft. Sie hätte nie mehr ruhig schlafen können und einen noch grösseren Preis bezahlt, wenn sie sich nicht empört, wenn sie keinen Widerstand geleistet hätte, sagte Elvira. Im Radiobeitrag sei die Autobiografie der Widerstandskämpferin sehr empfohlen worden. «Ich schicke dir das Buch», sagte Elvira und fuhr fort, eine Freundin habe sie noch auf ein weiteres Buch aufmerksam gemacht. Es erzähle die Geschichte von drei Familien, die in London leben und von unterschiedlicher Herkunft seien. Ein dickes Buch, mehr als sechshundert Seiten. Sie werde es allerdings nicht lesen, trotz der Empfehlung der Freundin, in ihrem Alter möge sie nicht mehr dermassen dicke Bücher lesen, obwohl der Titel des Buches in der deutschen Übersetzung ja toll sei: *Zähne zeigen*.

«Zeig du dem Krebs die Zähne! Und lass Valentin von mir grüssen.»

30

Ein Zyklus von drei Chemotherapien standen ihr bevor.
Nach der ersten Therapie berichtete Julia ihrer Schwester am Telefon, wie es gewesen sei und wie sie sich jetzt fühle. Müde, doch sei ihr nicht schwindlig und auch nicht übel, nur eben müde, todmüde, sie müsse sich eine Weile hinlegen. Aber Franziska wollte weiter mit ihr reden, sie hatte viele Fragen. Ob die Krankenschwester, als sie in den Arm gestochen habe, Julias Vene mit dem ersten Stich getroffen habe?

«Und dann, als das Chemie-Gift-Zeug in dich hineingeflossen ist, was hast du gespürt?»

«Warm ist mir geworden, zuerst warm, dann heiss, als würden sie mir etwas Feuriges injizieren, und ich hatte das Gefühl, ich stinke aus dem Mund.»

«Was? Etwas wie Feuer? Apropos Feuer, das weisst du noch gar nicht. Im Saal des *Lamms* ist gestern Nacht ein Feuer ausgebrochen, zum Glück erst im Morgengrauen. Die Feuerwehr war rasch zur Stelle und löschte es, bevor es sich ausbreiten konnte. Als Peter um sieben Uhr zur Arbeit fuhr, rauchte es nur noch. Sie sagen, die Ursache sei wahrscheinlich eine defekte elektrische Leitung gewesen. Jetzt stinkt es im Dorf nach Verkohltem.»

«Eichhörnli, ich muss schlafen gehen. Nein, warte, lock mir noch Mureli ans Telefon, ich möchte sein Miauen hören … Was ist?»

«Ich kann ihn nirgends sehen, seit heute Morgen bleibt er verschwunden. Irgendwo muss er sich verkrochen haben.

Überall habe ich nach ihm gerufen. Dann habe ich eine Servela in Stücke geschnitten und ihm hingestellt, Servela hat er am liebsten. Er hat sie nicht gefressen, nicht ein Stück.»
«Ruf nochmals.»
Sie hörte Franziska mehrmals seinen Namen rufen. Dann die lange, leere Stille im Hörer, dann Franziskas Stimme: «Er zeigt sich nicht, aber er ist sicher wieder da, wenn wir das nächste Mal miteinander telefonieren.»
Als Julia den Hörer auflegte, dachte sie mit Schrecken: Nur das nicht! Mureli könnte Rattengift gefressen haben.

Als sie nach der zweiten Therapie, die morgens um acht Uhr stattgefunden hatte, die Wohnungstür öffnete, begann diesem Augenblick das Telefon zu klingeln. Eine in Tränen aufgelöste Franziska: «Ich verliere Haare! Heute Morgen war der Kamm voll davon, so voll wie noch nie, ein ganzes Büschel hing in den Zinken.»
Julia meinte, nicht richtig gehört zu haben, und forderte sie auf zu wiederholen, was sie gesagt hatte. «Was! Du verlierst Haare und kannst nichts dafür. Ich! Ich habe den verfluchten Krebs und du wirst dafür bestraft, das ist so nicht gerecht. Wenn du noch mehr Haare verlierst, ... ja, ... ja dann rasiere ich mir den Schädel kahl.»
«Nein, bitte, das brauchst du nicht zu machen.»
«Doch, doch, kahl. Ich schwöre es dir ... Ratzekahl!»
«Bitte nicht! Mach dir wegen meines Haarausfalls nicht auch noch Sorgen, es gibt Schlimmeres. Ich verliere Haare, Walter, der Sohn von Bauer Moser, hat seinen Stier verloren, den prämierten Zuchtbullen. Gestern ist er aus dem Gehege ausgebrochen. Der elektrische Zaun konnte ihn nicht stoppen. Er raste durchs Dorf. In der Nähe der Käserei brach er in einen Garten ein, trampelte alles kurz und klein. Der

Käser wollte ihn beruhigen, er redete ihm gut zu, als er sich ihm näherte. Der Stier starrte ihn an und senkte den Kopf. Da rutschte dem Käser das Herz in die Hose, er lief davon wie ein Hase und suchte Schutz hinter einer Mauer. Sogar vier Männern gelang es nicht, den Stier einzufangen. Dann gab es einen Zusammenstoss mit einem Auto, der Stier verletzte sich, dann mussten sie den Jagdaufseher holen. Den Rest kannst du dir selber denken.»

«Wie schrecklich. Und Mureli, der lebt hoffentlich noch? Er hat kein Rattengift gefressen? Das letzte Mal, als er nirgends war, hatte ich Angst, er habe Rattengift gefressen.»

«Der! Der ist quicklebendig. Der würde *zwei* Servelas fressen. Hörst du das? Er rast an mir vorbei im Zimmer herum. Es ist gespenstisch, als würde seit gestern ein wilder Geist das Leben im Dorf beherrschen. Mein Haarausfall, der tobende Stier, unser tobender Kater, Peters Mitarbeiter, der sich an einem rostigen Nagel verletzt und eine schwere Blutvergiftung hat.»

«Was treibt er jetzt, ich höre ihn nicht mehr herumtoben?»

«Er kauert in einer Zimmerecke. Angespannt. Er nimmt Anlauf. Ich glaube, er führt etwas im Schild, ja ja, er rennt mir zwischen den Beinen durch, nein, jetzt ... Das darf doch nicht wahr sein! Du hörst mir sofort auf! Komm sofort herunter!»

«Sag, was ist?»

«Er ist am Vorhang hochgesprungen, krallt sich daran fest, der Radaubruder klettert höher, er reisst mir noch den Vorhang herab ... Warte nur, jetzt reicht's, ich muss ihn vor die Tür setzen. Ich rufe dich später nochmals an. Tschau.»

Nach der dritten Chemotherapie erfuhr Julia, dass Franziskas Wunde, die geeitert hatte, am Verheilen war. Der tobende Mureli hatte sie in die Hand gebissen, als sie ihn vom Vorhang heruntergeholt und vor die Tür gesetzt hatte.

Julia fühlte sich erleichtert, dass sie die Chemo hinter sich hatte, erleichtert und so müde, dass sie sich wünschte, den Winter, der in seiner ganzen Länge vor ihr lag, schlafend zu verbringen wie ein Murmeltier in seinem Bau.

Erleichtert und trotzdem bedrückt, noch dauerte die Ungewissheit an, noch war es nicht vorbei. Ihr Wunsch, den Winter schlafend zu verbringen, war ein frommer Wunsch. Schon in einer Woche würde der zweite Teil der Behandlung, die Bestrahlung, folgen und erst im Januar des neuen Jahrs enden.

Doch eine gute Nachricht, über die sich Julia besonders freute, gab es: Franziskas ausgefallene Haare wuchsen nach.

31

Julia nannte den Raum des Krankenhauses, in dem sie auf die nächste Bestrahlung wartete, fünf Meter unter der Erde, so tief unten, wie ein Sprungturm im Schwimmbad hoch war, Raum der Angst. Sie war heute zu früh und würde länger als eine Viertelstunde warten müssen, bis sie an die Reihe kam. Drei Männer, von denen zwei fast halb so alt waren wie sie, warteten ebenfalls. Die Blicke hielten sie gesenkt, eine Hand umklammerte die andere, regungslos sassen sie auf ihren Kunststoffstühlen, doch Julia schien, als würden sie an Ort rennen, schneller, immer schneller, nirgends hingelangen, immer stärker ins Schwitzen geraten. Sie hatten eine scharfe Ausdünstung, die Ausdünstung von Angst, von Sorgen, von Unverständnis und Wut. Warum ich? Warum nicht der andere, der weniger gesund als ich lebt?

Die drückende Stille durchdrang manchmal das Piepsen von Apparaten. Julia griff nach einer bunten Zeitschrift, die auf dem Tisch vor ihr lag, blätterte darin. Mit einem lauten, knisternden Geräusch schlug sie Seite um Seite um. Die bunten Bilder mit den lächelnden Menschen, den schönen und berühmten, flogen dahin. Dann ging eine Tür auf, Julia wurde zur Bestrahlung gerufen.

Sie hatte gute Tage, an denen ihr die Bestrahlung nicht zusetzte, und schlechte, an denen sie sich danach tonnenschwer fühlte. Wie heute. Es war ein Tag im November, ein ungewöhnlich warmer für die Jahreszeit.

Wie würde sich bloss ihre Schwester fühlen? Franziska und Mureli reagierten wie ein Seismograph auf Julias Befindlichkeit bei der Bestrahlung.

Sie erfuhr, dass Franziska Wäsche gewaschen und sie hinter dem Haus auf der Wiese im Garten aufgehängt hatte. Bevor sie trocken war, kam plötzlich Wind auf. Ein Wind wie aus dem Nichts, der die Wäsche von der Leine riss. Sie hatte alle Hände voll zu tun, um die frischgewaschene einzusammeln und nochmals zu waschen. Das zweite Mal hängte sie sie nicht mehr draussen auf.

Der Wind habe ihr Angst eingejagt, erzählte sie Julia, er sei wie ein heulendes Ungeheuer gewesen, das plötzlich aufgetaucht und ebenso rasch wieder verschwunden sei. Am gleichen Tag sei ein Vogel in die Scheibe des Stubenfensters geprallt und ins Trudeln geraten, habe sich dann aber aufgefangen und sei benommen davongeflogen.

Ein anderes Mal, wieder an einem schweren Tag, kam Mureli heim vom Kampf mit einem anderen Kater. Er blutete und hatte ein zerzaustes Fell, gezeichnet von Bissen.

«Jetzt schläft er auf einem Frotteetuch an seinem Lieblingsplatz in der Sofaecke», sagte Franziska.

«So ergeht es mir, ich komme von der Bestrahlung zurück und muss mich ausruhen.»

An einem weiteren Bestrahlungstag rumorte es in Franziskas Bauch. Sie litt unter Blähungen, für die sie keine Erklärung hatte. Sie hatte nichts gegessen – keinen Knoblauch, keine Zwiebeln –, das der Grund für ihre Blähungen hätte sein können. «Wenn du bestrahlt wirst, knurrt mein Bauch» sagte sie. Die Schwestern mussten lachen.

Der Krebs hat Lachen nicht gern.

An einem Tag, an dem sich Julia nach der Bestrahlung unbeschwert fühlte, erzählte ihr Franziska, dass das Restaurant *Lamm* am nächsten Wochenende Wiedereröffnung des Saals feiern werde, in dem es gebrannt hatte. Das ganze Dorf sei eingeladen. «Und du und Valentin auch!»
«Bitte, versteh mich nicht falsch, ich mag noch nicht feiern», entgegnete Julia, «erst wenn das alles, dieses ganze Zeug vorbei ist, dann könnten wir bei dir zu Hause unsere private Wiedereröffnung des Saals feiern, dann feiern wir auch die in den Januar verschobene Weihnachten ... Du glaubst mir nicht?»
«Doch.» Es klang nicht überzeugend.

Da verriet Julia ihrer Schwester ein Geheimnis, das sie eigentlich bis nach der letzten Bestrahlung für sich hatte behalten wollen. «Weisst du, die Blechbüchse, die wir damals mit Geld gefüllt haben für unsere Reise zu den Kängurus, zum Gesang der Aborigines, der so wunderbar sein soll, wie uns Isi erzählt hat – jetzt, nach jeder Bestrahlung, lege ich wieder Geld hinein.»

Eine Woche nach der letzten Bestrahlung, es war Mitte Januar an einem Tag, an dem Schnee fiel, hatte Julia einen Termin bei Frau Doktorin Brunner.

Die Ärztin trat aus der Tür des Sprechzimmers und bat Julia herein. Sie trug Stiefel mit hohen Absätzen. Während sie um den Tisch herumging, um in ihrem Stuhl Platz zu nehmen, dröhnten ihre Schritte Julia in den Ohren, das Tack, Tack, Tack der Absätze. Worauf musste sie da bloss gefasst sein?

Aufs Glück!

Die langwierige Behandlung hatte geholfen, Julia hatte keine Metastasen mehr im feinen Geäst der Bronchien.

Der Zwiesel ist gesundet, durchfuhr es sie freudig. Sie hätte Frau Brunnen um den Hals fallen können.

Kaum war Julia in ihrer Wohnung, hatte Schuhe und Wintermantel ausgezogen, als sie auch schon in blossen Strümpfen zum Telefon lief. Dieser köstliche Augenblick, die geliebte Stimme ihrer Schwester zu hören, das Glück mit ihr zu teilen. «Eichhörnli, Eichhörnli, keine Metastasen, keinen Krebs mehr, ich bin geheilt. Erst in einem halben Jahr habe ich den nächsten Termin zur Kontrolle. Jetzt sehen wir uns wieder viel häufiger, wir ziehen zusammen los, wir kaufen uns etwas Schönes, wir essen Glace im Winter, wir streifen durch den verschneiten Wald wie früher.» Julia schaute dem Tanz der Schneeflocken vor dem Fenster zu, während sie redete, sie sprühte vor Ideen, vor Unternehmungslust, sodass Franziska gar nicht zu Wort kam. «Im Frühling feiern wir unseren Geburtstag im *Lamm*, dann gehen wir auf Reisen, und im Hochsommer an ein Waldfest und tanzen und trinken Bier und wenn wir müssen, verschwinden wir wie früher im Wald hinter einem Baum. Bist dabei?»

«Ich freue mich riesig, bin so aufgeregt.»

32

Wie war das zu verstehen? Als sie in ärztlicher Behandlung gewesen war, hätte sie ständig schlafen können. Sie hatte sich hingelegt und war schon nach Minuten eingeschlafen. Jetzt, wo sie geheilt war, hatte sie einen leichten Schlaf. Nachts wachte sie mehrmals auf. Sie war unruhig und unkonzentriert bei allem, was sie tat. Sie fing eine Arbeit an und erledigte sie nicht, weil ihr gerade einfiel, was es sonst noch zu tun gab.

Und dann liess sie alles liegen. Es hatte aufgehört zu schneien. Die Welt war weiss und glitzerte. Sie zog feste Schuhe an, Wintermantel und Handschuhe.

Sie würde am Hang des Zürichbergs hochgehen, die Villen hinter sich lassen. Eintauchen in den Wald wie in eine andere Welt, seine Stille auf sich wirken lassen. Sie würde Schneebälle nach verschneiten, schwer herabhängenden Tannästen werfen. Es war ihr Spiel, das sie auch noch als junge Erwachsene gespielt hatten. Sie warf, während ihre Schwester unter der Tanne stand und zur Schneefrau wurde.

Als sie vom Waldspaziergang zurückkam, dünkte sie, die Wohnung sehe auf einmal viel heller aus, die Küche habe einen warmen Glanz. Sie packte die häuslichen Verrichtungen mit neuem Elan an.

Am Wochenende würden sie bei Franziska und Peter feiern, so vieles gab es zu feiern. Ihre Heilung. Und dass Franziskas Haare prächtig nachgewachsen waren. Sie würden den Wiederaufbau des Saals im *Lamm* feiern, in dem Franziska und Peter am Tag der ersten Mondlandung geheiratet hatten. Sie würde einen Gugelhupf mitbringen und für Mureli eine Servela.

Am Freitag vor dem vereinbarten Wochenende gegen Abend nach erneutem Schneefall klingelte das Telefon, Valentin war noch nicht zu Hause. Es war Peter, der selten anrief. Seine Stimme klang brüchig, eine Stimme, die sonst hell und bestimmt war, die Stimme des Dachdeckers, der seinen jüngeren, noch unerfahrenen Kollegen klare Anweisungen auf dem Dach zurief, damit sie keinen Misstritt taten. «Franziska liegt im Spital.»
«Wie? Was?»
Peter berichtete. Er sei heute früher als gewohnt von der Arbeit nach Hause gekommen, um die Einfahrt vor der Garage vom Schnee freizuschaufeln. Franziska habe ihm dabei geholfen, er habe geschaufelt, sie gewischt, und plötzlich habe sie den Besen fallen lassen und sei herumgetorkelt. Sie habe ihn angeschaut wie einen Fremden. Er habe gesagt: Ich bin's doch, dein Peter. Sie habe eine Zeitlang gebraucht, bis sie ihn erkannt habe. Reden habe sie noch klar können. Sie habe über heftige Kopfschmerzen, Schwindel, Übelkeit geklagt. Er habe im Regionalspital angerufen und die Symptome geschildert. Da habe man ihm gesagt: Sofort bringen! Damit ist nicht zu spassen.

«Ich komme auch sofort. In welchem Zimmer liegt sie?»
«Du kannst sie jetzt nicht besuchen. Man hat mir gesagt, Besuche seien strikt untersagt. Auch ich muss noch warten. Wenn ich mehr weiss, rufe ich dich wieder an.»
«Aber bitte sofort.»

In der Nacht schreckte Julia aus dem Schlaf auf, weil sie glaubte, das Telefon klingeln zu hören. Gedanken jagten sich, die sie nicht zu stoppen vermochte. Denk nicht so viel, sagte sie zu sich selbst. Es war ein gutes Zureden, das nichts nützte. Diese sich jagenden Gedanken ... Sie hätte Franziska doch ein paar Mal besuchen sollen während ihrer, wie es ihr vorgekommen war, *ewig* langen Krebsbehandlung, trotz der Müdigkeit. Hätte dagegen ankämpfen und hinfahren sollen. Schlafen hätte sie auch bei ihrer Schwester können. «Oder ich komme dich jederzeit besuchen», hatte die Schwester ihr versichert, «hörst du: *jederzeit*.» Und sie? Was hatte sie darauf geantwortet: «Das ist lieb von dir, aber ...» Sie hatte Ausflüchte gemacht: «Später, später, Schwesterherz.» Was für ein quälendes Vertrösten! Und dieser quälende Gedanke, der sie umtrieb: Du hast geschlafen und deine Schwester allein gelassen.

Als sie Kartoffeln rüstete, um einen Gratin für das Nachtessen zuzubereiten, rief Peter wieder an. «Franziska hat eine Hirnblutung gehabt. Im Regionalspital ist man nicht entsprechend eingerichtet, sie wurde in die Universitätsklinik Zürich übergeführt. Du kannst sie jetzt sehen. Man hat mir gesagt, erlaubt seien nur kurze Besuche, sie müsse geschont werden.»

Julia legte den Hörer auf und blickte zur Zimmerdecke, während sie zu sich selbst sagte: Gott sei Dank, habe ich sie in meiner Nähe.

Das weisse Zimmer, die weisse Bettwäsche. Die bleich daliegende Franziska. In dem Augenblick sah sie sie unter der verschneiten Tanne stehen, Schneefrau, die ernst blickte, Schnee, der massenhaft auf sie herabfiel und sie zuzudecken drohte. Doch da lächelte die Schneefrau, bewegte sich, als würde sie sich aus der Masse Schnee befreien, lächelte und setzte sich im Bett auf.

Wie wunderbar, dass ihre Schwester lächelte. Julia brachte es sogar fertig, sie zum Lachen zu bringen. «Heute Morgen habe ich in der Zeitung von einem Mann gelesen», sagte sie, «der heisst: Adrian von Sauberzweig, und weisst du, was er von Beruf ist?»

Da lachte Franziska. «Klar, weiss ich das, er ist Baumputzer.»

Sie schob die Bettdecke zur Seite, rutschte im Bett nach unten und streckte ein Bein in die Höhe. «Das ist eine Übung, die ich in der Physiotherapie machen muss. Die Therapeutin ist schon recht zufrieden mit mir. Wenn sie sagt: Jetzt das andere Bein, strecke ich sicher das andere nach oben und nicht wieder das gleiche.» Ihr Blick ging zum Fenster mit der Aussicht auf eine grosse Platane, sie schien in Gedanken auf einmal weit weg zu sein. «Wie hiess schon wieder dein erfundener Freund in Lausanne?»

«Eric, ganz gewöhnlich Eric.»

«Aber sein Familienname war ziemlich speziell wie der von Adrian von Sauberzweig. Er hat doch Eric von Châteaubriand geheissen.»

Julia zögerte, ehe sie ihrer Schwester recht gab. Franziska lachte erneut. «Ich hab's nicht vergessen. Du hast eine Pedalofahrt mit ihm auf dem Genfersee erfunden. Und dann ist da noch etwas in der Kirche von Visp gewesen, das die Leute am Ende des Gottesdienstes getan haben sollten?»

«Sie beteten, aber das war nicht erfunden. Als ich in Lausanne Französisch lernte, war ich achtzehn, und die Leute von Visp beteten, dass der Aletschgletscher nicht weiterwachse. Jetzt sind wir zweiundsechzig, und die Leute beten, dass ihr Gletscher wieder wachse, und ich bete, dass du wieder gesund wirst.»

Die Schwestern schwiegen. Dann drang ein leises Klopfen in ihr Schweigen, eine Krankenschwester streckte den Kopf zur Tür herein. «Noch drei Minuten», sagte der runde Kopf mit gerunzelter Stirn und mit den straff nach hinten gekämmten Haaren.

Maria, wie die Krankenschwester hiess, gab ihnen mehr Zeit als drei Minuten, um sich voneinander zu verabschieden. Als sie dann aber ins Zimmer trat und Julia ihre ganze, zierliche Gestalt wahrnahm, die so gar nicht zum grossen, runden Kopf passte, sagte sie bestimmt: «Ihre Schwester muss sich jetzt ausruhen.»

Franziska machte den Mund auf, sagte aber nichts. Julia sah ihr an, was sie hätte entgegnen wollen: Ich bin doch nicht müde. «Was kann ich dir das nächste Mal mitbringen? Hast du einen Wunsch?»

«Gerne ein Stück Gugelhupf. Und 'Tiere aus aller Welt', bring die auch noch mit.»

Es war schwierig, ihrer Schwester «Tiere aus aller Welt», Band 1, zu besorgen. Sie klapperte mehrere Buchantiquariate ab, bis sie in einem kleinen Laden, der auf alte Bildbände spezialisiert war, alle drei Bände fand, die einzeln nicht käuflich waren. Da kaufte sie alle drei, ohne lange zu überlegen.

Bilder aus vergangener Zeit stiegen in ihr hoch. Mutter, die als selbständige Schneiderin vielbeschäftigt war und nicht immer Zeit für sie hatte. Sie wurden von Isi, die im Parterre wohnte, wie von einer Grossmutter betreut. Isi besass viele Schätze, darunter den ersten Band von «Tiere aus aller Welt», in dem «Die Königs- oder Abgottschlange (boa constrictor L.)» abgebildet war. Sie erinnerte sich, wie sie und ihre Schwester gebannt auf die Schlange geschaut hatten, die im Begriff war, ein kleines Tier zu verschlingen, wie sie beide in die Hände geklatscht und ihm zugerufen hatten: Kaninchen, lauf, lauf, lauf.

Wie aus der Abgottschlange eine Liebgottschlange wurde und sie sich einredeten, sich nicht vor Schlangen zu fürchten. Die Liebgottschlange hatte Siesta unter Isis Ehebett gehalten.

Sie würde mit Franziska noch mehr sorgfältig gemalte Abbildungen von Schlangen anschauen können. Beim Umblättern stiess sie im ersten Band auf eine Kobra, die sich auf den Schwanz gestellt hatte, den Hals zu einem Herzen aufgebläht, auf dem sich die dunkle Brille abzeichnete. Julia stellte sich die Kobra in Bewegung vor, wie im Tanz in einer wiegenden Bewegung.

In den beiden anderen Bänden gab es weitere Schlangen zu entdecken. Eine Kreuzotter im Geröll. Sie starrte Julia ins Gesicht. Dann eine Klapperschlange, die sich zusammengeringelt hatte und deren Schwanz aus dem obersten Ring lugte. Dann noch die Anakonda, doch von der, dachte Julia, könnten sie zusammen ein lebendes Exemplar im Zürcher Zoo hinter dickem Glas bestaunen, wenn Franziska wieder gesund war.

Franziska lag im Bett auf der Seite, der Eintretenden den Rücken zugekehrt.

Julia trat leise an den Tisch, wo jeweils die Mahlzeiten serviert wurden, packte leise das Stück Gugelhupf aus, das sie auf eine mit Blumen und Marienkäfern bedruckte Serviette legte, und leise legte sie daneben «Tiere aus aller Welt».

«Eichhörnli», rief sie. Es war, als würde der zärtliche Ruf von den weissen Wänden des Zimmers widerhallen.

Franziska rührte sich nicht.

Angst packte Julia, sie achtete nicht mehr darauf, Geräusche zu vermeiden, als sie ans Bett trat. Da fiel ihr ein Stein vom Herzen. Franziska atmete, und jetzt drehte sie sich um und blickte ihrer Schwester, die sich über sie gebeugt hatte, direkt in die Augen. «Ich habe dich schon gespürt, als du zur Tür hereingekommen bist», sagte sie, «den Gugelhupf habe ich gleich gerochen.»

Sie ass nur ein Stückchen von dem Stück. Julia war nicht enttäuscht, weil ihr Gugelhupf nicht verschmaust wurde, Franziska hatte vor nicht langer Zeit zu Mittag gegessen. Und dann war sie doch enttäuscht. Sie hatte sich umsonst bemüht. Franziska mochte sich keine Schlangenbilder anschauen, sie nahm nicht einen der drei Bände zur Hand, um wenigstens darin zu blättern. Ihr Blick ging wie schon oft zum Fenster und draussen zur grossen Platane, auf deren Äste der Schnee gefroren war. «Die Vögel frieren.»

«Oh, möchtest du dir Vögel anschauen, davon gibt es viele in den Büchern.» Julia öffnete Band eins und zählte aus dem Inhaltsverzeichnis auf: «Kondor, Uhu, Buntspecht, Eisvogel, Papageien, Kolibris, sogar Paradiesvögel», und blickte ihre Schwester erwartungsvoll an.

Diese schaute wieder aus dem Fenster. «Die Vögel frieren.»

«Aber die blaue Libelle im Buch, die musst du dir doch anschauen, sie sieht gleich aus wie die Libelle, die uns über dem Dorfweiher einen Flugtanz vorgeführt hat und dann im Zickzack auf die andere Seite zum Schilf geflogen ist. Wir sind um den Weiher herumgerannt, um sie aus der Nähe bestaunen zu können: ihre grossen Augen, die Flügel mit den feinen Äderchen.»

«Die Lerchen erfrieren in ihren Erdnestern.»

«Das ist nicht wahr. Sie sind harte Winter gewohnt. Sie polstern ihre Nester. Sie haben ein dichtes Gefieder, das sie vor Nässe und Kälte schützt, und wenn es noch kälter wird, rücken sie näher zusammen. Bis zum Frühling dauert es nicht mehr lang, Valentin ist schon damit beschäftigt, den Puppen in den Schaufenstern die neusten Modelle der Frühlingsmode anzuziehen.»

Julia konnte sagen, was sie wollte, Franziska liess sich von ihrer Meinung nicht abbringen. In ihrem Frühling froren die Vögel noch immer.

Als Julia meinte, sie lasse ihr «Tiere aus aller Welt» da, falls sie später Lust habe, sie sich anzuschauen, bestand Franziska darauf, dass sie die Bücher wieder mit nach Hause nahm. Sie sagte, sie möchte keine Schlangen im Zimmer haben, sie möchte nicht, dass sie unter ihr Bett kriechen.

Julia hatte kein gutes Gefühl, als sie das Zimmer verliess. Früher waren ihr Franziskas Fragen manchmal lästig gewesen, die vielen Fragen nach ihrem Alltag. Was hast du gestern zu Nacht gegessen? Und heute Morgen? Kein Frühstücksei? Und die Kundschaft in der Buchhandlung? Die kochenden Frauen im Quartierzentrum? Und die Trottoirs in deinem Quartier? Haben sie sie gesalzen?

Und jetzt? Keine einzige Frage. Es war irritierend. Was wäre, wenn ihre Neugier erloschen wäre wie Flammen, die nicht mehr nach allen Seiten züngeln? Sollte sie auf einmal ihre Schwester nicht mehr kennen? Früher war sie sich hundertprozentig sicher gewesen, dass Franziska gefragt hätte: Und Valentin? Was sagt er? Welche Farbe ist in diesem Frühling Mode?

Julia war beunruhigt, sie musste sich ununterbrochen einreden wie ein Mantra, das sie beschwor: Es wird gut werden, Franziska wird auch wieder gesund werden.

33

«Erschrick nicht», sagte Peter am Telefon, «Franziska ist operiert worden. Sie hat wieder über Kopfschmerzen geklagt, der Hirndruck hat zugenommen. Da haben die Ärzte sich entschlossen, sie zu operieren. Die Operation sei gelungen, sagen sie, man habe das gestockte Blutgerinnsel, das auf die Hirnnerven drückte, entfernen können. Franziska ist schon wieder in dem Zimmer, in dem du sie weiterhin besuchen kannst. Sie wirkt lebhaft, alles, was sie erzählt, tönt leicht. Sie lässt dir ausrichten, sie habe heute Morgen auch ein Drei-Minuten-Ei zum Frühstück gegessen. Auch, hat sie deutlich gesagt. Hast du auch eines gegessen?»
«Ja.»

Franziska sass auf dem Bettrand, ungeduldig, sie baumelte mit den Beinen. Zu Julias Verblüffung war sie angezogen, nur ihre Schuhe standen noch auf dem Boden. «Hilf mir, die Schuhe anzuziehen», sagte sie, «ich möchte zum Fenster gehen.» Julia kauerte sich nieder und zog ihr die Strassenschuhe an, wortlos, sie unterdrückte den Einwand, dazu würden doch Pantoffeln vollauf genügen, aber dann verstand sie plötzlich, warum Strassenschuhe. In Strassenschuhen hat sie ein Gefühl von Selbständigkeit, von Selbstbestimmung, als könne sie gehen, wohin sie möchte.

Der Weg zum Fenster war lang. Franziskas Schritte waren unsicher. Zweimal packte Julia sie an der Hand, doch Franziska riss sich jedes Mal los. Nah nebeneinander langten sie beim Fenster an, blickten hinaus auf die Platane, von deren Äste es tropfte, der gefrorene Schnee schmolz. Sie

sahen den fallenden, in der Sonne glitzernden Tropfen zu.
Da sagte Franziska: «Hauen wir ab! Hinaus aus den vier Wänden! Wir holen in deiner Wohnung die Blechbüchse mit dem Geld.»
Der Weg zur Tür war länger als der zum Fenster. Franziska schwankte, und jetzt liess sie es zu, dass Julia sie stützte und sie führte. Vor der Tür, Julia streckte schon den Arm aus, um sie zu öffnen, sagte Franziska: «Es geht noch nicht.»
Der Weg zurück zum Bett war noch viel länger als der Hinweg zur Tür. Franziska setzte sich auf den Rand, angezogen und in den Strassenschuhen. Ein Häufchen Elend.
Julia tröstete sie: «Wenn du eine Zimmerwand anstarrst, musst du es lange tun, und wenn du es sehr lange tust, verschwindet sie, und du siehst einen Garten mit blühenden Apfelbäumen und siehst unsere Buche und die Lichtung, wo wir das Springkraut zum Explodieren gebracht haben. Ich habe das Anstarren und Verschwinden der Zimmerwand mit Erfolg ausprobiert. Wenn es mir glückt, glückt es auch dir.»

Als Julia Franziska wieder besuchte, sass sie beim Essen. Auf dem Teller lagen ein angeschnittenes Stück Hühnerbrust, Nudeln, Gemüse. Sie hatte ihre Mühe mit den Nudeln. Sie stocherte darin herum, rollte einige um die Gabel. Als sie die Nudeln mit der rechten Hand zum Mund führte, beinahe in Zeitlupe, fielen sie auf halbem Weg in den Teller zurück. Franziska warf Julia einen Blick zu, sie schämte sich.
«Zerschneide die blöden, glitschigen Dinger. Das soll dich nicht kümmern. Du bist in vornehmer Gesellschaft. Die englische Königin schneidet die Spaghetti in kurze Stückchen, und Millionen am TV schauen ihr dabei zu.»

Jemand vom Küchenpersonal, ein junger Mann, womöglich noch nicht zwanzig, kam herein, um das Geschirr zu holen. In einem Ton angelernter, höflicher Verhaltensweise fragte er Franziska, ob es geschmeckt habe.

«Ja, sehr», meinte sie. Mehr als die Hälfte lag noch auf dem Teller. «Ich sage immer 'ja, sehr'», erklärte sie ihrer Schwester, nachdem der Mann das Zimmer verlassen hatte, «auch wenn es kotzig war, heute ist es das nicht gewesen.»

Franziska musste auf die Toilette, sie erhob sich, und im gleichen Augenblick stand Julia auf. Sie ging hinter ihrer Schwester her, bereit, diese aufzufangen, falls sie das Gleichgewicht verlöre. Franziska ging in unsicheren, langsamen Schrittchen, als fände sie keinen Halt. Sie verfehlte die Toilettentür, stiess an die Wand und schlug die Richtung zur Tür ein, die auf den Flur führte. Da trat Julia hinter ihr hervor und beeilte sich, die Tür zu öffnen, sagte erfreut: «Nun hast du es doch geschafft. Von hier aus ist es nicht mehr weit zum Lift und von dort ins Freie.»

«Aber ich muss auf die Toilette.»

Julia führte sie ins Zimmer zurück und öffnete die richtige Tür.

Als Franziska zurückkam, schlug Julia ihr vor: «Wollen wir Gehen üben? Und wie man im Gehen Hindernissen ausweicht?»

Franziska nickte.

«Siehst du den Eimer da vor uns auf dem Boden?»

«Klar sehe ich ihn.»

Julia machte es ihr vor. Sie ging auf den eingebildeten Eimer zu und wich ihm auf dem Weg zum Fenster elegant aus.

Dann Franziska. Sie wich ihm nicht aus, sie blieb davor stehen, leicht schwankend, hob den rechten Fuss ein wenig, vermochte ihr Gleichgewicht zu halten, verpasste dem Eimer ein Trittchen, sagte: «Wie das scheppert! Hörst du das! Ich habe ihn weggekickt, wir haben freie Bahn, wir können geradeaus zum Fenster gehen.» Stolz auf ihre Tat, warf sie ihrer Schwester einen Blick zu, der bedeutete: Wie habe ich das gemacht!

Julia fielen die Pfützen aus ihrer Kindheit ein. «Weisst du noch, nie haben wir einen Bogen darum herum gemacht, Pfützen nach einem Regen waren besonders verlockend. Einmal, es hatte am Morgen stark geregnet, durften wir Isi zum Einkaufen begleiten. Wir sind in jeder Pfütze herumgehüpft. Isi musste immer wieder auf uns warten, aber das ärgerte sie nicht, sie spornte uns sogar an, ihr zu zeigen, wer von uns höher hüpfen und spritzen konnte. Du bist es gewesen, du hast höher spritzen können. Springbrunnen machen, sagten wir dem.»

« Ja, und dann im Konsum», fuhr Franziska munter fort, «hat Isi Ovo-Sport gekauft für uns Mädchen, die in den Pfützen gehüpft sind. Gestern Nacht habe ich von Isi geträumt. Ich stand am Strassenrand, Isi auf der anderen Seite. Sie winkte mir, hinüberzukommen, sie winkte dauernd. Ich zögerte, es herrschte viel Verkehr, und dann, plötzlich waren die Autos verschwunden, die Strasse leer.»

«Und? Hast du sie überquert?»

«Ich bin vorher aufgewacht.»

Der Abschied war lang. Als Julia schon bei der Tür war, kehrte sie nochmals zu ihrer Schwester zurück, die sich aufs Bett gesetzt hatte, umarmte, drückte sie fest an sich, küsste ihre Stirne, ihre Wangen und sagte: «Ich winke dir von unten, von der Platane aus, noch zu.»

Julia stand schon eine Weile unter den kahlen, schwarzen Ästen und fror, als Franziska doch noch am Fenster erschien wie eine lichte Erscheinung, die langsam den rechten Arm hob. Julia winkte ihr wie verrückt zu.

34

Es war ein heller Morgen im Frühling. Julia lüftete die Stube. Das Telefon klingelte, und als sie den Hörer abnahm, war Peter am anderen Ende der Leitung. «Franziska ist gestorben.» Seine dunkle Stimme klang blechern. Seine Sätze, die stossweise aus ihm herausbrachen, überrollten Julia wie Steinbrocken. «Gestern Nacht ... Franziska hat eine zweite Hirnblutung gehabt ... eine grosse ... die sie nicht überlebt hat. Sie muss den Tod gespürt haben ... Bin am Abend noch bei ihr gewesen. Sie hat gesagt, wenn sie sterben sollte, möchte sie, dass du ... du die Urne mit ihrer Asche im *Buch* vergräbst ... dort in der Waldlichtung bei eurer Buche ...» Peters Satz ging im Schluchzen unter.

Als sie den Hörer auflegte, starrte sie den Apparat an, als wäre er eine Monstrosität. Dann lief sie in die Küche, nahm etwas in die Hand, irgendetwas, legte es wieder hin. Dann lief sie zurück in die Stube, in der sich das Telefon befand, hob irgendetwas hoch, legte es wieder hin. Dann lief sie ins Badezimmer, öffnete die Tür des Spiegelschrankes. Ihr Blick fiel auf die Zahnbürste, die mit einem F beschriftete, die Franziska benutzt hatte, wenn sie auf Besuch gekommen war. Sah plötzlich das F als T, bei dem der Querbalken nach unten rutschte ... Ein Kreuz ... Wie in einer Todesanzeige ... Heftig schlug sie die Tür zu, es schepperte, der Schrank erzitterte, und im Bad brannte das Licht nicht mehr.

Kein Wunder war geschehen.

Lief wieder in die Stube, und jetzt heulte sie los, es fiel ihr nicht ein, die Fenster zu schliessen. Heulte und weinte bitterlich.
DU BIST OHNE MICH ABGEHAUEN.
In einer Sofaecke lag eine Katze aus Stoff. Sie hatte ein weisses Fell, ein rotes Mündchen und schwarze Schnurrhaare. Franziskas Büsi, das sie in der ersten Zeit bei sich im Krankenzimmer gehabt hatte. Und dann, als Julia sie wieder besuchte, hatte sie gesagt: «Nimm 's Büsi zu dir in die Ferien, es gefällt ihm nicht mehr im Spital.»
Das Büsi blickte Julia mit Glasaugen an.

35

An einem sonnigen Vormittag holte sie die Urne mit der Asche ihrer Schwester bei Peter zu Hause ab. Der Witwer putzte auf dem Vorplatz sein Motorrad, eine grosse Maschine, die sehr stark aussah, sie hatte einen hochgezogenen Auspuff.

Nach einer kurzen und traurigen Begrüssung putzte sich Peter die Hände ab und eilte ins Haus, um mit der Urne – es war das ausgehöhlte Stück vom Stamm einer Birke – und einer Tragetasche zurückzukehren. Julia meinte, sie brauche keine Tasche, da sie die Urne einfach so tragen würde.

Peter wandte sich wieder seinem Motorrad zu, während Julia ratlos neben ihm stand. Ihr Angebot, sie zu begleiten, schlug er aus. Er wollte Franziskas Letzten Willen respektieren, später dann würde er das Waldgrab seiner Frau mit Katharina besuchen.

Julia beschrieb ihm den Weg dorthin. Weit sei es nicht, wenn er entlang des Waldes gehe, höchstens einen Kilometer. Mehrere Seitenwege würden in den Wald einbiegen, er müsse den zweiten nehmen, auf dem er zur Buche gelange, links davon befinde sich die Lichtung, nach ein paar Schritten durchs Unterholz. Sie seien als Kinder dort gewesen, in der Lichtung habe das Vergissmeinnicht geblüht.

Nach dem Auspuffrohr polierte Peter den Tank, obwohl er schon glänzte. Seinem Putzen haftete etwas Angestrengtes an, als müsste er sich an seinem Motorrad festklammern, denn wenn er losliesse, würde es ihn forttreiben in ein Niemandsland ohne Wegweiser.

Etwas hielt sie zurück, schon zu gehen, ihn allein zu lassen in seiner Trauer, seinem Knien vor der Maschine, seinem endlosen unnützen Polieren. Sie erkundigte sich nach Mureli und sagte, Tiere würden einem auch Trost spenden können. Er schaute nicht auf, sie war sich nicht sicher, ob er mehr mit sich selbst als mit ihr redete. Seit zwei Tagen habe er ihn nicht gesehen, nach Franziskas Todestag sei er sogar für drei Tage verschwunden geblieben. Als er aufgetaucht sei, habe er fast nichts gefressen, obwohl man hätte meinen können, er sei ausgehungert. Wahrscheinlich hätten ihn Leute aus dem Dorf gefüttert, aus Erbarmen, weil Franziska nicht mehr da war.

Als sie hinter dem Haus, in dem Peter wohnte, in den Feldweg einbog, vernahm sie ein Miauen, ein so plötzliches Miauen, dass sie zusammenfuhr. Mureli näherte sich ihr von hinten in Sprüngen. Sie stellte die Urne auf den Boden, er strich um ihre Beine, dann auch um die Urne, an der er den Kopf rieb. Sie ging in die Hocke, um ihn zu streicheln, während sie mit ihm redete: «Du kannst nicht mitkommen, geh zurück, Peter hat dich bitter nötig. Lenk ihn vom Putzen ab.»

Dann ergriff sie die Urne wieder und ging auf das *Buch* zu, ohne die Katze weiter zu beachten. Erst nach mehreren zehn Schritten linste sie über die linke Schulter, Mureli folgte ihr. Im Weitergehen sagte sie sich, sie würde ihn auf die Arme nehmen und nach Hause tragen müssen, wenn er ihr weiterhin folgte. Aber die Urne? Sie auf dem Feld stehenlassen, sie allein lassen, bis sie wieder zurück sein würde?

Nein, das brauchte sie nicht zu tun. Als sie sich nach weiteren zehn Schritten umdrehte, rannte die Katze Richtung

Dorf, hüpfte über eine Wiese, auf der dreiblättriger Klee wuchs.

Bevor sie zum Waldrand gelangte, sah sie in einem Getreidefeld eine Lerche aus ihrem Erdnest fliegen und sich in die Luft schwingen. In Spiralen stieg sie höher und höher und sang nicht.

Im Gehen durch den Wald hielt Julia das Stück Baumstamm in den Armen, als wäre es ein Lebewesen. Sonnenstrahlen fielen durch das Blätterdach und brachten die weissen Flecken der Birkenrinde zum Leuchten. «Bist du jetzt ein Engel?», flüsterte sie.

Bei «ihrer Buche» bog sie nach links vom Weg ab, dürres Holz brach unter ihren Schritten, Laub raschelte, Äste des Unterholzes streiften sie. In der Lichtung, einem sonnigen Plätzchen, über dem sie den Himmel sah, stellte sie die Urne auf den Waldboden. Aus ihrer Umhängetasche holte sie Hacke und Pflanzkelle hervor. Dann kniete sie sich nieder und machte sich ans Werk. Die Walderde war weich, das Graben fiel ihr leicht. Sie hackte und schaufelte danach die Erde aus dem Loch. Als sie die Urne hineinstellte, dünkte sie, das Loch sei zu wenig tief. Sie nahm die Urne wieder heraus, hackte weiter, und dann benützte sie nicht mehr die Pflanzkelle, um das gelockerte Erdreich wegzuschaffen, mit beiden Händen schaufelte sie Erde aus dem Loch, grub mit der Hacke noch tiefer, grub und schaufelte und hörte erst auf, als sie sicher war, dass kein Tier die Urne freischarren und niemand sie ausgraben würde.

Als sie die Grabbeigabe ins Loch legte, rannen ihr Tränen über die Backen. Die Grabbeigabe war ein Häschen aus Holz, das auf den Hinterläufen stand und auf dem Rücken einen Korb trug, in dem ein Ei lag.

Sie weinte, schniefte, redete mit der Verstorbenen: Du bist nach mir gekommen und gehst vor mir ... Warum du ... warum, warum nur ... Sie packte eine Handvoll Erde und warf sie mit Wucht ins Loch, redete: Warum bist du nicht bei mir geblieben ... immer und ewig, packte wieder eine Handvoll Erde, schleuderte sie hinab, redete die ganze Zeit, während sie das Grab zuschüttete: Im Traum bin ich in den Bergen gewesen und habe deinen Namen gerufen: Franziska! Franziska widerhallte er von den Felswänden. Franziska!, rief ich noch lauter, und auf einmal hörte ich dich rufen: Julia! Aufgeregt rief ich immer weiter, aber du riefst nicht mehr zurück. Ich sah ein Kleid auf dem Boden liegen, dein Kleid, dein so schönes mit dem Blumenmuster ... Als ich es aufheben wollte, klebte es am Boden fest, ich zerrte und ... es zerriss ... zerriss wie Seidenpapier ...

Mühsam stand Julia auf, trat die Erde fest und legte auf das Grab eine Muschel, so eine kleine Muschel, die sie am Ufer des Genfersees während ihrer Zeit in Lausanne gefunden hatte. Dann suchte sie im Laub nach schönen Blättern, die sie um die Muschel herum zu einem Herzen arrangierte.

Es war ein Spiel aus Kindertagen. Aus Blättern ein Herz bilden. Wenn der Wind es aufwirbelte, hatten sie vor Freude in die Hände geklatscht. Unser Herz kann fliegen.

Sie konnte sich von Franziskas Grab fast nicht losreissen und weggehen. Bei der Buche blieb sie stehen. Trotz des Frühlings ging es dem Baum nicht gut. Sein Blattwuchs war spärlich. Die Blätter, die er trieb, waren von einem gräulichen Grün, und die Blattspitzen hingen schlaff herab. Der zersplitterte Stumpf eines abgebrochenen Astes ragte trostlos, wie um Hilfe bittend, in den schönen Tag. Sie strich mit der Hand über die Rinde, die sich rau anfühlte, so schmerzhaft rau.

Zurück auf dem Weg neben der Buche ging sie tiefer in den Wald hinein, wo früher die Zauberin in ihrem Schloss gehaust hatte, bis sie zu einer grossen Lichtung gelangte, einem Feld und Wiesen, ganz umgeben von Gebüsch und Unterholz, an dessen Rand der Verschönerungsverein des Dorfes eine Bank hingestellt hatte, auf die sie sich setzte.

Ein Bauer pflügte das Feld, und zwei Mädchen rannten am Traktor vorbei in die Richtung, in der sich die Bank befand, auf der Julia sass. Das eine war schneller als das andere, doch dann stoppte es und wartete auf das jüngere, es gab ihm die Hand. Zusammen rannten sie im gleichen Tempo weiter.

Julia bekam feuchte Augen, sie konnte ihre Tränen nicht mehr zurückhalten.

Als sie näher kamen, erkannte sie, dass es sich um Schwestern handeln musste. Die ältere war vielleicht neun, die jüngere sieben. Sie wollten schon an der Bank vorbeilaufen und im Wald verschwinden, als sie unvermittelt vor Julia stehenblieben.

«Warum weinst du?»

Mit ihrer Frage überrumpelte die ältere Schwester Julia.

«Ich weiss es nicht», gab sie zur Antwort.

«Du bist komisch. Ich weiss immer, warum ich weine. Wenn ich hinfalle und mir die Knie aufschürfe, muss ich weinen, aber nicht immer.»

Die Jüngere sagte: «Und ich weine, wenn ich Randensalat essen muss, dann immer!»

Die Ältere tat geheimnisvoll, während sie in die Tasche ihrer Hose langte. «Wir haben im Wald einen Schatz gefunden. Einen goldenen Ring!»

Sie zeigte Julia den Ring aus Messing einer Vorhangstange. «Wenn man ihn berührt, muss man nicht mehr weinen. Möchtest du ihn anfassen?»

Julia nahm den Goldring in die Hand, die sie zur Faust schloss, gleichzeitig fuhr sie sich mit der anderen Hand über die Augen, um sich die Tränen abzuwischen.

Als sie ihn der älteren Schwester zurückgab, sagten beide überglücklich wie aus einem Mund: «Es ist wahr, so wahr ist es, jetzt musst du nicht mehr weinen.»

«Wo habt ihr den Schatz gefunden?»

«Verraten wir nicht.»

«Doch, der Frau sagen wir es», entgegnete die jüngere Schwester, «sonst weint sie wieder.»

«Also gut!» Die ältere beschrieb den Weg zum Schatz. Ein langer Weg mit Abzweigungen, Kreuzungen, engen Kurven, brüsken Richtungswechseln, ein gefährlicher Weg. Wenn man von ihm abweiche, begegne man dem Mann mit dem schwarzen Hut, der einen gefangen nehme und in seiner Höhle einsperre, dann sei alles verloren. Aber wenn man den Ring habe, könne einen der Mann mit dem schwarzen Hut nicht packen. Der Goldring sei ein Zauberring, er mache alle stark, die ihn anfassen würden, sooo stark.

Um zu zeigen, welch starke Wirkung vom Ring ausging, breitete die jüngere Schwester die Arme weit auseinander, die ältere tat es ihr gleich, und so, mit ausgebreiteten Armen, segelten sie am Waldrand aus Julias Blickfeld.

36

Sooo stark soll er einen machen, aber zurückzubringen vermag er niemanden, der gegangen ist.

Julia stand am Stubenfenster ihrer Wohnung und starrte hinaus, über in den Gärten grünende Sträucher und Bäume, die Blätter trieben, über Häuser hinweg, die weissen Wolken, sie klebten am Himmel.
Franziska würde nie mehr neben ihr stehen und den Ausblick geniessen, sie würden ihren nächsten Geburtstag nicht mehr zusammen feiern können.
Julia wandte sich vom Fenster ab und setzte sich aufs Sofa. Die Vorwürfe, die sie sich machte, waren bitter. Wie hatte sie nur gelebt, als sie Krebs hatte, chemisch therapiert und bestrahlt worden war? Warum so abgekapselt? Schuldgefühle nagten an ihr. Die Einladungen ihrer Schwester, die sie ständig auf später verschoben hatte. Die grosse Müdigkeit, war sie wirklich so gross gewesen? Hatte sie nicht Müdigkeit vorgeschoben, um sich in ihre Wohnungshöhle zurückzuziehen? Später, später. Wie sehr musste ihre Schwester unter diesem ungewissen fernen Später gelitten haben. Sie hätte sich ihrer Schwester zuliebe aufraffen, und sie trotz der schwierigen Zeit besuchen, wenigstens einmal besuchen, sie umarmen, sie herzen sollen: Eichhörnli, schau mich an, ich lebe gerne, mach dir nicht noch grössere Sorgen um mich. Ängstige dich nicht. Komm, wir machen einen Spaziergang, ich fühle mich stark trotz allem. Ziehen wir zu zweit los! Wie damals, als wir die Angestellte im Kiosk in Verwirrung brachten. Ich war im Kiosk drinnen und kaufte

etwas, während du draussen auf der anderen Strassenseite auf mich wartetest. Dann verliess ich den Laden. Später erzählte mir die Kioskfrau, wie mulmig es ihr in diesem Moment geworden sei. Eben erst hätte ich den Laden verlassen und schon stünde ich auf der anderen Strassenseite. So etwas! Da könne es doch nicht mit rechten Dingen zugehen! Doch, das könne es, sagte ich ihr und zeigte ihr ein Bild von dir, das ich *immer* im Portemonnaie bei mir habe.

Sich aufraffen, sich rühren ... Doch nein, ich habe geschlafen und geschlafen in der Wohnungshöhle und dich allein gelassen. Du hast dich so sehr um mich gesorgt. Sorgen und Kummer haben auf dein Gehirn gedrückt ...

Bis zu meinem freudigen Telefon: Franziska, ich habe gute Nachrichten, ich bin geheilt.

Sie sass still in einer Sofaecke, in der anderen Franziskas Stoffbüsi mit den Glasaugen, während es in ihr tobte. Plötzlich überfiel sie ein anderer Gedanke: Wenn es Glück gewesen ist, das die Hirnblutung ausgelöst hat ... Franziska ist am Glück gestorben, weil ich den Krebs überwunden habe und lebe ... Sie will, dass ich weiterlebe. Aber wie? Wie weiterleben?

Sie fühlte sich nur halb.

Es war bereits Nacht, als Valentin nach Hause kam und überrascht war, seine Frau allein vorzufinden. «Ich dachte, du hättest Besuch. Von draussen sieht es in unserer Wohnung nach Festbeleuchtung aus.»

In jedem Zimmer brannte Licht, Julia hatte alle möglichen Lampen angezündet. «Es ist so dunkel gewesen, es ist immer noch dunkel.»

In Valentins Blick lag Mitempfinden, und er suchte nach Worten, dann sagte er: «Es braucht seine Zeit, aber es wird besser werden, das sagen alle, mit der Zeit würde es besser werden, die schönen Erinnerungen zahlreicher. Ich verstehe, es ist nicht gerade ein starker Trost. Soll ich uns einen Tee machen?»

Alle? Wer sind alle, wenn man sich mutterseelenallein fühlt?

37

Schon seit einiger Zeit wurden die Tage wieder länger, die Nächte kürzer – wie es schien –, Julia funktionierte.

Am Samstag kaufte sie auf dem Wochenmarkt – zu Valentins freudiger Überraschung – sogar einen Strauss Tulpen, den sie in einer Vase auf die Kommode in der Stube stellte, doch schon am Sonntag liessen die erblühten Tulpen Blätter fallen und andere, die noch zu waren, ihre Köpfe hängen.

«Siehst du das!», sagte sie Valentin in einem Ton, als hätte sie gespürt, dass es so kommen werde.

Das habe doch nichts mit dem Tod ihrer Schwester zu tun, wandte er ein. Einfach schlechte Qualität. Er kenne einen Blumenladen, der nur beste Qualität liefere.

Julia weigerte sich, anderswo einen neuen Strauss zu kaufen. Beim Anblick des neuen müsste sie dann ständig an den alten mit den hängenden Köpfen denken.

Tage gab es, die etwas Feindliches hatten. Sie fürchtete sich, ihnen entgegenzutreten.

Sie zog sich mit einem Buch, das ihr eine Kollegin in der Buchhandlung empfohlen hatte, in die Sofaecke zurück und blickte schon nach ein paar Seiten von der Lektüre auf, horchte. Das Quietschen der Tür des Küchenschrankes. War da jemand?

In der Küche war niemand.

Sie kehrte zu ihrer Sofaecke zurück, um weiterzulesen. Als sie zwischendurch wieder aufblickte, nahm sie wahr, wie sich der Vorhang bewegte.

Niemand stand hinter dem Vorhang.

Dann dieses Knarren des Bettes in Kims Zimmer, dem ehemaligen Kinderzimmer ihrer Tochter.
Niemand lag im Bett.
War das nichts als eine Sinnestäuschung gewesen?

Julia und Valentin setzten sich am Abend an den Tisch, um zu essen, und auf einmal lachte er, während er auf ihr Gedeck zeigte. «Was wird das für ein Kunststück werden? Essen mit zwei Messern und zwei Gabeln?»
Neben ihrem Gedeck lagen zwei gleich grosse Messer und zwei gleich grosse Gabeln.
Sie blickte verwirrt auf das Silberbesteck. Es war ihr nicht bewusst gewesen, dass sie es sich doppelt aufgetischt hatte.

Vom nächsten Wocheneinkauf kehrte sie mit zwei vollen Taschen zurück, mehr als sie benötigten. Sie hatte die Einkaufsliste auf dem Küchentisch liegenlassen und Dinge nach Hause gebracht, die nicht darauf standen. Darunter Früchte, auch Papayas, die Valentin nicht ass, die aber ihrer Schwester sehr gemundet hatten.

Sie entfaltete das Spielfeld und legte es auf den Tisch.
Es war keine gute Idee.
Sie spielte allein Scrabble für zwei Personen, für sich selbst und ihre Schwester. Klar war, sie würde ihre Schwester gewinnen lassen. Wenn diese am Zug war, würde sie sich sehr anstrengen, um Wörter zu setzen, die mehr Punkte ergaben, als wenn sie an die Reihe kam und für sich selbst spielte.
Ihre Schwester durfte anfangen. Sie setzte ein Wort, ein schwieriges Wort, bei dem es ihr gelang, Buchstaben zu verwenden, die viele Punkte zählten.

Dann Julia. Ihre Schwester war schon fünf Punkte voraus. Im zweiten Durchgang verringerte sich der Vorsprung um drei Punkte, und nach vier weiteren Wechseln lag Julia vorne. Im fünfzehnten Durchgang bei gleichem Punktestand fand sie kein Wort, weder für ihre Schwester noch für sich selbst, auch nicht in mehreren Versuchen von immer neuen Buchstabenkombinationen. Julia weinte still und liess den Kopf hängen, Tränen tropften auf das Mosaik von Wörtern. Mit dem Ellbogen stiess sie versehentlich ans Spielfeld, sodass die Wörter verrutschten, auseinanderbrachen, Wortfetzen wie ein Lallen, das nichts bedeutete, das so sinnlos war.

Den Blick von Tränen verschleiert, verliess sie die Wohnung ohne Ziel, hinaus, einfach hinaus an die Wärme des Frühlingsnachmittags. Als sie vor dem Fussgängerstreifen stand und sich anschickte, die Seefeldstrasse zu überqueren, lief sie schon los, ohne nach links zu schauen. Gerassel, Gebimmel, quietschende Bremsen. Im letzten Augenblick schreckte sie zurück. Beinahe, ja um ein Haar, wäre sie unter das Tram geraten. Im Wipfel eines Baumes brach eine Elster in Gezeter aus, und eine besorgte, aufgebrachte Stimme ertönte, die Stimme ihrer Schwester: Pass doch auf! Geh nicht mit einem Schleier vor den Augen durch die Welt! Du musst weiterleben mit offenen Augen.

Seit ihrer Hochzeit besass Julia eine Schatulle, in der sie Andenken aufbewahrte, Kinderzeichnungen von Kim und Katharina, Fotos, solche von Familienfesten, als ihre Eltern noch gelebt hatten, ein Foto, das sie und ihre Schwester am Ufer des Genfersees zeigte, Julia im Badekleid, Franziska im Bikini. Fotos aus ihren gemeinsamen Ferien auf

Mallorca. Briefe, Ansichtskarten, kleine Dinge, die ihr viel bedeuteten, darunter ein aus orientalischem Duftholz geschnitztes Elefäntchen, ein Geschenk von Franziska. Manchmal an Feiertagen wie Weihnachten oder Ostern hatte sie Fotos und ein paar Briefe aus der Schatulle herausgenommen und in der Erinnerung eine kurze Reise in die Vergangenheit gemacht.

Jetzt, als sie die Schatulle aufmachte, bald nach dem Frühstück an einem gewöhnlichen Freitag, war Ostern schon vorbei, und bis Weihnachten würde es noch lange dauern.

Das Foto, das sie betrachtete, zeigte Franziska vor der Gärtnerei *Vogel,* in der Hand einen Strauss Frühlingsblumen, den sie stolz ins Bild hielt. Julia drückte einen Kuss auf Franziskas Stirne, und dann überfiel es sie, in einer Aufwallung von Gefühlen bedeckte sie deren ganzes Gesicht mit Küssen.

Auf einem anderen Foto trug ihre Schwester Mureli in den Armen. Da küsste sie beide, Franziska und das Tier.

Sie roch am duftenden Elefäntchen wie an einer Blume.

Und dann nahm sie alle Ansichtskarten heraus, die ihr Franziska und Peter aus ihren Ferien in Nerja geschickt hatten. Sechs waren es, sechs Karten in vierzehn Tagen, geschrieben hatte sie Franziska, unterschrieben hatten beide. Nur auf einer Karte, die eine Luftaufnahme von Nerja, der Stadt am Meer in Südspanien, und einen Ausschnitt des bergigen Hinterlandes zeigte, hatte Peter noch einen Satz hinzugefügt: «Es gibt hier mehr Flachdächer als bei uns.»

Julia betrachtete auf einer weiteren Karte den Sonnenuntergang an der Steilküste von Nerja: Der Himmel unterhalb des dunklen Wolkenbandes so rot, blutrot, fiel ihr ein, und auf dem bläulichgrauen Meer zwei Fischerboote, die kleiner als Nussschalen wirkten. Die untergehende Sonne war nicht zu sehen, doch auf der Rückseite am Ende ihres kurzen Texts hatte Franziska eine strahlend aufgehende Sonne gezeichnet und sie mit «Küssli, Küssli» gefüllt.

Die erste Karte, die Julia und Valentin erhalten hatten, war eine Abbildung des *Balcón de Europa*, des auf einem Felskopf liegenden Europa-Balkons, der von Touristen bevölkert war, in der Mitte ein Liebespaar. Eng umschlungen fürs Fotoshooting wie auf einer Bühne blickte es in eine unsichtbare Kamera. Um den Balkon zog sich ein Geländer, damit niemand hinabfiel und im Meer versank.

Dann zwei Karten mit der Altstadt, enge Gassen mit Geschäften und Restaurants, auf einem war der Name lesbar: *Única*.

Bei der letzten Karte, der sechsten, versank sie in der Betrachtung von Frigiliana, dem weissen Dorf, in dem Franziska und Peter auf ihrer Motorradfahrt in die Berge Halt gemacht und zu Mittag gegessen hatten. Dann drehte sie die Karte um und las, was Franziska geschrieben hatte: «Was meinst Du: Wohnen in einem weissen Dorf? Wenn Du davor stehst und die Sonne im Rücken hast, blendet es Dich trotzdem.»

Sie breitete die Fotos auf dem Tisch aus, das weisse Bergdorf neben dem mondänen Europa-Balkon. Das Blutrot des Sonnenuntergangs, das in die engen Gassen der Altstadt eindrang …

Bilder, Bilder.

Sie liess die Fotos den ganzen Tag auf dem Tisch liegen. Einmal verschob sie sie und legte den Sonnenuntergang neben das Dorf, sodass sich die weissen Hausmauern rot färbten.

Als Valentin am Abend nach Hause kam und die Fotos auf dem Tisch bemerkte – Julia stand neben ihm –, zog er die Schultern hoch. Es war eine hilflose Geste. Was könnte er denn *noch* sagen? Er hatte keine Worte mehr, er würde nur wiederholen, was er schon gesagt hatte. In der Trauer nicht in Selbstmitleid versinken. Nach vorne schauen und sich an Schönes erinnern.

Sie standen vor den Fotos wie vor einem Grab, bis Julia in die Stille hinein von Nerja zu schwärmen begann. Valentin horchte auf. «Was? Du würdest dorthin in die Ferien fahren? Juni ist ein guter Monat. Fliegen wir dann? Zwei Wochen Ferien in Nerja! Wir fragen noch Kim, ob sie mitkommen möchte. Einverstanden?» Er atmete auf. Die Erleichterung war ihm an den Augen anzusehen, seine Frau hatte wieder Lust zu reisen.

38

In zehn Minuten würden sie in Malaga landen. Julia reiste allein. Im Flugzeug neben ihr sass eine junge Frau, die in einer spanischsprachigen Zeitschrift las und, als eine kleine Mahlzeit serviert wurde, ihr ¡*que aproveche!* wünschte. Julia verstand nicht, aber nahm an, es bedeute *guten Appetit.*

«Wirklich, du willst allein reisen?» Valentin hatte das überhaupt nicht verstanden. Er hatte mehrmals wiederholt, er verstehe das nicht, und sie hatte ihm gesagt, sie verstehe es auch nicht. Zu zweit seien Ferien doch kurzweiliger. Wenn sie im Restaurant allein an einem Tisch sitze und an den Nebentischen Paare, die sich angeregt unterhalten, die lachen, die sich in die Augen schauen würden ... Wenn sie allein an den Strand gehe ... Wenn sie allein im Sand liege ... Aber vielleicht lerne sie rasch jemanden kennen? Valentin lachte auf. Ein überlautes Lachen. Julia schnaubte und bestand darauf, allein zu reisen. Da bezog er noch ihre Tochter in die Auseinandersetzung mit ein. Kims Spanisch sei ganz passabel, sie würde bestimmt gerne mitkommen jetzt, wo sie sich von ihrem Freund getrennt habe. Ferien in Nerja wären eine willkommene Ablenkung, sie könnte Distanz zu Berlin und ihren privaten Turbulenzen schaffen.

Es half nichts, Julia liess nicht von ihrem Vorhaben ab. Seit dem Tod ihrer Schwester fühle sie sich nur halb, anders vermöge sie es nicht zu sagen. Sie würde Zürich als ein halber Mensch verlassen, zurückkommen, hoffe sie, würde sie als ganzer. Julia hatte die Blechbüchse geleert, in die sie nach jeder Bestrahlung Geld gelegt hatte. Es würde für einige Mahlzeiten und grosszügige Trinkgelder reichen.

Als sie mit dem Bus von Malaga in Nerja einrollte, war es später Nachmittag. In ihrem Hotel, das sich im Zentrum in der Nähe der Kirche und des Europa-Balkons befand, wurde das Buffet für das Abendessen hergerichtet. Sie würde im Hotel nur frühstücken. Regelmässige Hotelabendmahlzeiten, dachte sie, könnten sie einengen. Überdies hatte sie kaum Hunger. Auf dem Platz vor der Kirche, wo es Imbissbuden gab, kaufte sie zwei goldgelb gebackene Teigtaschen, beide mit *tomate* gefüllt, und setzte sich auf eine Bank. Sie kaute langsam, und den letzten Bissen der ersten Tasche behielt sie im Mund und vergass zu kauen. Wenn sie auch auf dieser Bank gesessen hat? Und dort? Der Glacestand. Sie hatten die gleichen Sorten geliebt, Vanille und Mokka. Franziska hatte eine Glace mit Mokka und Julia eine mit Vanille gekauft. Sie schleckten die Hälfte und danach tauschten sie die Cornets. Das nächste Mal hatte Julia Mokka und Franziska Vanille gekauft und wieder nach der Hälfte ...

Leute traten aus der Kirche und zerstreuten sich. Drei Gassen mündeten auf den Platz. Durch welche Gasse ist sie heruntergekommen auf dem Weg zum Europa-Balkon? Der ersten? Zweiten? Oder doch der dritten? Ja, durch diese. Der Verkaufsstand mit Kleidern und Badeutensilien an deren Anfang. Die flatternden Tücher im Wind wie Flügel. Kleider, in die eine Böe fuhr und sie aufwirbelte, das Gesicht,

das dahinter erschien, so plötzlich erschien ... Kauen, du musst kauen, den Bissen nicht hinunterwürgen.
Die zweite Teigtasche, die sie auf der Serviette neben sich gelegt hatte, ass sie nicht mehr. Sie starrte zwei Löcher in den Asphalt, und dann erschien in ihrem Blickfeld eine Schnauze, die Schnauze eines Strassenhundes, an den sie die Teigtasche verfütterte. Er schlang sie hinunter, fast ohne zu kauen, wedelte und wartete auf mehr, sein Blick noch gieriger.
Julia stand auf, ihr abruptes Aufstehen jagte den Hund in die Flucht.

Als Letztes, bevor sie im Hotelzimmer schlafen ging, putzte sie sich die Zähne. Im Glas stand noch eine zweite Bürste, die Franziska gehört und die sie jeweils benutzt hatte, wenn sie länger als einen Tag auf Besuch nach Zürich gekommen war. Julia würde abwechseln. Morgen, an ihrem zweiten Tag, würde sie ihre Zähne mit Franziskas Bürste putzen.
In der Nacht erwachte sie, weil sie auf die Toilette musste. Im ersten Augenblick war sie orientierungslos, glaubte, sie sei woanders als da, wo sie war.
Im alten Hotelzimmer mit den zwei schweren Vorhängen war die Nacht stockdunkel. Der Lichtschalter, wo war er bloss? Vergeblich tastete sie danach.
Sie musste dringend.
Sie kroch aus dem Bett, tappte durchs Dunkle im fremden Zimmer, stiess an irgendein Möbelstück, wich zurück und änderte die Richtung. Sie streckte einen Arm aus, um sich an der Wand entlang zu tasten, doch da, wo ihr Arm hinreichte, gab es keine Wand. Sie kam sich hilflos, klein und erbärmlich vor. Ihre Schwester fiel ihr ein. Wie erbärm-

lich musste ihr zumute gewesen sein, als sie nach der ersten Hirnblutung im Krankenhauszimmer die Tür zur Toilette nicht gefunden hatte, am helllichten Tag ein Tappen wie in einer fensterlosen Zelle ohne Lichtschalter.

Nach einem weiteren Richtungswechsel stiess sie auf die Klinke der Toilettentür. Als sie endlich sass und loslassen konnte, war ihre Stirne feucht vom Schweiss. Sie fragte sich, ob es vielleicht keine so gute Idee gewesen war, nach Nerja zu fliegen. Sie fühlte sich weniger als halb.

Als sie sich das erste Mal auf dem Europa-Balkon aufhielt, dieser Attraktion, war es gegen Mittag. Es wimmelte von Familien mit Kindern, von alten und jungen Paaren, alle Stehplätze vorne am Geländer mit direkter Sicht aufs weite Meer Richtung Nordafrika waren besetzt. Tauben hüpften herum und pickten, auch wenn es nichts zu picken gab. Auf dem Platz roch es nach Parfüm und frischem Schweiss und stank nach altem.

Julia lehnte sich auf einer Seite des Balkons ans Geländer und blickte hinab auf die Küste und die kleine, sandige Bucht, die auf drei Seiten von Felsen umschlossen war. Klar doch, sie würde schwimmen gehen wie Franziska. Franziska hatte ihr erzählt, sie sei auch allein hinausgeschwommen, während Peter in Ufernähe geplantscht habe und in die Wellen gehüpft sei. Heute war das Meer ruhig, ein milder Wind kräuselte es.

Am Anfang der Bucht warnte ein Schild vor *corrientes*. Sie schwamm hinaus, es ging ohne Anstrengung wie automatisch, weiter und weiter hinaus in die blaue Leere. Dann, auf einmal meinte sie zu spüren, wie sich ihre Füsse in etwas verfingen. In ihrem Schrecken fiel sie aus dem Rhythmus, zappelte und tauchte, um zu schauen, was es sein könnte, aber da war nichts als dunkle Tiefe. Als sie auftauchte und schon weiterschwimmen wollte, entdeckte sie vor sich eine Boje, die unerklärlich heftig schaukelte wie bei Wellengang, eine Boje als Sperrpunkt in endloser Weite. Umkehren, du musst umkehren, es ist höchste Zeit.

Als sie sich dem Ufer näherte, warf sie schwimmend einmal einen Blick zurück, um nach der Boje Ausschau zu halten. Sie konnte sie nirgends sehen, auch später nicht, als sie von der Bucht aus mit den Augen das Wasser absuchte, das noch immer nur von einem milden Wind gekräuselt wurde.

Am Abend zu der Zeit, als sich die Restaurants mit Hungrigen und Durstigen füllten, schlenderte sie vom Kirchplatz aus durch die dritte Gasse, die leicht anstieg, und stiess auf das Restaurant *Única*. Es wirkte einladend mit seinen weissen Wänden. Sie fragte den Kellner auf Französisch, ob er noch einen freien Tisch für eine Person habe. Er schien zu verstehen und führte sie an einen Tisch, der für zwei Personen gedeckt war. Erst als sie ihm nachdrücklich bedeutete, dass sie allein war, räumte er das zweite Gedeck ab.

Bestellen konnte sie schnell, warten musste sie dann länger auf ihren Fisch. Im Hintergrund des Restaurants begrüsste eine Frau Gäste, wechselte ein paar Worte, bevor sie zum nächsten Tisch ging. Offensichtlich die Wirtin, eine jüngere Frau, die ihre schwarzen Haare straff nach hinten gekämmt und zu einem Rossschwanz gebunden hatte. In dem Augenblick, als sie Julia wahrnahm, leuchteten ihre Augen auf, sie liess ein paar Tisch aus, um zuerst die Schweizerin zu begrüssen, auf Französisch und so herzlich. Aber allein? Wo sie ihren Mann habe? Sie seien doch ständig zusammen und mehrmals ins Restaurant zum Essen gekommen, sie erinnere sich, wie sich die beiden in ihrem drolligen Dialekt unterhalten hätten.

Da sagte Julia, sie verwechsle sie mit ihrer Zwillingsschwester. Diese sei vor einem Jahr mit ihrem Mann hier gewesen. Julia staunte über das gute Gedächtnis der Wirtin, deren Augen erneut aufleuchteten. Wie schön das sei, eine Schwester zu haben, die ihr zum Verwechseln ähnlich sehe. Jetzt verstehe sie auch, warum sich ihre Schwester und ihr Mann nach der Möglichkeit eines Hauskaufs in Nerja oder Umgebung erkundigt hätten. Ein grosses Haus müsse es sein, nicht nur für sie allein, habe ihre Schwester gesagt, ein Haus für zwei Paare.

Sie habe sich danach ein wenig umgehört, meinte die Wirtin, die gut Französisch sprach, an geeigneten Objekten fehle es nicht. Falls sie im Herbst zu viert nach Nerja kämen, würde sie ihnen gerne ein paar Tipps geben. Das *Única* sei bis Mitte Oktober offen. Es würde sie freuen, sie mit offenen Armen empfangen zu dürfen. Übrigens gebe es in Nerja eine Schule, die *Escuela de Idiomas de Nerja,* die Spanischunterricht anbiete und die sie empfehlen könne, falls ... Charmant blinzelte sie Julia zu, wandte sich von ihr ab und wandte sich neuen Gästen zu, einem Paar, das ihr schon von der Gasse aus gewunken hatte.

Ein grosses Haus für später ... Ein Totenhaus ...

Das Wort wollte ihr nicht mehr aus dem Kopf.

Sie blieb nach dem Essen sitzen, sie bestellte nochmals ein Glas Wein. An einem anderen Tisch klirrte es, ein Glas war zu Boden gefallen und eine Angestellte eilte herbei, um die Scherben auf eine Schaufel zu wischen. Franziska fiel ihr ein, wie sie beide an schulfreien Samstagen im Dorf den Platz vor der Schreinerei gewischt hatten. Frau Meier, sie persönlich, die Frau des Sägerei- und Schreinereibesitzers, hatte sie angestellt. Wie sie, stolze Wischerinnen, dann wischten mit ihren fliegenden Besen. Wie sie danach die Besen zwischen die Beine geklemmt hatten und über den Platz galoppiert waren, Franziska in noch grösseren Sprüngen als Julia.

Auf der Gasse flitzte ein Junge im Zickzack an den Flanierenden vorbei, und wieder fiel ihr Franziska ein. Statt den Konfirmandenunterricht zu besuchen, war sie mit ihrem Freund Peter in den Wald geflitzt. Zwiesel suchen ... Was noch? Und Julia, die den Pfarrer angelogen hatte, ihre Schwester sei zu Hause, weil diese sich unwohl fühle. Wie sie nach dem Konfirmandenunterricht bei der Käserei auf Franziska gewartet hatte. Lange, so lange. Sie würden zu spät nach Hause kommen. Die dann endlich herangerannt war. Atemlos und strahlend. Erhitzt vom Laufen. Und von was noch?

Aber du verrätst mich nicht daheim?

Nie, nie verrate ich dich.

Musik riss sie aus ihrer Erinnerung. Ein Strassenmusikant spielte vor dem *Única* auf. Er dehnte den Balg seiner Handharmonika, und schon versank sie wieder in Gedanken und Erinnerungen. Dort auf dem Rathausplatz der Stadt. Sie, die beiden Akrobatinnen, die sich glichen wie ein Ei dem anderen. Wie sie vor Publikum in den Spagat gingen, mit Bärten. Bärte, die sie sich mit geschwärzten Korkzapfen angemalt hatten. Und Vaters schwarzer Hut, die glitzernden Münzen darin. Sie hatten Geld gebraucht, so viel Geld für ihre lange Reise auf die andere Seite der Erde.

Als der Strassenmusikant ihr den Hut hinhielt, warf sie ein paar grössere Münzen hinein.

So manches in dieser Stadt, kleine Begebenheiten, ein schnelles Vorübergehen eines Jungen durch die Gasse, beschwor Vergangenes in ihr herauf.

Franziskas Tage in Nerja schienen auf einmal so nah zu sein ... Wenn Franziska im *Única* auf dem gleichen Stuhl gesessen hatte, auf dem sie jetzt sass?

Und der streunende Hund? ... Hatte er bei ihr um Futter gebettelt, weil er vor einem Jahr von Franziska gefüttert worden war?

Und letzte Nacht das Klopfen im Hotel? ... Sie war aufgeschreckt und hatte schon zur Tür eilen wollen, um sie aufzuschliessen, weil sie geglaubt hatte, Franziska stehe davor.

39

Frigiliana, das weisse Dorf am Berghang, in dem Franziska und Peter auf ihrer Motorradfahrt Halt gemacht hatten, würde sie nicht besuchen. Sie wusste, dass sie überall Spuren von Franziska sähe. Bilder würden sie bedrängen, verstörende Bilder. Es wäre, als sähe sie, was sie sah, nicht mit ihren Augen. Nein, nahm sie sich vor, Frigiliana würde sie keinesfalls besuchen.

In der zweiten Woche ihres Aufenthalts in Nerja stieg sie, als würden ihre Schritte gelenkt, beim Busbahnhof an der Avenida Pescia in den Bus nach Frigiliana ...

Nach der Hälfte des Weges in San Rafael, einem Dorf vor Frigiliana, stieg sie aus. Der Bushaltestelle gegenüber gab es ein Café. Sie setzte sich an einen Platz auf der Terrasse und bestellte einen Cortado und ein Glas Wasser. Als sie einen Schluck Kaffee trank, ging ihr Blick zur Strasse. Da sah sie vor ihrem inneren Auge Peter mit dem Motorrad bergauf fahren, Franziska auf dem Soziussitz. Wie er in die Kurve ausgangs Dorf einbog, wie das Fahrzeug im Wald oberhalb verschwand. Die Szene wiederholte sich, eine Endlosschleife. Franziskas sitzende Gestalt von hinten, wie sie wieder und wieder im Wald verschwand.

Julia trank aus in einem Zug, das Glas Wasser liess sie stehen, legte Geld auf den Tisch, hastig brach sie auf. Der Weg, auf dem sie das Dorf verliess, führte entlang des Berghangs. Gehen würde sie auf andere Gedanken bringen, gehen beruhigt, sie könnte den schönen Ausblick geniessen, und dann würde sie umkehren und den nächsten Bus talwärts, zurück nach Nerja nehmen.

Es war ein bequemer Wanderweg, er stieg nicht steil an und führte auch nicht schroff nach unten. Die Sonne wärmte, aber brannte nicht. In der vergangenen Nach war ein heftiges Gewitter niedergegangen.

Als sie zu einem kleinen Wald mit knorrigen Bäumen gelangte, blieb sie stehen und werweisste, ob sie weitergehen oder besser den Weg nach oben nehmen sollte, der in einem Bogen zurück ins Dorf führte. Doch, sie würde weitergehen, neugierig, was sie auf der anderen Seite des Waldes erwartete. Ein noch schönerer Ausblick auf die Küste?

Der Boden im Wald war feucht vom gestrigen Gewitter. Der Weg verengte sich, Äste streiften sie. Das leise Geräusch, das dabei entstand, kam ihr viel lauter vor und hörte sich an wie ein Rauschen, ein wehes Seufzen. Bäume knarrten, weiter oben am Berghang rumorte es, als würden Steine losbrechen.

Sie ging schneller. Schon konnte sie erkennen, wo der Pfad aus dem Wald führte und von wo aus sie freie Sicht hätte. Vierzig, dreissig Schritte noch. Die letzten Bäume. Auf einmal raschelte es, etwas Dunkelbraunes flitzte den Stamm herab, verharrte auf dem Boden, ein paar Meter von Julia entfernt.

Ein Eichhörnchen! Abrupt blieb sie stehen. «Was machst du denn hier? Ich habe geglaubt, dich gäbe es nur bei uns in den Wäldern des Nordens ... Wie schön du bist, dunkler als unsere ... Hörst du etwas? Was ist das?» ...

Julia horchte, der Lärm nahm zu, der sich wie ein fernes Rumoren angehört hatte. Der Berg grollte. Und dann toste es. Ausserhalb des Waldes, vor Julia, vor ihren Füssen, rutschte der Hang ab, da gab es keinen Weg mehr.

Die Knie schlotterten ihr. Der Hang ... Mitgerissen hätte er mich, wenn nicht das Eichhörnli ... Das Eichhörnli hat mich gerettet.

Als sie sich nach ihm umsah, war die Stelle, wo es eben noch gesessen hatte, leer. «Eichhörnli», rief sie, «wo bist du? ... Danke, danke!»

Julia war nicht traurig, dass es sich, auch auf ihr langes Rufen hin, nirgendwo zeigte. Ihre Freude, unversehrt zu sein, war mächtig, zum ersten Mal seit Franziskas Tod fühlte sie sich ganz.

Sie ging zurück nach San Rafael. Es war ein Gehen, das sie wie Schweben empfand.

Im Bus nach Nerja, in den sie einstieg, sassen wenige Erwachsene und viele Schulkinder, die aufgeregt daherredeten. Ein Höllenpalaver. Julia verstand nicht, aber konnte sich denken, worum es sich handelte. Der nach dem Gewitter abgerutschte Hang. Einige blähten die Backen und ahmten ein Tosen nach, andere übertönten es mit Bum-Bum-Rufen. Sie lachten, und dann, für kurze Zeit war der abgerutschte Hang kein Thema mehr. Sie starrten aus den Fenstern. Am Himmel über der Küste zog ein Doppeldecker ein Spruchband mit Buchstaben von einem lodernden Rot hinter sich her: JUST MARRIED.

In Nerja stürmte die aufgedrehte Schar aus dem Bus an diesem Tag, dem Anfang der grossen, verheissungsvollen Sommerferien.

An einem ihrer letzten Tage in Nerja war Julia wieder unterwegs zum Europa-Balkon. Im Gehen dachte sie an Franziska, die im Krankenhaus lag. Ihr Zustand hatte sich verschlechtert. Der Arzt und eine Krankenschwester hielten sich in ihrem Zimmer auf, während Peter und Julia

im Vorraum warteten. Sie konnten nur warten und hoffen.
Peter hatte seit der Hirnblutung seiner Frau viel an Gewicht abgenommen. Er nestelte an seiner Hose, und dann sagte er, wie froh er sei, dass er Gürtel *und* Hosenträger trage. An der Gürtelschnalle seien die Nieten abgebrochen. Die Hose würde ihm nach unten rutschen, wenn da nicht die Hosenträger wären, die sie noch halten würden. Sie sah ihn, wie er, tief versunken, den Gürtel aus der Schlaufe zog und ihn sorgfältig zusammenrollte, dieses nutzlose kleine Ding, mit dem er sich beschäftigte und ablenkte, als wäre es etwas, woran er sich klammern könnte, um nicht im Loch der grossen Trauer und des Schmerzes zu versinken.

Es war früher Morgen, als sie auf den Europa-Balkon trat. Um diese Zeit gehörte der Balkon ihr und zwei Strassenarbeitern, die Abfall zusammenwischten. Sie stand vorne am Geländer, hinter ihr das Wischen der zwei Besen in einem nahezu identischen Rhythmus.

Stand und blickte aufs Meer, das weite Meer, den sachten Wellengang. Das sich im Wind wiegende Kornfeld in der Nähe von Franziskas Haus fiel ihr ein, die Wiese daneben, die Lerchen, die aus ihren Erdnestern flogen, singend höher ins Blau des Himmels stiegen.

Bei ihrer Abreise liess Julia Franziskas Zahnbürste im Bad des Hotelzimmers zurück.

*Von Urs Berner sind im Neptun Verlag
diese Bücher erschienen und lieferbar*

BEREITS IM NEPTUN VERLAG ERSCHIENEN

Urs Berner
DIE LOTTO-KÖNIGE
Roman ‹Edition Erpf›

Schweigen ist Gold. Und über Geld redet man schon gar nicht. Just dieses Thema rückt Urs Berner ins Zentrum seines Romans. Gold, Geld und Geiz treiben die Romanfiguren in immer tiefere, gegenseitige Verstrickungen und Abhängigkeit bis hin zum bedrohlichen und dramatischen Ende dieser sinnlich-packenden Geschichte, eines Romans um die moralische Verantwortung jedes Einzelnen.

ISBN 978-3-256-00118-2

BEREITS IM NEPTUN VERLAG ERSCHIENEN

Das Leben des Schmugglers Arturo aus der Südschweiz ist akut bedroht. Er findet dank seinem Onkel Unterschlupf in einem irischen Künstlerhaus. Was besonders brisant ist: die Unterkunft befindet sich im Grenzgebiet zu Nordirland und die Mitbewohner wollen von Arturo mehr erfahren, als er preiszugeben bereit ist.
Ein Roman über Identität, über Sein und Schein, das Vordergründige und das Hintergründige.

ISBN 978-3-85820-203-1

BEREITS IM NEPTUN VERLAG ERSCHIENEN

Ihr Spott zeigt ungeahnte Wirkung. Erste kleine feine Risse zeigen sich in ihrer Beziehung. Sie haben sich im Dickicht der Gefühle verirrt. Was ist es, das sie auseinander driften lässt? Bekommen sie Macht und Zorn der Göttin zu spüren? Sichere Wege scheinen plötzlich gefährlich zu sein!

ISBN 978-3-85820-208-6

BEREITS IM NEPTUN VERLAG ERSCHIENEN

Urs Berner
Fussfassen schmerzt
Roman
NEPTUN

Der exotische Reiz der Karibik-Insel Providencia, die schöne Manuela und eine verwirrende, abenteuerliche Liebesgeschichte über zwei Kontinente hinweg sind der Kern des Romans. Doch auch in diesem Buch vermischen sich die hellen und finsteren Welten der Fantasie mit der Atmosphäre der Wirklichkeit.

ISBN 978-3-85820-305-2

Auch als E-Book lieferbar: ISBN 978-3-85820-406-6

BEREITS IM NEPTUN VERLAG ERSCHIENEN

Geschichten von eigenwilligen Menschen bevölkern dieses Buch. Ein Schriftsteller wird unverhofft zum Schokoladefabrikanten, ein Tankwagenfahrer sieht plötzlich rot, einem Mann läuft die Frau davon. Erzählt wird von Kindern, die stärker als Erwachsene sind, die zeigen, dass ein Leben ohne Fantasie kein ganzes wäre, von Menschen mit Höhen und Tiefen.

ISBN 978-3-85820-310-6

Auch als E-Book lieferbar: ISBN 978-3-85820-401-1

BEREITS IM NEPTUN VERLAG ERSCHIENEN

An Allerheiligen 1967 verreist Leo in die weite Welt. Sein Koffer ist schwer, er hat seine Lieblingsbücher eingepackt. Ziel des jungen Lehrers ist es, Schriftsteller zu werden! Der Entwicklungs-, Abenteuer- und Reiseroman ist auch ein Buch über den Reichtum von Erinnerungen und die Wichtigkeit des Lesens und des Träumens.
«Urs Berner ist ein bezauberndes Buch gelungen, das uns vogelleicht über die Schwelle kruder Realität hinausführt.» (Der Bund)

ISBN 978-3-85820-321-2

WEITERE BÜCHER AUS DEM NEPTUN VERLAG

Alexander Heimann

Die
Glätterin
Roman

„Ein Mord geschieht, die Reihe der Tatverdächtigen ist lang, natürlich führen die Recherchen des Polizeibeamten in manche Sackgasse, der Leser scheint bereits nach kurzer Zeit zu wissen, wer der oder die Täterin ist. Wer einen nervenaufreibenden Krimi sucht, wohlformuliert und einfallsreich konstruiert ist, ist hiermit gut bedient.

ISBN 978-3-256-00151-9

WEITERE BÜCHER AUS DEM NEPTUN VERLAG

Alexander Heimann

Lisi
Roman

Widerwillig, eine Ahnung von Kaffeeduft in der Nase, kehre ich zum Auto zurück. Ich öffne die Wagentür, vorn im Audi sitzt eine Bohnenstange von Mädchen mit einer roten Mähne und raucht eine Zigarette. „Ich warte auf Sie, damit Sie endlich abfahren". „Ja, aber was ist mit Ihnen?" „Ich fahre mit, wen Sie nichts dagegen haben."

ISBN 978-3-256-00152-6

WEITERE BÜCHER AUS DEM NEPTUN VERLAG

Alexander Heimann

Nachtquartier
Roman

Eigentlich suchte die junge Frau nur Unterschlupf vor dem Gewitter in den Bergen, Quartier für eine Nacht. Doch sie bleibt gefangen im Bannkreis dieses einsamen Hauses, des geheimnisvollen Mannes und seinem Hund. Aber hat auch sie ein Geheimnis zu verbergen? – Und während draussen die Jahreszeit wechselt und die Farbtöne der nahen Wälder und Flühe sich dauernd verändern, bleiben sie im Haus, belauern und umkreisen sich gegenseitig, hinter knarrenden Türen, auf der finsteren Treppe, in der verrauchten Küche ...

ISBN 978-3-256 00154-0

WEITERE BÜCHER AUS DEM NEPTUN VERLAG

Die Heldin der Geschichte, Snow Wasserfallen, lebt ganz alleine in einem grossen, unheimlichen Haus. Eines Tages sieht sie auf der Strasse zufälligerweise den Mann, der drei Jahre zuvor ihre kleine Schwester entführt hat. Gemeinsam mit dem Schreiner Bernhard nimmt sie die Verfolgung auf.
Eine atemberaubende Reise führt die beiden quer durch die Schweiz ... Spannend bis zur letzten Seite.

ISBN 978-3-85820-324-3

WEITERE BÜCHER AUS DEM NEPTUN VERLAG

Beat Brechbühl

Kneuss
Roman

... der Mann Basil Kneuss, der in Ruhe das macht, wovon andere dauernd reden. Nämlich über sich nachdenken, Zwischenbilanz ziehen. Dabei wird er provoziert und er reagiert – fatalerweise. ... viele kleine, längere, tragische, zum Heulen komische, zum Grünwerden ärgerliche und so weiter Geschichten, immer im Zusammenhang mit Basil Kneuss's unüblichem Lebenswandel. ... die Ungeduld zum Leben und Lieben, auf der kurzen, intensiven Suche nach sich selbst und den andern.
Ein Roman aus dem Bernbiet.

ISBN 978-3-85820-200-0

WEITERE BÜCHER AUS DEM NEPTUN VERLAG

Grazia Meier

Der fremde Koffer im Schlafzimmer.
Dunkelbraun. Ungeöffnet

NEPTUN VERLAG

Ich zeige auf mein Haus. „Das gehört mir", sage ich einfältig stolz. Kant nickt. Dann zeigt er auf seinen Kopf. Er sagt: „Das gehört mir."
Eigentlich hatte ich die Absicht eine ‚Insalata Caprese' zuzubereiten. Mit Mozzarella und Olivenöl", sage ich. „Für die Philosophen, die hungrig zurückkommen." Für Philosophen würden wir alles in Kauf nehmen. Sogar aufgegessen zu werden", erwidert die Tomate.
Drei skurrile Geschichten!

ISBN 978-3-85820-226-0

Neptun Verlag

*Unser gesamtes Programm finden Sie
unter www.neptunverlag.ch*

*Die Bücher von Urs Berner und dem Neptun Verlag
erhalten Sie in jeder Buchhandlung.*